Claire Morin

Paris, die Liebe und andere Lügen

W0331733

Claire Morin

Paris, die Liebe und andere Lügen

Roman

dtv

Ausführliche Informationen über unsere Autoren und Bücher
www.dtv.de

MIX
Papier aus verantwortungsvollen Quellen
FSC® C083411

Originalausgabe
© 2019 dtv Verlagsgesellschaft mbH & Co. KG, München
Umschlaggestaltung: Frauke Schneider
Umschlagbild: deposit photos © fxquadro
Gesetzt aus der Arno Pro
Satz: C.H.Beck.Media.Solutions, Nördlingen
Druck und Bindung: CPI books GmbH, Leck
Gedruckt auf säurefreiem, chlorfrei gebleichtem Papier
Printed in Germany · ISBN 978-3-423-74043-2

I

DIE REISE

ANNA

Der ICE nähert sich dem Bahnhof, ich trete von einem Bein aufs andere und taste zum x-ten Mal nach dem Ticket in meiner Jacke.

Hendrik legt mir seine Pranke auf die Schulter. »Nur keine Hektik.«

»Ich bin die Ruhe selbst.«

Die Waggons donnern an uns vorbei. »Mist, das war der Wagen 10!«

Hendrik schnappt sich meinen Koffer, ich sprinte los, er hinterher. Allerdings hätten wir uns die Rennerei sparen können: Eine gut gelaunte Seniorengruppe drängelt sich vor dem Einstieg, das kann dauern.

»Melde dich daheim, wenn du angekommen bist, sonst drehen sie durch.«

»Mach ich.«

»Und bau keinen Scheiß, ja? Sonst muss ich nachkommen.«

Wie bitte, Mr Obercool sorgt sich um seine kleine Schwester? Das sind ja ganz neue Töne.

»Du kennst mich, ich werde mit dem erstbesten Straßenmaler vom Montmartre durchbrennen.«

»Es ist immerhin das erste Mal, dass du allein wegfährst.«

Stimmt, und bis zum allerletzten Tag habe ich befürchtet, dass etwas dazwischenkommen könnte: eine Krankheit, eine Naturkatastrophe, ein Terroranschlag – irgendetwas, das meine

Eltern veranlassen könnte, mir die Reise doch noch zu verbieten. Jetzt, wo es endlich so weit ist, kann ich es selbst kaum glauben. Ich, Anna Cornelius, Sternzeichen Waage, sechzehn Jahre und sieben Monate alt, Schülerin der 10. Klasse des Goethe-Gymnasiums, fahre nach Paris, um meine Freundin Laura zu besuchen.

Die Tür ist endlich frei. »Danke fürs Herbringen.« Ich stelle mich auf die Zehenspitzen und drücke meinem Bruder einen Kuss auf seine unrasierte Wange. Ich bin wirklich froh, dass er mich zum Bahnhof begleitet hat. Meine Mutter oder mein Vater hätten mich bis zur allerletzten Minuten mit gut gemeinten Ratschlägen und Warnungen überschüttet, es war schon während der letzten Tage kaum zu ertragen.

Ich steige ein und Hendrik reicht mir mit viel Geächze und Gestöhne meinen Koffer hinauf. »Hast du deinen ganzen Kleiderschrank dabei?«

»Stell dich nicht so an.«

»Grüß Laura von mir.«

Ich ziehe fragend meine Augenbrauen hoch. Hendrik hat Lauras Namen nie mehr erwähnt, seit er vor zwei Jahren von zu Hause ausgezogen ist. Warum sollte er auch, sie ist ja *meine* beste Freundin.

»Ausnahmsweise«, grinst er verlegen.

»Okay, *ausnahmsweise* grüße ich Laura von dir.« Ich werfe ihm eine Kusshand zu, dann drehe ich mich um und zerre meinen Rollkoffer durch den engen Gang. Ich habe zu spät reserviert, es gab keinen Platz mehr im Großraumwagen, also muss ich in ein Abteil. Es ist noch leer, aber wohl nicht mehr lange, die anderen fünf Plätze sind ebenfalls ab Stuttgart reserviert.

Ich versuche, den Koffer auf die Gepäckablage zu hieven.

Keine Chance, das Ding ist wirklich sauschwer. Aber hey, eine Woche Paris, die Hauptstadt der Mode, da muss man schon ein bisschen auf sein Erscheinungsbild achten. Bestimmt hat sich Laura zwischenzeitlich die irrsten Klamotten zugelegt und mir wird man die schwäbische Landpomeranze schon von Weitem ansehen.

Erschöpft sinke ich auf den Sitz am Fenster. Der Zug rollt an, ich sehe Hendrik auf dem Bahnsteig winken. Erst Grüße an Laura, jetzt winken, der lässt heute wirklich nichts aus. In meinem Übermut ziehe ich ein zerknülltes Tempotaschentuch aus der Tasche meiner Jeans und wedle damit vor der Scheibe herum. Hendrik schüttelt grinsend den Kopf und zeigt mir den Vogel. Wir sind noch nicht ganz aus dem Stuttgarter Bahnhof raus, da schicke ich Laura eine WhatsApp: *Geschafft. Bin unterwegs!*

Müsste ich die Geschichte meines bisherigen Lebens erzählen, würde ich an dem Tag beginnen, an dem ich Laura Kessel begegnet bin. Denn davor ist, soweit ich mich erinnern kann, nichts groß Aufregendes passiert.

Es war im letzten Kindergartenjahr und Laura kam als Neuzugang in unsere Gruppe. Sie wurde uns in der Morgenrunde vorgestellt. Ich an ihrer Stelle wäre vor Schüchternheit vergangen, aber nicht Laura: In ihrem knallbunten Kleid, das rötliche Haar zu einem dicken Zopf geflochten, stand sie so aufrecht da, als würde sie eine Parade abnehmen. Der Reihe nach scannte sie die Maikäfergruppe ab, gerade so, als denke sie darüber nach, ob es sich lohne, sich überhaupt mit uns abzugeben. Ihre Augen hatten dieselbe Farbe wie das Schwimmbad, in dem ich in diesem Sommer mein Seepferdchen gemacht hatte. Für eine Fünfjährige war Laura eher klein und auch ziemlich dünn, aber dennoch kam es mir vor, als würde sie den ganzen Raum einnehmen und für den Rest von uns bliebe kaum noch Luft zum Atmen. Irgendwann blieb ihr Blick auch an mir hängen und ich konnte gar nicht schnell genug den Kopf senken und die aufgestickten Kätzchen auf meinen Hausschuhen betrachten.

Ich rede mir gern ein, dass Laura in diesem Augenblick beschloss, mich zu ihrer besten Freundin zu erwählen, aber ganz ehrlich: Ich weiß nicht, ob wir jemals Freundinnen geworden wären, wenn wir nicht zufällig denselben Nachhauseweg gehabt hätten – und wenn Lauras Mutter nicht gewesen wäre.

Mittags stand sie vor dem Eingang, in einem eng geschnittenen, knöchellangen schwarzen Mantel. Laura stürmte auf sie zu, warf sich in ihre Arme und wurde so wild herumgewirbelt, dass mir schon vom Zusehen ganz schwindlig wurde.

Da ich mit fünf inzwischen zu den »Großen« gehörte, durfte ich allein vom Kindergarten nach Hause gehen, und so lief ich in einigen Metern Abstand hinter Laura und ihrer Mutter her. *Klack, klack, klack* machten ihre Absätze. Mir gefiel dieses Geräusch. Wenn ich erwachsen sein würde, beschloss ich, würde ich auch immer solche Schuhe tragen. Einmal drehte sich Frau Kessel um und lächelte mir mit ihren knallrot geschminkten Lippen zu, aber ich schaute ganz schnell weg und verlangsamte meine Schritte. Trotzdem hörte ich die beiden miteinander reden. Sie sprachen wohl absichtlich so laut, dass ich es verstehen konnte.

»Dreh dich nicht um, ich glaube, wir werden verfolgt.«

»Bist du sicher, *maman*?« Laura hatte mir dennoch einen raschen Blick über die Schulter zugeworfen.

»Was meinst du, *chouchou*, ist sie eine Spionin?«

»Sie ist auch ein Maikäfer«, hörte ich Laura sagen.

Plötzlich, wie auf ein stummes Kommando, hielten sie beide an und wandten sich abrupt um. Erschrocken blieb ich vor ihnen stehen, unfähig, mich zu rühren.

»Wie ’eißt du, kleine Agentin?«, fragte Frau Kessel.

Ich verstand kein Wort und mir wurde angst und bange.

»Dein Name«, half mir Laura auf die Sprünge.

»Anna Cornelius«, stieß ich hervor.

»Anna«, wiederholte Lauras Mutter, und es verwirrte mich sehr, dass sie meinen Namen auf der zweiten Silbe betonte. »Eine schöne Name.«

Am liebsten wäre ich weggerannt. Die Frau war mir unheimlich. Wie seltsam sie redete! Vielleicht war sie eine böse Fee. Oder eine Hexe. Vor Feen und Hexen wegrennen bringt allerdings gar nichts, so viel wusste ich schon.

»Wo wohnst du?«, fragte nun Laura, und im Gegensatz zu ihrer Mutter redete sie ganz normal.

»Bachstelzenweg vier«, presste ich hervor.

»Dann komm!« Lauras Mutter streckte mir ihre freie linke Hand entgegen und ich ergriff sie. Dachte ich dabei an die elterlichen Warnungen, nicht mit Fremden mitzugehen? Nicht die Bohne! Denn das war ja keine Fremde, das war die Mutter des neuen Mädchens aus dem Kindergarten. Trotzdem hatte ich dabei ein schlechtes Gewissen. Da spazierte ich an der Hand einer wildfremden Frau durch unser Viertel, gerade so, als sei ich ihr Kind. Das würden meine Eltern gar nicht gut finden.

Nach einer Weile stimmte Lauras Mutter ein Lied in einer fremden Sprache an.

Frère Jacques, Frère Jacques,
dormez-vous, dormez-vous?
Sonnez les matines, sonnez les matines,
Ding, ding, dong. Ding, ding, dong.

Ich hatte die Melodie schon einmal gehört, aber vom Text verstand ich natürlich kein Wort. Trotzdem sang ich nach einer Weile lautstark und vermutlich in falschen Tönen mit – Singen, so sollte sich im Lauf der Jahre herausstellen, gehörte nun wirklich nicht zu meinen Stärken. Aber es war meine erste Lektion in Französisch.

An der Ecke Sperlings- und Bachstelzenweg musste ich mich verabschieden. Lauras neues Zuhause lag nur ein paar Gehminuten von unserem entfernt.

»Ihr könnt in Zukunft zusammen gehen«, sagte Lauras Mutter und es klang wie ein sanfter Befehl.

Ich nickte.

Laura grinste mich an.

So begann unsere Freundschaft.

Natürlich hatten wir im Lauf der Jahre auch andere Freundinnen, und wenn ich *wir* sage, meine ich vor allen Dingen Laura, die immer und überall rasch zu den Beliebtesten zählte. Manchmal fühlte ich mich deswegen zurückgesetzt, aber Laura schaffte es immer wieder, mich aus meiner Schmollecke zu locken. Allerdings verging manchmal ganz schön viel Zeit bis dahin. Zeit, die sie mit ihrer neuen besten Freundin verbrachte, während ich stumm vor mich hin litt.

Andererseits hatte es natürlich auch Vorteile, die Freundin eines umschwärmten Mädchens zu sein: Kaum jemand wagte es, mir dumm zu kommen, und allmählich stieg auch ich in der Achtung meiner Klassenkameradinnen. Irgendetwas, so dachten sie wohl, musste an mir dran sein, wenn eine wie Laura so große Stücke auf mich hielt.

Mit der Zeit prägte mich der Umgang mit Laura. Immer häufiger gelang es mir, das Schneckenhaus meiner Schüchternheit zu verlassen. Anna Cornelius, die Stille, Brave, Unauffällige, die nur allzu rasch verlegen wurde, gewann mit der Zeit an Selbstsicherheit und Schlagfertigkeit. Bisweilen verspürte ich sogar eine gewisse Leichtlebigkeit, die jedoch noch weit entfernt war von Lauras Esprit und Charme.

Meine Mutter hingegen sah es nicht gern, wenn ich allzu oft mit »dieser Laura« zusammen war. »Nicht unser Stallgeruch, diese Familie«, pflegte sie zu sagen.

Deshalb war ich häufig gezwungen, Ausreden zu erfinden, um mich mit Laura treffen zu können. Irgendwann sah meine Mutter dann wohl ein, dass es zwecklos war, uns auseinanderbringen zu wollen, und ließ mich gewähren.

Es ist jetzt ein Jahr her, seit Laura eines Morgens auf dem Weg zur Schule aus heiterem Himmel verkündete, ihr Vater, der für eine große Unternehmensberatung arbeitete, habe das Angebot bekommen, in Paris ein Projekt zu leiten. Ihre Mutter sei total aus dem Häuschen wegen der Aussicht, ein Jahr in ihrem Heimatland zu verbringen.

Es war bestimmt ein Zufall, aber wir befanden uns kurz hinter der Bushaltestelle, genau dort, wo mir Catherine Kessel zehn Jahre zuvor ihre Hand entgegengestreckt hatte. Ohne es zu merken, war ich stehen geblieben. Endlich, dachte ich, endlich kann ich einmal etwas für Laura tun. Also sagte ich: »Du kannst so lange bei uns wohnen, in Hendriks Zimmer. Meine Eltern kriege ich schon irgendwie rum.«

Laura fing prompt an zu lachen.

»Quatsch, du Dummerchen«, sagte sie dann. »Ich gehe natürlich mit nach Paris. Denkst du, das lasse ich mir entgehen?«

»Aber die Schule«, stotterte ich, während sich eine Klaue in mein Herz bohrte.

Hinter uns hielt der Bus mit zischenden Türen und spuckte eine Ladung Schüler aus.

»Es gibt dort auch Schulen, weißt du!« Ihre Augen leuchteten. »Ach, Paris! Ich werde es lieben!« Sie breitete die Arme aus und drehte sich, den Blick zum Himmel gerichtet, mitten auf dem Gehsteig im Kreis, sodass die Schüler, die eben ausgestiegen waren, vorsichtig um sie herumgingen, als wäre sie eine gefährliche Irre.

Ich dagegen hätte sie am liebsten geschüttelt, damit sie damit aufhörte und das eben Gesagte zurücknahm, es aus der Welt schaffte, mir sagte, dass es ein Witz war, dass sie mich nur verarschen wollte, meine Reaktion testen, irgendetwas in der Art.

Aber das passierte nicht.

Und was ist mit mir? Verschwendet sie bei alledem auch nur einen einzigen Gedanken an mich?

Machte es ihr gar nichts aus, dass wir uns ein Jahr lang nicht sehen würden? Mit wem sollte ich über YouTube-Clips, Filme, Musik, Bücher und Jungs reden, mit wem über Mitschüler und Lehrer lästern, bei wem sollte ich mich über meine Eltern beklagen? Wer würde mein Haar zu einem französischen Zopf flechten?

»Mach nicht so ein Gesicht, Anna. Wir können doch skypen.«

Ich nickte. Sagen konnte ich nichts.

»Hey, es sind von Stuttgart aus nur dreieinhalb Stunden mit dem TGV oder dem ICE. Du kannst mich ganz oft besuchen.«

Als ob Laura meine Eltern nicht kennen würde!

Ich würde allein sein. Mutterseelenallein.

Ich würde allein zur Schule und wieder nach Hause gehen, allein Aufsätze schreiben, allein Netflix-Serien gucken, allein ... ALLES.

Für mich brach eine Welt in Stücke und ich hatte eine Wahnsinnsangst vor dem Tag des Abschieds.

Laura hingegen, das wusste ich, würde sofort neue Freunde finden und mit ihnen würde sie aufregende Dinge in Paris erleben. Und ich, ich würde es höchstens erzählt bekommen, über Skype. Wenn überhaupt. Bald würde sie eine neue beste Freundin finden und mich vergessen oder, noch schlimmer, den Kontakt mit mir lästig finden. Ich wäre nur noch eine Altlast aus einem grauen, faden Leben, das sie längst abgestreift hatte.

Das Schlimmste aber war: Ich durfte ihr in den folgenden Wochen meine Angst und meine Traurigkeit nicht zeigen und auch nicht meinen Ärger darüber, dass sie fast nur noch von Paris redete. Denn sonst, das ahnte ich, würde ich sie garantiert noch schneller verlieren. Ich wollte nicht neidisch oder missgünstig wirken. Ich sollte mich vielmehr aufrichtig mit ihr freuen, denn das taten gute Freundinnen doch, oder?

Aber sosehr ich das auch wollte, ich brachte es einfach nicht fertig.

Im Geheimen, auf dem Grund meiner schwarzen Seele, wünschte ich mir, dass etwas dazwischenkommen und sie hierbleiben würde. Zugleich konnte ich ihre Vorfreude gut nachempfinden. Ich würde auch gern abhauen aus diesem Stuttgarter Vorort, in dem nie, nie, nie irgendetwas Aufregendes passierte. Paris dagegen ... Ja, natürlich gönnte ich Laura ein tolles, aufregendes Jahr. Ich wäre nur gerne auch dabei gewesen.

In meinen besseren Momenten redete ich mir selbst zu, »dass ein Jahr doch schnell vorbeigeht« – O-Ton meiner Eltern –, und die Zeit würde ich schon irgendwie rumkriegen. Die Schule verlangte schließlich auch ihren Tribut.

Ja, ich werde es durchstehen, dachte ich dann tapfer. Wenn Laura mich nur nicht vergessen würde.

An unserem letzten Abend übernachtete ich bei Laura. Wir heulten beide Rotz und Wasser und schworen uns, dass wir für immer und ewig beste Freundinnen bleiben würden. »Du musst mich ganz oft besuchen«, verlangte Laura erneut, aber mir war klar: Ich würde von Glück sagen können, wenn meine Eltern mich in diesem Jahr *ein Mal* nach Paris lassen würden.

Dann war sie fort. Ich fühlte nur Leere, nichts als Leere. Am liebsten wäre ich in einen einjährigen Dornröschenschlaf versunken. Die ersten Wochen in der Schule waren schrecklich. Ich war nicht unbeliebt, man mobbte mich nicht, aber ich hatte auch keine Vertrauten. Die meisten erinnerten sich nur dann an meine Existenz, wenn sie in Mathe oder Physik nicht klarkamen. Ich kam mir vor wie ein Hund, der seinen Besitzer verloren hat.

»Dem Himmel sei Dank, vielleicht schließt du jetzt endlich einmal andere Freundschaften. Du und Laura, ihr wart ja wie siamesische Zwillinge«, streute meine Mutter, zartfühlend wie immer, noch Salz in meine Wunde.

LAURA

Von: Hendrik Cornelius <hennecorn@uni-stuttgart.com>
An: Laura Kessel <laura.ka1509@gmail.com>

Hi Laura,
gerade habe ich mein Schwesterchen zum Zug gebracht und sitze in der Bahn zurück zur Uni.
Sie war ganz schön aufgeregt, ich dachte, sie macht sich noch am Bahnsteig in die Hose. ☺ (Erzähl ihr bloß nicht, dass ich das geschrieben habe!) Sie freut sich seit Wochen tierisch auf Paris. Würde ich auch an ihrer Stelle.
Ich wünsche euch beiden auf jeden Fall eine tolle Zeit. Pass mir auf unser schwäbisches Landei gut auf, nicht dass sie im Großstadtsumpf verloren geht. Sorry, ich weiß, ich hör mich an, als wäre ich euer Vater. Egal …
Have fun, Hendrik.

Er hört sich nicht nur an wie Annas Vater, er kommuniziert auch so, denke ich und muss dabei grinsen. Offenbar hat es Annas Bruder nicht so mit WhatsApp, er schreibt lieber Mails. Nun ja, jedem das seine, unsereins ist da ja flexibel.

Ich habe ewig nichts von Hendrik gehört, aber seit klar ist, dass Anna mich nun endlich mal besuchen darf, schreiben wir uns hin und wieder. Wobei *er* angefangen hat, wohlgemerkt. Es ist wirklich nichts Weltbewegendes, mehr so Small-Talk-

Niveau. Er war noch nie in Paris und ich habe ihm ein bisschen was über die Stadt erzählt und ein paar Fotos geschickt.

Ich habe ihn schon fast zwei Jahre nicht mehr gesehen, weil er bei seinen Eltern ausgezogen ist, kaum dass er achtzehn war. Er war damals schon ein Lulatsch, bestimmt eins neunzig, und zuletzt hatte er so einen ausgefransten Ziegenbart, und Anna und ich habe immer gemeckert, wenn er uns über den Weg gelaufen ist.

Hendrik bräuchte nur ein bisschen Schliff, dann sähe er bestimmt ganz passabel aus. Jetzt gerade sehe ich ihn vor mir, sein schiefes Grinsen und die hohe Stirn, die er immer gekräuselt hat wie ein Dackel, wenn wir Blödsinn geredet haben. Was ja wohl ziemlich oft der Fall war.

Wenn ich zurückdenke, muss ich sagen, dass Hendrik ganz schön was auszustehen hatte mit uns. Aber er hat das immer gelassen weggesteckt, wie ein gutmütiger Bär, den ein paar übermütige Äffchen zu nerven versuchen.

Er hat mich manchmal Pumuckl genannt, wegen meiner rötlichen Haare und weil meine Stimme angeblich so dröhnt.

Inzwischen fühlt es sich an, als wären wir entfernte Verwandte, die sich ab und zu schreiben, damit der Faden nicht ganz abreißt. Ich finde es im Grunde okay, aber ich komme mir dabei auch ein bisschen komisch vor. Immerhin ist er Annas Bruder.

Vielleicht liegt es daran, dass Anna für mich so eine Art Schwester ist, und damit wäre ihr Bruder … Aber das ist ja völliger Quatsch.

Ich wüsste wirklich gerne, ob Anna das weiß, das mit den Mails. Aber irgendetwas hat mich bisher davon abgehalten, sie danach zu fragen. Gerade so, als hätten Hendrik und ich etwas Verbotenes getan. Was ja nun total daneben ist, ich weiß.

Wenn Anna erst hier ist, wird sich schon eine Gelegenheit ergeben, das Thema anzuschneiden.

Ich sitze noch beim Frühstück, und weil ich gerade nichts Besseres zu tun habe, als auf Anna zu warten, beantworte ich die Mail ihres Bruders.

Von: Laura Kessel <laura.ka1509@gmail.com>
An: Hendrik Cornelius <hennecorn@uni-stuttgart.com>

Hey, Alter ☺,
das hast du gut gemacht, fettes Lob und ein Fleißbildchen.
Wir holen sie natürlich ab, nur das mit der Blaskapelle am Bahnsteig zum Empfang hat nicht so ganz hingehauen.
Wenn du noch nie in Paris warst, solltest du dringend auch mal hinfahren, um deine Bildungslücken zu schließen.
Au revoir, Laura!
P. S.: Ich sag dir Bescheid, wenn der Adler gelandet ist.
Noch ein P. S.: Für Nerds wie dich: *Au revoir* heißt auf Wiedersehen. ☺

Da ich ihm ein Fleißbildchen versprochen habe, hänge ich ein Foto an, das Papa von mir auf dem Eiffelturm gemacht hat, bei dem meine Haare herumflattern, als wär's ein Werbespot für einen Föhn. Ich gefalle mir gut auf diesem Bild, und kaum habe ich es abgeschickt, überlege ich, ob das jetzt nicht vielleicht ein bisschen zu … zu … ach, keine Ahnung! Und jetzt ist die Mail weg, ich kann sie nicht wieder einfangen.

Ich bin ein bisschen durcheinander. Das liegt aber nicht an Hendrik, das hat ganz andere Gründe.

ANNA

Laura hielt Wort. Wir skypten und chatteten ziemlich oft und sie schickte viele Fotos. Ihre neue Internationale Schule fand sie anfangs ziemlich gut. Sie mochte ihre Fächer, die Lehrer, die gute Ausstattung und die vielen unterschiedlichen Nationalitäten der Schüler. *Echt, Anna, an unserer Schule kommt man sich manchmal vor wie bei der UNO.*

Aber ich merkte rasch, dass etwas nicht stimmte. Es fehlte die für Laura typische Begeisterung, der gewohnte Überschwang. Vielleicht, spekulierte ich, war der Neuanfang für sie doch schwieriger, als sie erwartet hatte. Laura spricht zwar perfekt Französisch, aber beherrschte sie auch den Pariser Jugend-Jargon? Wusste sie, was in Paris gerade angesagt war, musik- und klamottenmäßig und überhaupt?

Dann tauchten die ersten Namen auf und immer öfter fielen die Worte »Freunde«, »Kumpel«, »Freundin«. Ich zuckte jedes Mal zusammen wie unter einem Nadelstich und wusste nicht, was schlimmer war: die Tage, an denen ich nicht mit Laura redete, oder die, an denen sie mir erzählte, was sie alles erlebt hatte mit ihrer neuen, bunt gemischten Clique.

Alldem hatte ich wenig entgegenzusetzen. Klatsch und Tratsch aus der alten Schule schienen Laura immer weniger zu interessieren, und aus meinem Privatleben gab es wenig Aufregendes zu berichten. Zwar gab es eine Clique von Leuten, mit denen ich immer mal wieder abhing, aber insgesamt war alles eher eintönig. Eintönig und anstrengend zugleich.

Meine Eltern hatten mir nämlich eine Bedingung gestellt: Wollte ich Laura in den Pfingstferien besuchen, so der Deal, durfte ich im Zwischenzeugnis keine Drei haben.

Das war mal wieder typisch für sie. Warum konnten sie mir nicht *ein Mal*, ein einziges Mal nur, etwas, das ich gerne wollte, einfach erlauben, ohne Wenn und Aber? Wo sie mich doch angeblich sooo lieb haben und immer nur mein Bestes wollen. Aber so läuft das nicht bei uns. Man kriegt nichts umsonst in dieser Familie, man muss es sich verdienen. Um mir ein gebrauchtes Smartphone kaufen zu können, musste ich in der Nachbarschaft Babysitten und Rasen mähen, und das Geld für die Fahrkarte nach Paris habe ich mir selbst zusammengespart, denn inzwischen bin ich so weit, dass ich von ihnen am liebsten gar nichts mehr geschenkt haben will.

Nicht, dass wir arm wären. Mein Vater hat einen Posten im mittleren Management bei Mercedes Benz – *beim Daimler,* wie man hierzulande sagt –, meine Mutter arbeitet halbtags bei einer Versicherung. Wir haben zwei Autos, wir fahren zweimal im Jahr in den Urlaub und die Doppelhaushälfte ist abbezahlt. Nein, es liegt nicht am Geld, sondern an der festen Überzeugung unserer Eltern, dass man Kinder nicht verwöhnen oder gar verziehen darf.

Einmal hat Hendrik meine Mutter gefragt, wie sie und unser Vater eigentlich zu zwei Kindern gekommen seien. Sie hat ihn angeschaut, als befürchtete sie, gleich einen schlüpfrigen Witz zu hören zu kriegen, aber Hendrik sagte: »Ich frage mich nur manchmal, wie wir es uns *verdient* haben, geboren zu werden.« Ich habe meiner Mutter angesehen, dass sie Hendrik dafür am liebsten eine gescheuert hätte und mir auch, weil ich unverhohlen gekichert habe.

Eins weiß ich: Wenn ich mal Kinder haben sollte, verwöhne ich sie nach Strich und Faden! Ich werde nur dann streng sein, wenn es gar nicht mehr anders geht.

Manchmal jedoch geschehen noch Zeichen und Wunder. Gestern Abend hat mir Papa sage und schreibe hundert Euro als Taschengeld für Paris zugesteckt. Das kann man mit einem fetten Rotstift im Kalender anstreichen.

Um das Ziel »keine Drei im Zwischenzeugnis« zu erreichen, musste ich mich in den Laberfächern voll reinhängen, und so führte mein Weg nach Paris über die Literatur-AG, wo ich mich mit Droste-Hülshoff und Büchner herumschlagen musste. Aber es hat etwas gebracht: eine satte Zwei in Deutsch und in Englisch, und in Latein bin ich sogar haarscharf an einer Eins vorbeigeschrammt. Meine Eltern zeigten sich beeindruckt und gratulierten sich im Stillen zu ihren raffinierten Erziehungsmethoden.

Der Zug fährt schon seit ein paar Minuten, noch immer ist mein Abteil leer. Plötzlich wird es Nacht. Ein Tunnel. In der Fensterscheibe sehe ich ein schmales Gesicht mit großen Augen. Sie sind blaugrau, was man jetzt gerade nicht erkennen kann. Auch die Sommersprossen sieht man nicht, dafür ist es zu dunkel. Das Haar … immer noch ungewohnt. In unserem Viertel hat ein neuer Friseur aufgemacht und vor drei Tagen habe ich in einem Anfall von Verwegenheit meine lange Mähne ein gutes Stück kürzen lassen. Dadurch komme mein Hals viel besser zur Geltung, hat der Figaro behauptet und auch noch hinzugefügt, ich hätte tolle Augenbrauen und ein elegantes Profil. Ich war hin und weg, und nun weiß ich auch, warum Frauen so gerne Schwule als Freunde haben.

Jetzt sind da auf einmal Wellen, wo vorher keine waren, und ein paar hellbraune Strähnen beleben das Bitterschokoladenbraun. Strähnen und Wellen, lieber Himmel, auf meinem Kopf ist auf einmal ganz schön was los. Sogar meine Mutter hat eingeräumt, dass mir die neue Frisur gut steht. Was Laura wohl dazu sagen wird? Sie hat die Frisur nämlich noch gar nicht gesehen, wir haben vergangene Woche nur gechattet, und dabei gab es – so wie in den vorangegangenen zwei Wochen auch – mal wieder nur ein einziges Thema: *Einstein.*

Ich lehne mich zurück, schließe die Augen und horche in mich hinein. Eigentlich müsste ich doch vor lauter Vorfreude kurz vorm Platzen sein. Doch ich fühle mich hauptsächlich müde. Es hat mich viel Energie gekostet, jetzt hier im Zug nach Paris zu sitzen.

Vielleicht könnte ich mich unbeschwerter freuen, wenn ich nicht so sehr für diese Reise hätte kämpfen müssen. Wenn man für eine Sache allzu viel bezahlt hat, macht sie einem oft gar nicht mehr so viel Spaß.

Nein, sei ehrlich, Anna, das ist es nicht!

Es ist dieser Junge. Der Junge aus Lauras Schule, mit dem sie schon zwei Dates hatte. Oder waren es drei? *Einstein,* wie sie ihn nennt. Er ist der wahre Grund für mein Unbehagen. Keine Ahnung, wie er aussieht, ein Foto von ihm hat sie mir noch nicht geschickt und ich habe sie nicht danach gefragt.

Hat mich einfach nicht interessiert.

Du wirst ihn ja kennenlernen, hat Laura gesagt.

Ich seufze. Mir wird wohl nichts anderes übrig bleiben, ob es mir nun passt oder nicht. Und nein, es passt mir *nicht.*

Ich gönne Laura das Herzklopfen, die Schmetterlinge im

Bauch und all diesen Romantik-Kitsch. Soll sie haben. Es überrascht mich auch nicht, dass es so gekommen ist. Laura ist bildhübsch und lebhaft und bestimmt sind die Jungs in Frankreich viel charmanter als die Büffel an unserer Schule. Es war abzusehen, dass sie sich in der Stadt der Liebe verlieben wird, und ich hoffe, dass dieser Einstein nett ist und dass sie zusammen glücklich werden, bis dass der Tod sie scheidet. ABER ... hätte der Wunderknabe nicht ein paar lausige Wochen später in ihr Leben treten können, *nach* den Pfingstferien, *nach* meinem Besuch bei ihr?

Wochenlang habe ich mich auf die Zeit mit Laura in Paris gefreut. In diesen knapp zehn Tagen, die ich in Paris verbringen werde, möchte ich mit Laura Paris erobern, mit ihr die Sehenswürdigkeiten abklappern, in Cafés rumhängen, shoppen gehen und alberne Dinge machen. Es soll wieder so sein wie früher, oder sogar noch besser. Zwei Freundinnen in Paris. Klingt wie ein Filmtitel, und wie wunderbar könnte das sein!

Aber nun ist da dieser Einstein.

Mit sehr gemischten Gefühlen denke ich an jenes Skype-Gespräch vor gut zwei Wochen zurück, in dem sie den Typen zum ersten Mal erwähnte. Wobei *erwähnte* es nicht wirklich trifft. Schmachtend und seufzend hat sie ohne Punkt und Komma von ihm geschwärmt:

»Er ist so cool, ich meine, wirklich cool, keiner von diesen Posern, die in Wahrheit nur eingebildet sind. So was hat er gar nicht nötig, denn er ist verdammt schlau, eine echte Intelligenzbestie. Deswegen nenne ich ihn auch Einstein. Er gibt sogar Nachhilfe in Mathe, genau wie du, ist das nicht irre? Nein, nein, er ist keiner von diesen verklemmten Nerds, die nur über komisches Zeug reden, das außer ihnen keiner versteht, so einer ist er nicht. Er interessiert sich für alles, auch für Kunst und Philosophie, er ist ... ach, er ist einfach süß! Richtig süß und dabei echt heiß! Aber das Gute daran ist: Er weiß das nicht mal. So ein stilles Wasser, verstehst du? Wir waren zusammen in einem Café, und ich sag dir, da sind Funken geflogen zwischen uns und ich hatte auf einmal das große Flattern und so ein ganz komisches Gefühl im Bauch, wenn ich ihn nur angeschaut habe, und ich habe ihn eigentlich die ganze Zeit angeschaut, ich musste einfach, es war wie ein innerer Zwang ...«

So ging das wie ein Wasserfall, ich kam gar nicht zu Wort, was egal war, denn ich hätte sowieso nichts dazu zu sagen gewusst.

Wenn er auf ihre Schule geht, denke ich jetzt, warum ist er ihr dann nicht schon am Anfang des Schuljahres aufgefallen? Dann wäre der Sturm der Gefühle inzwischen vielleicht schon etwas abgeflaut.

Jetzt weiß ich nicht, was mich in Paris erwartet. Ich habe das Gefühl, dass ich zum ungünstigsten Zeitpunkt komme. Wäre es Laura vielleicht sogar lieber, wenn ich zu Hause geblieben wäre? Wird sie mich während der nächsten Tage als lästiges Anhängsel betrachten? Das würde sie natürlich nie zugeben, aber wie kann ich sicher sein, dass sie nicht genau das denkt? Was immer wir unternehmen werden, ich werde mich stets fragen müssen: Wäre sie jetzt lieber mit *ihm* zusammen? Vielleicht ist er aber auch die meiste Zeit dabei und dann werde *ich* ihn als lästig empfinden und er mich ebenso. Oder die beiden werden pausenlos Händchen halten und Rumknutschen und ich werde mir vorkommen wie das fünfte Rad am Wagen. Es wird furchtbar werden. Zum Teufel mit diesem Einstein!

Ich merke, wie ich mich innerlich aufrege, mir steigen sogar Tränen in die Augen. Gott sei Dank sieht es keiner.

Mein Handy piept. Eine Nachricht von Laura.

> *Eeeeeeendlich, ich raste gleich aus! Fahr schneller, Zug! ☺☺☺☺ Mama freut sich auch schon tierisch, wir werden am Bahnsteig sein. ♥♥♥♥♥♥♥♥♥♥♥ xxx*

Ich blinzle die Tränen weg und ein Lächeln huscht mir übers Gesicht.

Anna Cornelius, was bist du nur für eine dumme, eifersüchtige Kuh!

Die trüben Gedanken sind wie weggewischt. Wie konnte ich mich nur so reinsteigern in meine Ängste? Was habe ich mir nur gedacht? Kein Junge wird es je schaffen, sich zwischen Laura und mich zu stellen. Nie, nie, nie!

2

Der Junge aus dem Zug

ANNA

Noch immer ist niemand in meinem Abteil aufgetaucht, abgesehen vom Schaffner, der mein Ticket abgestempelt und mir eine gute Reise gewünscht hat. Vielleicht hat eine ganze Gruppe den Zug verpasst oder ihre Pläne geändert. Mir soll das nur recht sein, ich genieße den Luxus, das Abteil ganz für mich zu haben. So kann ich mir in Ruhe den Reiseführer anschauen, den mir meine Mutter heute früh noch in die Hand gedrückt hat. Ich fand es nett von ihr, deshalb habe ich darauf verzichtet, sie darauf hinzuweisen, dass wir Digital Natives so etwas wie Reiseführer in Papierform nicht mehr benutzen.

Ah, Paris! Diese schönen Bilder. Montmartre, der Louvre, Notre-Dame, der Blumenmarkt, der Eiffelturm, das Seineufer … Nach ein paar Seiten merke ich, dass ich das alles gar nicht lesen will. Nicht jetzt. Laura wird mir schon die tollsten Orte zeigen. Obwohl unsere Interessen bisweilen recht verschieden sind. Die Interessen, aber vor allen Dingen auch unser Temperament.

»Wir sind wie Yin und Yang.« Lauras Worte und da ist was dran. Sie singt im Schulchor, ich bringe nur schräge Töne hervor. Sie ist unglaublich hübsch, mit ihrem herzförmigen Gesicht, den türkisfarbenen Augen, dem kleinen Schmollmund und ihren tollen, rötlichen Haaren. Ich dagegen bin eher Durchschnitt, da muss man sich nichts vormachen. Ich bin in diversen naturwissenschaftlichen AGs, Laura spielt Theater und lernt Klavier. Laura ist impulsiv und aufbrausend, ich eher besonnen und planend. Laura ist der Prototyp eines verwöhnten Einzelkindes, mein Bruder und ich werden kurz gehalten und wir müssen uns alles erkämpfen. Eigentlich ist es ein Wunder, dass Laura und ich überhaupt miteinander befreundet sein können. Manchmal kommt es mir auch eher so vor, als wären wir Schwestern. Und gerade weil wir in der Schule nicht alles zusammen gemacht haben, hatten wir uns immer so viel zu erzählen.

Es gibt natürlich auch Gemeinsamkeiten. Wir hören dieselbe Musik und lieben dieselben Filme und Serien und wir hassten oder mochten dieselben Leute an der Schule.

Ob ich ihren Freund wohl nett finde? Bestimmt, wir haben ja auch meistens denselben Jungs-Geschmack.

Ich muss eingeschlafen sein, denn ich werde wach, als jemand mit einem Rums die Abteiltür öffnet. Ein riesiger Rucksack schiebt sich herein und eine männliche Stimme fragt. »*Excusez-moi, est-ce que c'est libre ici?*«

»Bitte?«

»Oh, Verzeihung. Ist hier noch ein Platz frei?«, tönt es in leicht schwäbisch eingefärbtem Deutsch, und hinter dem Riesenrucksack kommt ein schmales, blasses Gesicht zum Vorschein. Ein Junge, etwa so alt wie ich.

»Sieht so aus«, murmele ich, wenig begeistert, nun doch noch Gesellschaft zu bekommen.

»Ausgezeichnet. Ich bin nämlich auf der Flucht.«

»Vor dem Schaffner? Der war schon hier«, sage ich. »Aber sein französischer Kollege wird sicher auch noch vorbeischauen, also versteck dich lieber auf dem Klo.«

»Was? Nein!« Er schüttelt den Kopf und lacht. »Ich bin kein Schwarzfahrer. Ich flüchte vor der fröhlichen Rentnertruppe in Wagen 9, die schon einiges intus hat, wenn du verstehst, was ich meine.«

»Alles klar.« Mein Mitgefühl hat er. Ich deute auf die Plätze mir gegenüber. »Freie Auswahl. Und ich lärme und trinke nicht. Jedenfalls nicht in Zügen.«

»Indianerehrenwort?«

Ich hebe zwei Finger und grinse. Der scheint ja ganz okay zu sein.

»Wunderbar!« Er stellt seinen Rucksack neben meinen Koffer, lässt sich auf den mittleren Sitz fallen und seufzt erleichtert auf.

»So schlimm?«, frage ich.

»Schlimmer!«

Es gibt ein dankbares Lächeln für die edle Retterin, die ihn möglichst unauffällig von oben bis unten mustert.

Schwer zu glauben, dass der Typ aus Wagen 9 kommt. Wenn man mich fragen würde, würde ich sagen, der kommt direkt aus dem frühen zwanzigsten Jahrhundert. Diese Klamotten! Grau kariertes Tweedsakko mit ledernen Flicken an den Ellbogen, darunter ein leicht vergilbtes Leinenhemd mit abgewetztem Kragen, senffarbene, an manchen Stellen ebenfalls schon leicht fadenscheinige Cordhosen, die ohne diese unsäglichen Hosenträger bestimmt an ihm herabrutschen würden. Bloß das nicht! Man mag sich nicht ausmalen, was für ein bizarres Textil der Herr Zeitreisende wohl darunter trägt. Fehlt eigentlich nur noch die Pfeife im Mundwinkel, und fertig ist die Karikatur des englischen Landadeligen. Oder habe ich was verpasst? Ist Retro gerade ganz groß angesagt, ganz Paris läuft so herum und nur ich habe nichts davon mitgekriegt? Denkbar ist das. Denn mal ehrlich, was verstehe ich denn schon von Mode?

Da ich ihm Ruhe versprochen habe, beschließe ich, stillschweigend mein Gehirn zu füttern. Ich hole das Magazin, das ich mir am Bahnhof gegönnt habe, aus dem Außenfach meines Koffers.

Mein Gegenüber fischt ebenfalls Lesestoff aus den Tiefen seines Rucksacks hervor und wuchtet diesen dann auf die Gepäckablage.

Ob mein Koffer auch da rauf soll?

Sehr aufmerksam, der junge Lord. »Ja. Warte ich helfe dir.«

»Lass nur, ich hab's gleich«, ächzt er. Schon passiert. Dabei sieht er gar nicht aus wie ein Muskelprotz. Sicher alles nur eine Frage der Technik.

Ich bedanke mich, er setzt sich wieder hin und fährt sich mit den Händen ein paarmal ordnend durch sein Haar, was allerdings nicht viel bringt, seine Frisur erinnert immer noch an einen Wischmopp. Irgendwie riecht das Abteil seltsam, seit er hier ist. Es riecht wie … es riecht … ich komm gleich darauf … es riecht so ähnlich wie der Schrank auf unserem Dachboden, wenn man ihn öffnet.

Er pflanzt sich einen Kopfhörer zwischen sein Haargestrüpp. Hört sich nach monotonem Elektro an. Und was lesen Euer Lordschaft denn so? Ich schiele neugierig hinter meinem Heft hervor: *The Quantum Theory of Light*.

Das ist ja interessant.

Ich widme mich nun ebenfalls wieder meiner Lektüre.

Neue Galaxien hinter der Milchstraße gefunden
Forscher finden 100 Milliarden Sterne

Bislang hat der Staub der Galaxien die Sicht behindert. Nun jedoch ist es Wissenschaftlern von der Universität Western Australia in Perth gelungen, durch den Sternennebel hindurchzusehen, den die Milchstraße verursacht. Mithilfe des Teleskops CSIRO Parkes gelang es, die noch völlig unentdeckte Region, die hinter unserer Milchstraße liegt, näher zu erforschen. Die 883 Galaxien sind nur 250 Millionen Lichtjahre entfernt, was eine für astronomische Verhältnisse eher geringe Entfernung darstellt. Mit ihrem Fund können die Forscher ein Phänomen aufklären, das sich der Große Attraktor nennt.

Der Große Attraktor. So, so.

Konzentration, wenn ich bitten darf!

Gar nicht so einfach. Ich spüre, wie er mich ansieht. Als ich ohne Vorwarnung aufschaue, kreuzen sich unsere Blicke.

Gerade, dichte Wimpern. Bernsteinfarbene Pupillen.

Der Anstand verlangt es, beizeiten wieder wegzusehen, aber es vergehen zwei, drei Sekunden, ehe ich mich wieder um die jüngsten Erkenntnisse der Astrophysik kümmern kann. Das Weltall tanzt mir vor den Augen herum. *Durchatmen! Dir wird doch jetzt nicht schlecht werden?* Kommt vielleicht vom Rückwärtsfahren, ich hätte mich beizeiten umsetzen sollen. Jetzt geht das nicht mehr, das sähe ja komisch aus, wenn ich mich plötzlich neben ihn setzte. Ein Blick aus dem Fenster, wo etwas Braungrünes vorbeiflitzt. *Nicht wahr, Herr Zeitreisender, dieser*

Hochgeschwindigkeitszug ist schon etwas anderes als die Kutschen und die gute alte Eisenbahn?

Warum bin ich denn plötzlich so albern, wenn auch nur in Gedanken? Sind wir schon in Frankreich? Ist das jetzt wichtig?

Ich will mir die Haare zurückstreichen, eine typische Verlegenheitsgeste, die sich mit den Jahren eingeschliffen hat, aber die langen Haare sind ja nicht mehr ganz so lang. Mir rutscht mein Heft vom Schoß, wir bücken uns beide danach und entgehen nur äußerst knapp einem Zusammenprall unserer Köpfe. Seine Haare berühren meinen Scheitel, was bei mir wiederum ein Kribbeln auslöst, das sich vom Kopf bis über den Rücken ausbreitet. Bestimmt ein elektrostatischer Effekt.

»Tut mir leid«, sagen wir im Chor und lächeln beide verlegen.

Sein Kopfhörer ist verrutscht, jetzt nimmt er ihn ganz herunter.

Um einer weiteren Kollision aus dem Weg zu gehen, überlasse ich es ihm, die Zeitschrift aufzuheben. Das Heft hat sich beim Herunterfallen geschlossen, sodass man den Titel lesen kann.

»Du liest die *Sterne und Universum?*« Seine Augenbrauen schießen nach oben. Sie sind kräftig und dunkler als das braune Haar.

»In der Tat«, antworte ich gestelzt. »Und sollte dir jetzt eine Bemerkung über Mädchen und Naturwissenschaften auf der Zunge liegen, dann schluck sie lieber runter.«

Er macht ein lautes Schluckgeräusch. »Gulp.«

Ich muss lachen.

Er ist bis an die Vorderkante seines Sitzes gerutscht. Die Ellbogen auf die Knie gestützt und den Kopf weit vorgestreckt, starrt er mich jetzt vollkommen unverhohlen an. Was ist denn jetzt los? Was für einen Freak habe ich da zu mir ins Abteil gelassen? Dieses Starren, voll creepy, wie Laura sagen würde. Hat dieser Mensch denn gar keine Kinderstube, hat man ihm nicht beigebracht, dass man fremde Leute nicht so anstarrt? Er scheint einen Punkt an meiner Wange zu fixieren. Siedend heiß fällt mir der Pickel neben meinem rechten Nasenflügel ein. Hoffentlich ist dieses Abdeckzeugs noch drauf!

»Was ist?«, frage ich gereizt. »Hab ich plötzlich zwei Köpfe oder vier Ohren?«

»Du weißt es nicht?«

»Was weiß ich nicht?«

»Moment, ich zeig es dir.« Aus der Innentasche seines unsäglichen Sakkos zieht er ein iPhone heraus. Technisch ist er also doch auf der Höhe der Zeit. Noch ehe ich protestieren kann, macht er ein Foto von meinem verblüfften Gesicht. Dann steht er auf, setzt sich neben mich und zieht das Foto größer. Der Pickel ist deutlich zu sehen. Gott, ist das peinlich!

»Hier, die Sommersprossen auf deiner rechten Wange. Das ist das Sternbild des Stiers, eindeutig.«

»Red keinen Blödsinn!«

»Schau doch hin!« Er deutet auf das Display. »Hier, das da sind die Hörner, das ist der Schweif … das ist … irre!«

Es hat etwas Befremdliches, wie er meine Sommersprossen auf dem Handydisplay antippt. Als ich erneut bemerke, wie verrückt das sei, ruft er zum Beweis eine Webseite mit Sternbildern auf.

»Du könntest recht haben«, muss ich schließlich zugeben. »Mit viel Fantasie …«

»Das ist eine exakte Übereinstimmung.« Er strahlt mich voller Begeisterung an und ich muss automatisch auch lächeln.

Er setzt sich wieder auf seinen Platz mir gegenüber.

»Ich bin aber Sternzeichen Waage, falls das etwas zur Sache tut«, erkläre ich.

»Tut es nicht. Dieser Sternzeichen-Quatsch ist Verarschung, wenn du mich fragst.«

»Finde ich auch«, beeile ich mich zu versichern.

»Sag bloß, du hast das noch nie bemerkt?«

Was stellt der sich vor? Dass Mädchen mit einem Sternenatlas vor dem Spiegel stehen und ihre Sommersprossen, die sie am liebsten los wären, nach Übereinstimmungen mit Sternbildern abchecken?

»Nein«, sage ich. »Du bist der Erste, der das entdeckt hat, eine Pionierleistung, sozusagen.«

»Nicht mal dein Freund?«

Ein bisschen arg plump, aber wollen wir mal nicht so sein. Zumal er es wohl selbst gemerkt hat, jedenfalls ist er rot geworden.

»Ich habe keinen Freund«, sage ich.

Eine Antwort, die ihn breit grinsen lässt. Ich mag seinen Mund. Er ist vielleicht ein bisschen zu groß, aber das macht ihn sympathisch, ganz besonders, wenn er lächelt.

»Und du hast ganz bestimmt keine Freundin«, setze ich hinzu.

Das Grinsen vergeht ihm. »Äh ... was ... was macht dich da so sicher?«

»Ich bitte dich! Kein Mädchen würde ihren Freund so rumlaufen lassen.« Inzwischen bin ich mir sicher, dass es in unserem Abteil nach Mottenkugeln riecht. Was in Anbetracht seines Outfits durchaus plausibel ist. Am liebsten würde ich ebenfalls ein Foto von ihm machen und es Laura schicken. Die glaubt mir sonst bestimmt nicht.

Er nickt. »Gut erkannt.«

»Hast du einen Altkleidercontainer geplündert?«

»Du bist ganz schön frech.«

»Und du hast ungefragt meine Sommersprossen fotografiert.«

»Was lediglich der wissenschaftlichen Beweisführung dient.«

»Du arbeitest also an einer Studie über die Anordnung von Sommersprossen nach Sternbildern?«

»Bis jetzt noch nicht, aber die Idee hat was. Ich habe einen rothaarigen irischen Klassenkameraden, der wäre sicher eine Fundgrube.«

»Das Foto wird wieder gelöscht!«

»Wie Madame wünschen.«

Der kleine Schlagabtausch lässt uns schelmisch lächelnd zurück.

Ich warte, dass er das Foto löscht, aber er macht keinerlei Anstalten, sondern zupft am Ärmel seines Sakkos: »Die Sachen sind von meinem Großvater.«

»Ah.« Bestimmt wohnt der in einem Schloss mit Wassergraben, einer mahagonigetäfelten Bibliothek und einer Halle mit Kristalllüstern und ausgestopften Tieren …

»Er ist gestorben. Vor drei Tagen war seine Beerdigung. Ich komme gerade von dort. Er wohnt … wohnte in einem Dorf bei Tübingen.«

Mist, verdammter! »Das … das tut mir leid. Ich hab das mit

dem Altkleidercontainer nicht so gemeint, entschuldige bitte«, sage ich zerknirscht.

»Schon in Ordnung.«

»Warst du ganz allein da?«, will ich wissen.

»Nein. Meine Eltern waren dabei. Aber mein Vater kam nur zur Beerdigung und ist dann gleich wieder gefahren und meine Mutter und meine Tante bleiben noch und räumen sein Haus leer, weil es verkauft werden soll. Ich wollte eigentlich noch länger dableiben, aber ich habe das nicht ausgehalten.« Er sieht traurig aus.

»Hast du ihn gerngehabt?«

»Ja. Wir haben früher ganz in seiner Nähe gewohnt, ich war fast jeden Tag bei ihm. Er war jetzt schon 94 und ist von einer Sekunde auf die andere gestorben, als er nach seinen Bienen geschaut hat.«

Ich fühle mich hilflos. Außerdem finde ich diese Unterhaltung auf einmal ziemlich persönlich, wenn man bedenkt, dass wir uns erst seit ein paar Minuten kennen. Nicht, dass mich das stört, aber ich weiß nicht, was ich sagen soll.

Er grinst ein bisschen schief. »Ein schöner Tod, wie es so schön heißt.«

»Auf jeden Fall ein schneller. Ob's schön war, weiß wohl nur er«, sage ich.

»Sie wollten seine Kleidung weggeben, aber ich dachte, ich behalte einiges davon. Er sah in diesem Sakko immer so fesch aus.« Jetzt lächelt er. »*Fesch* war eins von seinen Lieblingsworten.«

»Nur trug er vermutlich keine Converses«, werfe ich ein.

»Ach, weißt du, so ein kleiner Stilbruch unterstreicht nur den Look. Darf ich fragen, wie du heißt?«

»Anna.«

»Jo.«

»Und *Jo* ist die Abkürzung von … ?«

»Vergiss es, saublöder Name.«

Johannes? Jonathan? Jonas? Nein, zu normal. Jobst? Wir hatten mal einen Jobst in der Grundschule und natürlich nannten wir den armen Kerl grundsätzlich nur Birne oder Japfel. Ich verkneife mir ein Grinsen.

»Fährst du bis Paris oder noch weiter?«, will er wissen.

»Paris. Ich besuche meine Freundin. Sie wohnt da zurzeit.«

»Wie lange?«

»Ein Jahr. Wir haben uns seit acht Monaten nicht mehr gesehen. Also, richtig gesehen, nicht über Skype.«

Acht lange Monate. Kaum zu glauben.

Obwohl ich es besser hätte wissen müssen, hatte ich im Stillen gehofft, meine Eltern würden mich zu Weihnachten mit einem Ticket nach Paris überraschen. Dann hätte ich mit Laura Silvester in Paris feiern können! Vor meinem geistigen Auge sah ich schon den bunt angestrahlten Eiffelturm im Kreuzfeuer der Leuchtraketen. Die Hoffnung wurde zur fixen Idee, bis ich ganz fest daran glaubte. Aber dann gab es zur Bescherung doch nur einen neuen Wintermantel. Ein »praktisches« Geschenk, so wie jedes Jahr, etwas, das man mir früher oder später sowieso hätte kaufen müssen. Ich war so enttäuscht, dass ich heulend die Treppe hinauf in mein Zimmer gerannt bin, während ich meine Mutter sagen hörte, dies sei die Pubertät, am besten, man ignorierte es.

»Ich meine, wie lange bleibst du in Paris?«, holt mich die Stimme von Jo zurück ins Hier und Jetzt.

»Bis nächsten Sonntag. Also sieben Tage, wenn man die An- und Abreise nicht mitzählt.«

»Die muss man aber unbedingt mitzählen«, meint Jo. »Die Reise an einen Ort, an dem man noch nie war, ist doch das Spannendste an der ganzen Sache.«

»Der Weg ist das Ziel, meinst du das?«

»Ungefähr. Man ist voller Erwartungen und stellt sich vor, wie es sein wird ... Und der Rückweg ist auch wichtig, weil man dann ein bisschen anders ist als vorher. – Hoffentlich.«

»So habe ich das noch nie gesehen«, muss ich zugeben. Aber es stimmt womöglich. Als ich acht oder neun war, schleppten mich meine Eltern nach Florenz, in den Dom und in die Uffizien. Sie befürchteten, ich würde mich langweilen, und vielleicht tat ich das auch, aber ein paar Monate danach begann ich mich für die Renaissance zu begeistern und ganz besonders für Leonardo da Vinci. Jetzt frage ich mich, wie es sein wird, Laura wieder gegenüberzustehen. Werden mich die Tage mit ihr in Paris verändern? Wird Paris irgendetwas mit mir ... machen? Ja, wahrscheinlich wird es das: Danach wird mir mein Leben noch öder und langweiliger vorkommen als jetzt schon.

»Sprichst du Französisch?«, will Jo wissen.

»Nicht sehr gut. Ich habe es erst seit zwei Jahren als Wahlfach. Allerdings habe ich es schon vorher ein bisschen von meiner Freundin gelernt, denn ihre Mutter ist Französin. Und du?«

»Klar, muss ich wohl. Wir leben seit vier Jahren in Paris, ich geh dort zur Schule. Warst du überhaupt schon mal da?«

»Noch nie«, gestehe ich.

»Dann hast du ja eine Menge vor dir. Was willst du dir ansehen?«

»Das Übliche wahrscheinlich. Aber auf jeden Fall das Pendel.«

Einem, der *The Quantum Theory of Light* liest, muss ich nicht extra erklären, dass damit das Foucaultsche Pendel im Pantheon gemeint ist. Das Pendel muss ich unbedingt sehen, auch wenn Laura sich dort bestimmt zu Tode langweilen wird. Ganz abgesehen davon, dass es noch ein harter Brocken werden wird, ihr Sinn und Funktion des Pendels zu erklären. Nicht, dass Laura doof wäre, ganz im Gegenteil. Sie ist nicht nur perfekt in ihren Muttersprachen Deutsch und Französisch, sondern auch sehr gut in Englisch, und sie hat »nur so zum Spaß« Spanisch und Italienisch gelernt. Dazu liest sie eine Menge und ihre Deutschaufsätze sind kleine Meisterwerke. Mit den MINT-Fächern dagegen steht Laura ziemlich auf Kriegsfuß. »Um das Licht einzuschalten, muss ich nicht wissen, wie ein Atomkraftwerk funktioniert«, lautet eine ihrer Ausreden. Wie sie jetzt wohl mit Mathe und Physik klarkommt, ohne meine Hilfe?

Jo sieht mich forschend an, und ich werde mir bewusst, dass ich laut geseufzt habe. »Ich freu mich riesig, meine Freundin endlich wiederzusehen«, erkläre ich. »Es war so fade ohne sie.«

»Sie hat dich bestimmt auch vermisst.«

»Da bin ich nicht sicher«, bricht es aus mir heraus. »Sie ist der Typ, der schnell Freunde findet.«

Er nickt. Schweigt.

»War es für dich schwierig, als du nach Paris gezogen bist?«, will ich wissen.

»Bisschen schon, ja. Ich bin nicht so der gesellige Typ.«

»Ich auch nicht«, gebe ich zu.

»Was machst du dann so, in deiner Freizeit?«, will er wissen.

»Ich mag Filme. Und ich lese viel.« Ich deute auf mein *Sterne-und-Universum*-Heft.

»Keine Romane?«, fragt er.

Was meint er damit? Irgendwelche Schmonzetten? Oder die Klassiker?

»Nur, wenn ich muss, für die Schule. Aber ... na ja ... neulich habe ich *Per Anhalter durch die Galaxis* gelesen. Das war witzig.«

Seine Augen leuchten auf. »Ha! Das hab ich schon dreimal durch. Das Buch ist der Wahnsinn!«

»Warum kann man nicht mal so ein Buch in Deutsch behandeln?«, frage ich.

»Ja, das frage ich mich auch«, stimmt er mir zu. »Wir mussten *Madame Bovary* lesen. Ätzend.«

»Außerdem bin ich in der Mathe- und in der Physik-AG und ich gebe Nachhilfe, um mein Taschengeld aufzubessern. Es ist also nicht so, dass ich nicht ausgelastet wäre.« Ich merke, dass das klingt, als wäre ich eine Streberin, die keine Freunde hat. Okay, ich *bin* eine Streberin, die nur ein paar wenige Freunde hat, jetzt, wo Laura weg ist. Aber ich muss es ja nicht gleich jedem auf die Nase binden. Andererseits glaube ich nicht, dass dieser Jo Mädchen interessant findet, die sich stundenlang Schmink-Tutorials auf YouTube reinziehen.

Stellt sich die Frage, warum du Wert darauf legst, dass er dich interessant findet?

»Bei uns heißt die AG *Science and Technology*«, erklärt Jo gerade. »Läuft aber auf dasselbe raus. Wir beschäftigen uns zurzeit mit Gravitationswellen.«

»Wir auch. Seit es dafür den Nobelpreis gab, ist das wohl überall Thema. Aber es ist ja auch faszinierend«, füge ich rasch hinzu.

»Absolut«, stimmt Jo mir zu. »Sogar unser Physiklehrer ist dabei regelrecht poetisch geworden.« Er zitiert den Lehrer mit schwärmerischer Stimme: *»Der Todestanz zweier Neutronensterne, die sich immer schneller umkreisen und schließlich in einem gigantischen Lichtblitz miteinander verschmelzen … «*

Ich kichere verlegen und er lächelt ein wenig schief.

Irgendwie gefällt mir der Typ.

Längst habe ich mein Schweigegelübde vergessen und er hat seinen Kopfhörer weggepackt. Wir reden. Über das, was Laura Nerdthemen nennen würde: schwarze Löcher, Gammablitze, Antimaterie, Neutronensterne und – nicht ganz ernsthaft – über die Degradierung des Pluto vom Planeten zum Asteroiden. »Ich hab sogar noch so ein *Pluto-IS-a-Planet!*-T-Shirt«, gesteht Jo. »Passt mir aber nicht mehr. Als der Astronomie-Kongress das entschieden hat, war ich ja noch in der Grundschule.«

»Glaubst du, dass irgendwann Zeitreisen möglich sein werden?«, frage ich mit Blick auf seine Klamotten.

»Ich denke schon. Ich weiß nur nicht, ob wir das noch erleben werden.«

»Vielleicht doch«, erwidere ich. »Wenn wir welche treffen, die zurückgekommen sind.«

»Stimmt«, meint Jo. »Man sollte die Leute also nicht nur fragen, woher sie kommen, sondern auch noch, von wann.«

»Ich kann es mir nicht wirklich vorstellen«, räume ich ein.

»Hätten sich vor hundert Jahren die Leute so etwas vorstellen können?«, meint Jo und hält sein Smartphone in die Höhe.

»Auch wieder wahr.«

»Du weißt bestimmt, was Einstein sagte: *Der Unterschied zwischen Vergangenheit, Gegenwart und Zukunft ist nur eine Illusion, wenn auch eine hartnäckige.*«

Einstein, sieh an, da ist er ja schon wieder. Zum Glück wechselt Jo das Thema. »Schaust du auch Serien?«

»Sicher.« Was glaubt er, womit ich meine einsamen Abende verbringe? Immer lernen kann schließlich auch kein Mensch.

»Kennst du *Stranger Things*?«, fragt er.

»Ja klar. Ich kann's kaum erwarten, bis es die nächste Staffel gibt.«

Der Gesprächsstoff geht uns nicht aus und die Zeit, diese hartnäckige Illusion, vergeht im Flug. Ich schaue auf die Uhr und kann es kaum fassen. Nur noch zwanzig Minuten, dann sind wir in Paris. Sicher hat sich Laura schon auf den Weg gemacht. Ob sie wohl genauso aufgeregt ist wie ich?

»… deine Handynummer?«

Wie? Was? Abgelenkt durch den Gedanken an Laura habe ich den Anfang seiner Frage nicht mitbekommen und sehe ihn groß an. »Entschuldige. Was hast du gesagt?«

Jetzt gerät er ins Stottern. »Ich … ich wollte … ich habe gefragt, ob du mir deine Handynummer gibst. Ich dachte, wir könnten vielleicht mal einen Kaffee trinken gehen. Oder ich begleite dich ins Panthéon. Oder wir machen was total Abartiges und fahren auf den Eiffelturm rauf.« Sein Gesicht ist ein wenig rot angelaufen, während seine Finger sich an einem Seemannsknoten abarbeiten.

Mein Herz macht einen kleinen Hüpfer. »Das … ja … das wäre toll!«

Er lächelt und macht sein Handy startklar. »Schieß los!«

»Erst musst du das grässliche Foto löschen.«

»Echt jetzt? Das ist hübsch.«

»Ist es nicht. Lösch es, du hast es versprochen.«

»Okay«, seufzt er. »So, weg.«

Ich diktiere ihm meine Nummer und kurz danach piept mein Handy, weil er mir zur Kontrolle auch gleich eine SMS geschickt hat.

»Ich weiß aber noch nicht genau, wann ich Zeit haben werde«, sage ich vorsichtshalber. »Ich muss mich nach meiner Freundin richten.«

»Ja, ja, klar«, nuschelt er. »Melde dich einfach, es wird schon klappen. Deine Freundin kann doch auch mitkommen.«

»Mach ich.«

Das fängt ja gut an! Ich bin noch nicht einmal in Paris angekommen und habe schon eine Verabredung mit einem sehr süßen Jungen. Mit komischen Klamotten zwar, aber trotzdem ... Laura wird den Mund nicht mehr zukriegen, wenn ich ihr das erzähle.

Er steht auf und nimmt seinen Rucksack herunter und danach meinen Koffer. »Ich muss noch mal zurück an meinen Platz, ich hab da noch einen Koffer liegen.«

»Noch mehr Sachen von deinem Großvater?«

Er nickt verlegen, öffnet die Tür und stellt seinen Rucksack in den Gang. Dann dreht er sich noch einmal um.

»Anna?«

Schon wieder ist da dieses Kribbeln, jetzt, wo er meinen Namen ausspricht. Mit Elektrostatik lässt sich das dieses Mal beim besten Willen nicht erklären.

»Ja?«

»Wir sehen uns, okay?«

Er sieht mich eindringlich an und mir wird auf einmal flau im Magen. Sicher, weil ich schon halb verhungert bin. Vor lauter Reden habe ich nämlich ganz vergessen, eines der belegten Brote zu essen, die meine Mutter mir eingepackt hat. Was sicher auch sein Gutes hatte, denn hätte sich der Geruch von Leberwurst mit dem nach Mottenkugeln gemischt, wäre uns vielleicht doch noch schlecht geworden.

»Ja, bestimmt«, sage ich.

»Okay«, sagt er und steht immer noch in der Tür.

»Jo?«

»Hm?«

»Ich mag deine Opa-Klamotten. Du siehst *fesch* darin aus.«

Er grinst, beugt sich zu mir hinab und küsst mich auf die Wange.

»*Au revoir,* Anna!«

»*Au revoir,* Jo!«

Dann verschwindet er und mein Stier-Sternbild beginnt zu glühen.

3

WILLKOMMEN IN PARIS

LAURA

Der Lautsprecher am Bahnsteig kündigt den ICE aus Stuttgart an.

»Bist du aufgeregt?«, fragt mich *maman*. Wir sprechen Französisch, wie immer. Ich fürchte, mein Deutsch wird bald einrosten. Seit wir hier wohnen, spreche ich es nur noch mit Papa, aber auch nur, wenn wir allein sind, und wann sind wir das schon mal?

»Bisschen«, sage ich.

»Freust du dich?«

»Mhm.«

»Manchmal ist es ein wenig seltsam, wenn man Freunde trifft, die man lange nicht gesehen hat. Man muss erst wieder den Draht zueinander finden.«

»Wir haben geskypt«, entgegne ich. Doch ich muss zugeben, sie hat genau das ausgesprochen, was ich empfinde. Natürlich freue ich mich auf Anna. Aber ein paar Monate früher hätte ich mich, glaube ich, noch viel mehr gefreut.

Der Neubeginn hier war nämlich alles andere als ein Zuckerschlecken. Die Stadt selbst – klasse, aufregend, toll, keine Frage. Aber die Leute in der Schule sind ziemlich gewöhnungsbedürftig, und es war für mich auch völlig neu, dass die Schule bis zum späten Nachmittag dauert. Man isst dort, man geht dort zum Sport, ich habe dort Klavierunterricht – man verbringt praktisch fast sein ganzes Leben an der Schule. Wehe, wenn es einem da nicht gefällt, dann steckt man bis Oberkante Unterlippe in der Scheiße.

Mein Fehler war, dass ich zuerst versucht habe, mich der Franzosenclique anzuschließen. Ich habe gedacht: Schließlich bin ich Muttersprachlerin, also gehöre ich zu den *frogs*. Bald aber habe ich gemerkt, dass mein Französisch Lücken aufweist. Etliche Ausdrücke waren mir nicht geläufig, und ich habe oft nicht kapiert, wovon die anderen überhaupt reden. Umgekehrt haben sie sich köstlich über Worte amüsiert, die ich benutzt habe. Weil man die angeblich nicht mehr sagt, wenn man zur Avantgarde gehören will.

Avantgarde, am Arsch!

Die »frogs« sind so posh, wenn du deren Code nicht kennst, bist du für die nur eine Lachnummer. Noch dazu sind darunter ein paar echt ekelhafte Zicken, die mich erbarmungslos gemobbt haben.

Eine Weile lang ging es mir also echt beschissen. Ich hatte tierisches Heimweh, ich vermisste Anna und meine alte Schule, unser Haus im Akazienweg, den Garten mit dem Apfelbaum und unserem alten Baumhaus darin ... Diese kleine, überschaubare Welt, in der ich immerhin über zehn Jahre lang gewohnt habe. Also praktisch meine ganze Kindheit hindurch, denn an die Zeit davor, als wir in Köln lebten, erinnere ich mich kaum. Ich bin noch immer verwundert darüber, wie meine Eltern dies alles einfach so abstreifen können. Okay, die sind alt, für die sind zehn Jahre relativ gesehen nicht gar so lang, aber trotzdem ...

Wenn ich von »zu Hause«, gesprochen habe, haben sie mich bekümmert angesehen und gemeint, mein Zuhause wäre doch jetzt hier.

Mit der Zeit habe ich gemerkt, dass es den anderen Expats, oder »pats«, wie alle nicht-französischen Schüler genannt werden, ähnlich ging wie mir. Keiner von denen ist hier aufgewachsen, sie sind allesamt Entwurzelte. Manche von ihnen müssen alle zwei, drei Jahre umziehen, weil ihre Eltern komische Jobs haben oder es erstrebenswert finden, alle naselang woanders zu leben. Deswegen habe ich mich den pats angeschlossen, die natürlich sehr wohl registriert hatten, dass ich zuvor bei den frogs abgeblitzt bin. Also war es nicht so, dass man mich gleich mit offenen Armen empfangen hätte. Eine Weile lang fühlte ich mich wie ein Niemand. Ich gehörte nirgends dazu.

Es gibt wohl an jeder Schule und in jeder Klasse eine Hackordnung, aber an unserer herrscht ein besonders gnadenloses System, und es hat gedauert, ehe ich das durchschaut und darin meinen Platz gefunden habe.

Yuma aus Japan war die Erste, die sich mit mir angefreundet hat, und dafür bin ich ihr noch immer dankbar, auch wenn sich später herausgestellt hat, dass wir ziemlich verschieden sind. Inzwischen finde ich auch April, eine New Yorkerin, gar nicht mehr so übel. Und Clara aus Martinique ist ebenfalls okay. Sie hängt für meinen Geschmack nur immer noch zu viel mit den frogs rum. Sie merkt nicht, dass die sie verarschen und hinter ihrem Rücken rassistische Witze reißen. Vielleicht sage ich es ihr irgendwann. Oder ich petze es April, denn wenn die einen Verstoß gegen die political correctness auch nur von Ferne wittert, geht sie ab wie eine Rakete.

In den ersten Monaten habe ich mir jedenfalls sehr gewünscht, dass Anna mich besucht. Ich hoffte auf die Weihnachtsferien.

Aber Anna hat mir irgendwas erzählt von wegen, sie dürfe keine Drei im Zwischenzeugnis haben, damit sie die Erlaubnis bekäme. Das Zwischenzeugnis gibt es im Februar!

Annas Kadavergehorsam gegenüber ihren Eltern hat mich immer schon gestört, und als sie mir das mit dieser Zeugnis-Erpressung erzählte, war ich echt angefressen. Vielleicht hätte ich ihr klar und deutlich sagen sollen, dass es mir scheiße geht und ich sie vermisse und dass sie herkommen soll, um ihre beste Freundin zu trösten. Vielleicht – aber nur ganz, ganz vielleicht – hätte sie sich dann endlich einmal gegen ihre Eltern durchgesetzt und wäre gekommen. Ich an ihrer Stelle hätte eine Szene hingelegt, bei der denen Hören und Sehen vergeht. Aber Anna ist nicht der Typ für Szenen, und ich habe ihr verschwiegen, wie es mir *wirklich* ging. Zuzugeben, dass es mir hier nicht so gut gefällt, wie ich erwartet hatte, wäre dem Eingeständnis einer Niederlage gleichgekommen, besonders nachdem ich vor unserer Abreise so sehr von Paris geschwärmt habe und mich alle Welt – oder zumindest die halbe Schule – um den Aufenthalt in Paris beneidet hat. Da kann ich doch nicht nach ein paar Wochen damit daherkommen, dass ich mich nicht wohlfühle und Heimweh habe.

»Mimimi, heul doch«, hätte mir jeder halbwegs vernünftige Mensch darauf geantwortet.

Gut, ich hätte es nur Anna anvertrauen können, unter dem Siegel der Verschwiegenheit. Doch Niederlagen einzugestehen ist schwierig, selbst gegenüber der allerbesten Freundin. Außerdem, was hätte es genützt, wenn sie für ein paar Tage kommt und ich mich bei ihr ausheule? Meine Situation hätte das nicht verbessert.

Nein, ich musste mich da schon alleine durchbeißen und es

ist mir auch einigermaßen gelungen. Ich habe Freunde gefunden, ich lasse mich nicht mehr von den frogs mobben, ich habe mich in einigen Schulfächern sogar verbessert. Ja, und inzwischen betrachte auch ich Paris als meine Heimat.

Das mit Annas Notendurchschnitt hat dann auch geklappt – ich hatte nie einen Zweifel daran. Aber in den Osterferien sind meine Eltern mit mir nach Marokko geflogen, was natürlich auch nicht übel war, und so ist es Mai geworden, bis Anna mich nun endlich besuchen kommt.

Als das endlich feststand, habe ich mich wie irre auf sie gefreut.

Und dann fing das mit Einstein an.

ANNA

»Anna!!!«

»Laura!!!«

Wir stürmen die letzten Schritte aufeinander zu, liegen uns in den Armen, hüpfen auf und ab und quieken wie die Ferkel. Es könnte eine Szene aus einem amerikanischen Film sein, denke ich, da ich normalerweise nicht zu überschwänglichen Gefühlsausbrüchen neige.

»Da bist du, ich kann's kaum glauben.«

»Ja, endlich! Ich freu mich so!«

Laura sieht schöner denn je aus. Sie hat sich dezent geschminkt, ihr langes Haar ist zu einem lockeren Knoten geschlungen, ihr bläulich schillerndes Kleid ist mit schwarzen Blüten bestickt, oben eng geschnitten, aber mit einem weiten Rock. Sie sieht aus wie Cinderella auf dem Weg zum Ball, und ich komme mir in Jeans, T-Shirt und Strickjacke vor wie das Mauerblümchen aus der Provinz.

Das bin ich ja auch.

»Oh, deine Haare sind kürzer!«, ruft Laura.

»Gefällt's dir nicht?«, frage ich verunsichert.

»Doch, sieht super aus. Nur ungewohnt.«

»*Bienvenue à Paris,* Anna!« Während ich noch überlege, wie ich Lauras Mutter begrüßen soll, hat sie mich schon an sich gerissen. Küsschen rechts, Küsschen links und noch einmal rechts. Das hat sie schon früher so gemacht, fällt mir ein.

Danach hält sie mein Kinn fest und schreit durch den *Gare de l'Est:* »Was für ein hübsches Ding du geworden bist! Und so eine gesunde Farbe hast du! Sieh nur, Laura, unsere Anna wird langsam eine kleine Madame.«

Ich kann gar nicht ausdrücken, wie sehr ich mich über diese Worte freue. Nicht nur über das »hübsche Ding«, sondern auch über »unsere Anna«. Hatte ich doch schon immer den heimlichen Wunsch, ein ganz kleines bisschen zu dieser Familie zu gehören, die so ganz anders ist als meine.

Ach, Paris! Man merkt sofort, dass man in einer Weltstadt ist, man braucht sich nur umzusehen, die Menschen sehen anders aus, sie bewegen sich anders, sie sind anders angezogen. Es ist, als wäre man auf einem fremden Planeten gelandet, nach nur dreieinhalb Stunden Zugfahrt.

»Wie war die Reise, Anna?«, fragt Frau Kessel. Ihr französischer Akzent ist ausgeprägter denn je, und wie immer betont sie meinen Namen auf der zweiten Silbe, genau wie bei Laura, bei der sie außerdem das Au wie ein kurzes O ausspricht, sodass ich mir ganz am Anfang nie sicher war, ob Laura nun Laura oder Lora heißt.

»Wunderbar!«, rufe ich und schiele dabei verstohlen nach beiden Seiten, um im Gewühl des Bahnsteigs vielleicht noch einen kurzen Blick auf Jo zu erhaschen. Aber ich entdecke ihn nirgends.

Das Taxi quält sich durch den Feierabendverkehr. Der Fahrer sieht arabisch aus und so klingt auch die Musik, die aus der Anlage dröhnt. Ich schaue aus dem Fenster und versuche, möglichst viele Eindrücke aufzusaugen.

Laura redet in einer Tour: »Also, wir müssen unbedingt ins

Lafayette. Nicht zum Shoppen, ist viel zu teuer da, aber man muss es einfach gesehen haben, es ist völlig irre. Und dann müssen wir eine Stadtrundfahrt machen. Ich weiß, das klingt ätzend, aber dabei kriegst du ganz viel mit, ohne dass wir uns die Hacken ablaufen müssen. Natürlich müssen wir auch zum Eiffelturm und zum Louvre, das ist Pflicht, obwohl man da anstehen muss …«

Immer wenn Laura nervös ist, redet sie sehr viel. Aber warum ist sie nervös? Doch nicht etwa meinetwegen? Sie benimmt sich, als hätte ihre Mutter sie ermahnt: »Sei nett zu Anna, sie ist unser Gast, du musst sie unterhalten.«

Ich lasse sie reden und werfe ihr ab und zu einen prüfenden Seitenblick zu. Müsste sie nicht irgendwie anders aussehen, jetzt, da sie verliebt ist? Nach all den blumigen Schilderungen ihres neuen Gemütszustandes, müsste ich da nicht irgendein Anzeichen an ihr wahrnehmen – ein inneres Leuchten, eine magische Ausstrahlung, einen bestimmten Glanz in den Augen oder etwas in der Art? Wenn Leute krank sind, sieht man es ihnen ja auch an, und Verliebtsein gleicht einer Krankheit. Jedenfalls ist es ein chemisch bedingter hormoneller Ausnahmezustand.

Laura jedoch erscheint mir einfach nur übertrieben aufgekratzt, und unterschwellig spüre ich eine gewisse Fremdheit zwischen uns, eine innere Distanz. Acht Monate Trennung gehen eben doch nicht spurlos an einer Freundschaft vorbei. Bestimmt geht es Laura ähnlich wie mir und ihr angestrengtes Dauerreden tarnt nur ihre Verlegenheit.

Ich will sie jetzt nicht nach ihrem Freund fragen, denn ich bin nicht sicher, ob ihre Mutter im Bilde ist. Allerdings wäre Frau Kessel sicherlich die Letzte, die ihrer Tochter Vorwürfe oder Vorschriften machen würde, wenn diese sich zum ersten Mal verliebt. Im Gegenteil. So, wie ich sie einschätze, würde sie sicherlich begeistert daran Anteil nehmen. Vielleicht will Laura gerade das nicht. Sie hat sich früher öfter darüber beklagt, dass ihre Mutter sich viel zu sehr in ihr Leben einmischt. »Sie will immer meine Freundin sein, aber Mütter sind nun mal keine Freundinnen, verdammt noch mal!« Also bin ich vorsichtig und halte lieber meinen Mund. Es gibt ja auch genug zu sehen auf der Strecke. Diese prachtvollen Häuser, die pittoresken Cafés, die schönen Läden. Vor etlichen Gebäuden und an manchen Kreuzungen stehen bewaffnete Soldaten. Paris hat in diesen Zeiten eben auch seine Schattenseiten.

Der Stadtteil St. Germain im 6. Arrondissement ist unverkennbar eine der besseren Wohngegenden. Die Straße, in die das Taxi nun einbiegt, hat einen breiten Gehweg und auf beiden Seiten stehen gestutzte Bäume. Platanen? Die Autos am Straßenrand parken so eng, dass jedem Deutschen das Herz stehen bleiben würde bei diesem Anblick. Ich fotografiere einen Hydranten, der wie ein Kunstwerk aussieht.

Das Haus, in dem die Kessels zurzeit leben, ist ein fünf Stockwerke hoher Prachtbau aus dem 19. Jahrhundert. Neben dem Eingang gibt es ein kleines Kabuff mit einem großen Fenster und darin sitzt tatsächlich eine Concierge. Bevor Laura mir von ihr berichtet hat, hatte ich angenommen, so etwas gebe es nur noch in alten Filmen. Die Concierge ist eine jüngere Schwarze mit einem Marge-Simpson-Haarturm, die mit ihrem Handy beschäftigt ist und uns mit einem sparsamen Nicken und einem gemurmelten »Bonjour, Mesdames« begrüßt. Ich komme mir vor wie in einem Hotel.

»Das ist nur die Aushilfe, die richtige Concierge sieht aus wie ein Drachen und benimmt sich auch so«, flüstert mir Laura zu. »Die hier kennt nicht mal die Namen der Leute.«

»Pscht, *chouchou,* sie kann uns hören«, flüstert Frau Kessel.

»Und? Ist doch wahr«, erwidert Laura.

»Sei kein Snob, Laura!«, zischt ihre Mutter.

Laura verdreht die Augen, aber ich muss ihrer Mutter im Stillen recht geben. Lauras gelegentliche Läster- Anwandlungen hatte ich zwischenzeitlich völlig verdrängt. Früher habe ich in solchen Situationen leise »Arschlochalarm« gesagt, aber jetzt verkneife ich mir das.

Womöglich ist Laura das Leben in der Metropole ein bisschen zu Kopfe gestiegen. Das und ihre neue Snobisten-Schule. Sie hat sie nie so bezeichnet, aber durch Lauras Erzählungen ist bei mir dieser Eindruck entstanden. Mir wird klar, dass Laura während der vergangenen Monate völlig anderen Einflüssen ausgesetzt war als ich. Sie lebte in einer anderen Welt – ist es da nicht logisch, dass wir uns auseinandergelebt haben?

Die Wohnung im vierten Stockwerk erreichen wir über einen Aufzug, der sich rappelnd und quietschend nach oben stottert.

»Keine Angst, Anna, er fährt seit über hundert Jahren ohne Absturz«, meint Frau Kessel. Was mich unheimlich beruhigt. Ich werde auf jeden Fall in Zukunft die Treppe nehmen.

Laura hat mich schon per Laptop durch die Räume geführt, ich ahne also, was mich erwartet, aber dennoch ist der Eindruck umwerfend. So hell, so großzügig, so *bourgeois.* Glänzendes, vornehm knarzendes Parkett, hohe Wände mit Stuck, bodentiefe Fenster, ein Balkon mit einem hübsch verschnörkelten Geländer, alte Möbel aus schwerem Holz. Über dem ovalen Esstisch prangt ein riesiger Leuchter aus tausend Kristallen.

»Die Wohnung gehört der Firma, sie wäre sonst unbezahlbar«, erklärt Frau Kessel, als müsste sie sich für all den Luxus bei mir entschuldigen.

Catherine Kessel ist studierte Kunsthistorikerin und malt auch selbst. Abstrakte Bilder, mit denen ich noch nie besonders viel anfangen konnte, nur die kräftigen Farben gefallen mir. Auch hier hat sie den Räumen bereits ihren unverkennbaren Stempel aufgedrückt: Großformatige Bilder schmücken die hohen Wände, überall liegen Kelims und auf einem riesigen roten Sofa türmen sich Seidenkissen in Gelb, Orange und Grün. So viel Licht, so viele Farben, hätte ich nicht schon gute Laune, würde ich sie spätestens jetzt bekommen.

Laura zeigt mir ihr Zimmer. Es ist so groß wie unser Wohnzimmer und hat einen eigenen winzigen Balkon, der wie ein Schwalbennest über der Straße hängt. Die Möbel sehen aus, als wären sie antik, besonders das Himmelbett. An den Wänden hängen nur einige wenige Bilder: Reproduktionen berühmter Impressionisten, die möglicherweise schon vorher da hingen, und das Plakat einer literarischen Veranstaltung vom Dezember.

»Wo sind die halb nackten Kerle hin?«, frage ich und sehe mich suchend um. Keine Rockstars, keine Kinoplakate, mit denen ihr altes Zimmer zugepflastert war.

Nicht jeder wolle Da-Vinci-Zeichnungen, Sternkarten und Nasa-Fotos von der Erde und dem Weltall aufhängen, hat Laura stets hoheitsvoll versetzt, wenn ich sie wegen ihrer Posterboys aufgezogen habe.

»Aus dem Alter bin ich raus«, antwortet Laura nun ein wenig schroff.

»Fände dein Freund wohl auch nicht so toll«, sage ich.

Nicht, dass ich unbedingt über diesen Einstein sprechen möchte, aber ich brenne darauf, Laura von dem Jungen im Zug zu erzählen, und versuche deshalb, das Gespräch unauffällig in Richtung Jungs zu lenken.

»Höchstwahrscheinlich«, meint Laura. Ich warte darauf, dass noch mehr kommt, jetzt, wo wir allein sind, aber Laura sagt nur: »Komm, ich zeig dir dein Zimmer.«

Das Gästezimmer hat einen begehbaren Kleiderschrank, ein altmodisches Waschbecken an der Wand, ein breites Bett mit Metallgestell und ein großes Fenster zum Hof, der mit Kübelpflanzen begrünt ist. Auf einer Kommode steht ein üppiger Strauß gelber Tulpen. Wie schön, so empfangen zu werden!

»Wow, klasse!«

»Schön, dass es dir gefällt«, sagt Laura und am liebsten würde ich sie anschreien: »He, ich bin es, Anna, deine Freundin, kein Pensionsgast!«

Aber sie ist schon wieder hinausgegangen.

JO

Es ist komisch, wieder zu Hause zu sein, während Mama noch in Opas altem Haus ist. Der Kühlschrank ist leer und die Wohnung wirkt verlassen, obwohl sie eigentlich so aussieht wie immer. Typischer Fall von subjektiver Wahrnehmung.

Keine Spur von meinem Vater, sicher ist er bei dieser Tussi. Er rechnet ja nicht mit mir.

Ich packe meinen Rucksack aus und stopfe die dreckige Wäsche in die Maschine. Das Sakko und die Cordhose hänge ich zum Lüften raus. Leider ist mir erst auf der Fahrt zum Bahnhof aufgefallen, dass das Zeug seltsam riecht. »Mottenkugeln«, meinte Tante Edith.

Wie Mama und Tante Edith das nur fertigbringen, Opas Sachen systematisch durchzugehen: *wegschmeißen, behalten, verschenken* ... Jemand muss es machen, logisch. Und wer, wenn nicht seine Töchter? Aber es kommt mir irgendwie brutal vor. So, als würde er mit jedem Stück, das in irgendeinem Karton oder Container verschwindet, ein bisschen mehr sterben. Wenn sie erst das Haus verkaufen, dann stirbt er ganz.

Dieser Gedankengang ist natürlich weder hilfreich noch rational. Außerdem bin ungerecht, denn Mama sah in den vergangenen Tagen aus wie ein Gespenst und auch Tante Edith hatte ständig verheulte Augen. Nur mein Vater war wie immer. Er und Großvater mochten sich nie – was ich gut verstehen kann. Er ist auch gleich nach der Beerdigung abgereist. Wichtige Termine in der Firma. Das Übliche.

An Opas Grab ist mir der Gedanke gekommen, dass ich lieber meinen Großvater behalten und meinen Vater verloren hätte, wenn es denn schon einen aus der Familie treffen musste. Daraufhin habe ich prompt ein schlechtes Gewissen bekommen. Schlechtes Gewissen ... das ist auch wieder so eine Sache. Woher kommt das, warum sind die Gedanken nicht wirklich frei? Wäre es nicht besser, gar kein Gewissen zu haben?

Ich werde meinen Opa vermissen. Oft habe ich ihn in den letzten vier Jahren zwar nicht gesehen, nur in den Ferien und zu Weihnachten, aber es war gut zu wissen, dass es ihn gibt. Ihn und seine Obstbäume und den alten Kater und die Bienen.

Der Kater wird zu Tante Edith ziehen. Und die Bienen? Keine Ahnung.

Opa ist einfach ausgelöscht. Bald nur noch Erde. Ein Gedanke, der mir nicht sonderlich behagt. Ich möchte jedenfalls später mal kein Wurmfutter sein.

Ich glaube auch nicht, dass Opas unsterbliche Seele jetzt woanders weiterlebt, wie der Pfarrer der Trauergemeinde versichert hat. Wie soll man sich das bitte schön vorstellen? Etwas Körperloses, das irgendwo herumwabert? Im Universum? Hier, auf der Erde? Sind wir immer und überall von unsichtbaren Seelen umgeben? Hat dieses Etwas dann auch ein Bewusstsein? Weiß die Seele, dass sie mal ein Mensch war und dass sie jetzt unsterblich ist? Wenn ja, wie hält sie das aus? Das alles ist mir viel zu vage und metaphysisch.

Dabei wünschte ich, ich könnte daran glauben. Es wäre tröstlich. Oder nein, eigentlich nicht. Der Gedanke daran ist doch eher bedrohlich. Unsterblichkeit, in welcher Form auch immer, erscheint mir nicht erstrebenswert. Wenn ich tot bin, will ich tot sein, basta. Kein ewiges Leben, egal in welchem Aggregatzustand.

Um meinem Großvater noch ein bisschen nahe zu sein, habe ich einen alten Koffer mit Sachen vollgepackt, die Mama und Edith sonst weggegeben hätten. Kleidung hauptsächlich. Etwas davon habe ich vor der Abfahrt angezogen, weil sonst der Koffer nicht zugegangen wäre. Aber Mama hat das total in den falschen Hals gekriegt. Sie hat gedacht, ich würde mich über meinen toten Großvater lustig machen, und meinte, ich solle mich schämen. Sie hat angefangen zu heulen und ich musste meine Tante zu Hilfe rufen, damit sie ihr das alles erklärt und mich zum Bahnhof fährt, weil Mama so aufgelöst war, dass es lebensgefährlich gewesen wäre, sich zu ihr ins Auto zu setzen. Oh Mann! Manchmal sind Menschen wirklich kompliziert. Frauen ganz besonders. Und Mütter besonders hoch drei. Als lebe man in unterschiedlichen Galaxien.

Ich habe Hunger und setze Wasser auf, um Spaghetti zu kochen. Ich muss – schon wieder – an das Mädchen aus dem Zug denken. Anna. Ich kenne sie zwar kaum, aber sie wirkte völlig anders als die Mädchen aus meiner Schule. Sie scheint intelligent und durchschaut komplizierte naturwissenschaftliche Prozesse, aber sie selbst macht auf mich einen völlig unkomplizierten Eindruck. Wie eine, die tut und meint, was sie sagt.

Jetzt, im Nachhinein, ist es mir peinlich, dass sie mich in den Sachen von meinem Opa gesehen hat. Obwohl es ihr nichts auszumachen schien. Anna sind Klamotten wohl nicht so wichtig. Sogar dann nicht, wenn sie nach diesem Mottenzeug stinken.

Ich will sie unbedingt wiedersehen!

In meiner *Science-and-Technology*-AG gibt es auch ein paar Mädchen. Yuma zum Beispiel. Sie ist Japanerin und sieht aus, als wäre sie direkt einem Manga entsprungen. Manche Jungs stehen deshalb auf sie, aber bei mir löst sie keine vom Normalzustand abweichenden Reaktionen aus, weder körperlich noch geistig, obwohl ich Mangas mag. Ich will damit sagen: Anna ist nicht das erste Mädchen, das ich treffe, das sich für Naturwissenschaften interessiert. Darum wüsste ich wirklich gerne, warum gerade sie auf mich so anziehend wirkt. Womöglich haben wir es mit biologischen Botenstoffen zu tun, die mir das Hirn vernebeln. Aber hätten die überhaupt eine Chance gehabt gegen die Mottenkugeln?

Das Wasser kocht, ich gebe Nudeln und Salz rein und schalte runter. Hoffentlich ist noch Fertigsoße da.

Ist es, weil wir uns so tief in die Augen gesehen haben? So ein Blickkontakt mit Mädchen passiert mir in letzter Zeit häufiger. Erst neulich wieder ...

Aber nein, das ist es nicht. In die Augen schauen kann man schließlich jedem, das ist keine Kunst. Aber jemanden zu treffen, der die Welt genauso sieht wie man selbst, das kommt extrem selten vor.

Und ich glaube, bei Anna und mir ist es so.

Vielleicht ist es falsch, diese Frage rein wissenschaftlich anzugehen. Womöglich gibt es ihn doch, diesen unerklärlichen Zauber des Verliebtseins, der in der Literatur und in den Filmen immer wieder beschworen wird.

Oder ich muss die alten Denker bemühen. Seit diesem Schuljahr bin ich ja auch in der Philosophie-AG. Dort erhoffe ich mir Antworten auf die vielen Fragen des Lebens, aber genau das Gegenteil ist der Fall: Mit jedem Wissensgebiet eröffnen sich neue, rätselhafte Horizonte, und da meine Neugierde nun einmal geweckt ist, gibt es auch kein Zurück mehr. Je mehr ich erfahre, desto mehr fühle ich mich als Unwissender. Nein, die Philosophie hat mir bis jetzt nicht wirklich geholfen, und ich fürchte, ich finde dort auch keine Antwort auf die Anna-Frage.

Ob ich ihr mal kurz schreiben soll? Lieber noch ein bisschen warten. Ich will nicht, dass sie denkt, ich wäre aufdringlich. Außerdem muss ich mir erst mal überlegen, was ich schreibe. Es sollte geistreich klingen, aber nicht affektiert. Cool und doch verbindlich. Es muss witzig sein, aber nicht plump oder albern, klug, aber nicht klugscheißerisch … Verdammt, das Nudelwasser kocht über!

ANNA

Straßengeräusche dringen herauf, die Bäume tragen ein zartes Grün, die Luft ist wie Samt und riecht nach Lindenblüten. Ich stehe auf dem Balkon und betrachte entzückt das Straßenleben. Menschen, Autos, Hunde, Kinder, Fahrräder, Tauben …

»Ah, Frühling!« Frau Kessel hat sich neben mich gestellt. »Du hast so viel Glück, Anna, letzte Woche hat es nur geregnet wie aus eine Topf.«

»Eimer«, murmele ich.

»Pardon?«

»Es schüttet wie aus Eimern. Oder Kübeln.«

»Ah, meine Deutsch macht immer mehr die Flöte!«

Ich werfe einen dankbaren Blick zum Himmel und lächle. Das Wetter könnte wirklich kaum schöner sein. Nur ein ganz zarter Dunst liegt über der Stadt. Smog, vermutlich.

»Der Kaffee ist fertig«, höre ich Lauras Stimme von drinnen. »Was gibt es denn da draußen so Interessantes?«

»Paris«, antworte ich und muss an unser zu Tode verkehrsberuhigtes Wohnviertel denken, wo tagsüber außer Paketdiensten und Handwerkern kaum noch Autos fahren und nur ein paar ältere Leute mit ihren Hunden den Gehweg entlangspazieren.

Wir sitzen am Tresen der eierschalenfarbenen Hochglanzküche und trinken Michkaffee aus großen Schalen. Mein erster Café au Lait in Paris! Dazu gibt es mit Creme gefüllte Eclairs, die außerordentlich köstlich sind. Laura und ich sehen uns über unsere Kaffeeschalen hinweg an, grinsen und schneiden übermütige Grimassen mit unseren Milchschnurrbärten. Ich bin erleichtert. Endlich benimmt Laura sich wieder wie sie selbst.

Frau Kessel will wissen, was wir uns in Paris alles ansehen möchten. Ich zucke nur die Achseln und sehe Laura an. Die hat sich offenbar schon Gedanken gemacht: »Wir müssen unbedingt zum Centre Pompidou …«

»Oui, das ist wunderbar. Das größte Museum für moderne Kunst in Europa. Dort findet man Hunderte von Werken von Kandinsky, Picasso, Chagall, Dali, Matisse …«

»*Maman!* Ich wollte da nicht *reingehen*. Anna steht nicht auf moderne Kunst, das weißt du doch. Wenn schon Museum, dann gehen wir in den Louvre, aber nur, falls es mal regnet. Nein, ich wollte dort zu Nitrogénie.«

»Nitrogénie?«, wiederholt Frau Kessel fragend.

»Das ist eine Eisdiele.«

»Du zeigst Anna als erste Sehenswürdigkeit der Stadt eine *Eisdiele*?«, wundert sich Lauras Mutter – genau wie ich.

»Das ist der Laden, in dem es Stickstoffeis gibt«, erklärt Laura. »Die Zutaten werden mit -196° Celsius kaltem Stickstoff aufgeschäumt. Es soll ganz anders schmecken als normales Eis.«

»Das ist ein toller Plan, wirklich«, sage ich. »Ich wollte immer schon mal ein Eis probieren, das mit Stickstoff zubereitet wurde.«

»Da hörst du es!«

»Und dann, dachte ich, machen wir vielleicht eine Bootsfahrt durch die Kanäle, das strengt nicht so an. Und wenn noch Zeit ist für die Place de la Concorde …«

»Zum *Obélisque*? Gute Idee. Man hat von dort einen herrlichen Blick auf die Champs-Élysées.«

»Ja, und der Obelisk ist zugleich die weltgrößte Sonnenuhr«, doziert Laura. »Das ist doch was für dich Anna, oder?«

Ich habe die Unterhaltung nur mit halbem Ohr verfolgt, denn ich bin mit meinen Gedanken woanders. Gerade habe ich unauffällig mein Handy gecheckt und eine WhatsApp-Nachricht von Jo entdeckt:

Wann sehen wir uns?

Ich bin wild entschlossen, ihn wiederzusehen. Das muss ich Laura sagen, sobald wir allein sind.

Ich will gerade in mein zweites Eclair beißen, da wendet sich Frau Kessel an mich: »Anna, am Montag musst du dich ein wenig alleine beschäftigen. Laura hat ihre Klavierstunde um vier Uhr, und ich muss leider auch etwas erledigen.«

»Kann ich die Stunde nicht ausfallen lassen?«, nölt Laura.

»Nein, nicht!«, rufe ich eine Spur zu laut und ernte dafür erstaunte Blicke.

Etwas gemäßigter fahre ich fort: »Ich will nicht, dass du meinetwegen irgendwas absagst, Laura.«

»Aber ich hab eh keine Lust dazu!«

»*Non, chouchou, non!* Wir haben darüber gesprochen.« Eine steile Falte steht wie ein Ausrufezeichen zwischen Frau Kessels Augen.

Ich weiß, Laura rechnet mit meiner Hilfe, damit sie um die Stunde herumkommt, während ihrer Mutter diese Angelegenheit recht wichtig zu sein scheint. Und mir ebenfalls. Denn gerade kam mir ein Gedanke: Lauras Klavierstunde ist doch eine gute Gelegenheit, um Jo zu treffen. Und zwar ohne Laura, was mir deutlich lieber wäre. Zugegeben, ich habe ein bisschen Angst davor, sie Jo vorzustellen. Laura, die so viel besser aussieht als ich, die schlagfertiger ist, witziger, charmanter. Ich befürchte, wenn er sie sieht und mich daneben, dann ist es aus mit seinem Interesse an mir. Gegen Laura konnte ich noch nie anstinken. Aber wenn sie Montagnachmittag sowieso keine Zeit hat, dann kann ich mich doch in aller Ruhe *allein* mit Jo treffen und schlage damit zwei Fliegen mit einer Klappe. Vorsichtshalber sollte ich Laura dann aber vorerst lieber nichts von Jo erzählen. Denn wie ich Laura kenne, würde sie mich bestimmt ab sofort in einer Tour bedrängen, sie zu dem Treffen mit meiner Eroberung mitzunehmen. Nein, das will ich mir lieber ersparen. Ich kann ihr ja dann am Montagabend schildern, wie es war.

Darum halte ich auch jetzt brav meinen Mund und lasse Mutter und Tochter den Kampf um die Klavierstunde allein austragen.

Laura gibt am Ende klein bei, stöhnt genervt auf und meint, sie müsse sich mal die klebrigen Hände waschen gehen.

LAURA

Ich muss mir wirklich die Hände waschen, aber ich will auch in Ruhe mein Handy checken, ohne den Kontrollblicken von *maman* und Anna ausgesetzt zu sein. Ich hoffe nämlich schon den ganzen Tag auf eine Nachricht von Einstein, ob er schon zurück ist, ob wir uns heute Abend sehen werden.

Fehlanzeige, noch immer nichts. Nein, ich werde ihn nicht erneut anchatten. Er hat meine letzten zwei Nachrichten noch nicht beantwortet.

Dafür hat Hendrik geschrieben.

Von: Hendrik Cornelius <hennecorn@uni-stuttgart.com>
An: Laura Kessel <laura.ka1509@gmail.com>

Hey, super Foto. Paris scheint dir gut zu bekommen, hast dich ganz nett rausgemausert! Wie war das Wiedersehen mit Anna?

Nett rausgemausert, so eine Frechheit! Der lehnt sich ja recht weit aus dem Fenster, na, warte. Trotz allem muss ich grinsen, während ich antworte:

Von: Laura Kessel <laura.ka1509@gmail.com>
An: Hendrik Cornelius <hennecorn@uni-stuttgart.com>

Apropos rausgemausert: Trägst du eigentlich immer noch deine karierten Flanellhemden und diesen dünnen Ziegenbart?
Anna ist gut angekommen, sie stopft sich gerade mit Eclairs voll. Wir gehen heute noch auf eine Party, auf der werden wir uns hemmungslos betrinken, Pillen einwerfen und Jungs aufreißen.
Dir auch noch einen schönen Tag,
Laura

ANNA

Kaum ist Laura aufs Klo verschwunden, schreibe ich an Jo:

Hast du Montagnachmittag Zeit?

Schon wenige Sekunden später kommt seine Antwort:

Ja. Das ist aber erst übermorgen!

Früher geht es nicht.

Ok, was wollen wir machen?

Denk dir was aus und überrasche mich.

Mal sehen, ob er das Stickstoffeis noch toppen kann.

Ich muss ziemlich oft an dich denken.

Mir wird auf einmal ziemlich warm. Zum Glück ist Lauras Mutter gerade damit beschäftigt, sich noch einen Kaffee zuzubereiten, und kann nicht sehen, wie ich vor mich hin lächle.

Ich auch.

Frau Kessel setzt sich mit der Kaffeetasse mir gegenüber an den Tresen und sieht mich an, als wollte sie mir etwas Dringendes sagen.

Muss leider aufhören.

Ok. Freu mich auf Montag.

Mit hochrotem Gesicht rühre ich in meinem Milchkaffee. Obwohl ich sitze, schwebe ich praktisch über dem Boden. Es gibt einen Jungen, der ziemlich oft an mich denkt. An mich! Trotzdem muss ich mir unbedingt dieses Grinsen aus dem Gesicht wischen. Ich versuche, an etwas Trauriges zu denken, aber mir fällt nichts ein, was traurig genug wäre, um dieses Hochgefühl zu dämpfen.

Mein Handy piept und ich denke automatisch: *Jo!*

Aber es ist meine Mutter, die wissen will, ob ich gut angekommen bin. Ich schicke ihr eine kurze Antwort, und als ich fertig bin und das Handy wegstecke, beugt sich Frau Kessel zu mir rüber und flüstert: »Sie denkt, ich weiß es nischt.«

»Was?«, flüstere ich zurück.

»Was wohl?« Frau Kessel fuchtelt mit den Händen herum. »Dass sie verliebt ist.« Sie zwinkert mir verschwörerisch zu. »Aber eine Mutter merkt das. Sie hat dir sicher davon erzählt, n'est-ce pas?«

»Äh …«

Frau Kessel winkt ab. »Natürlich hat sie das. Was wäre eine Liebelei, ohne alles mit der besten Freundin zu teilen? Keine Angst, Anna, ich will dich nicht aushorchen. Junge Mädchen müssen ihre kleinen Geheimnisse …«

Eine Tür geht auf und wieder zu, Lauras Schritte nähern sich.

»Oh ja, wir fühlen uns sehr wohl hier. Es leben interessante Leute in diesem Quartier. Es gibt einen Philosophen in der ersten Etage und eine Dichterin unter dem Dach …«

»Den Typen aus dem Erdgeschoss hast du vergessen, der ist ein hohes Tier beim *Front National*«, sagt Laura, verdreht die Augen und sagt zu mir: »Komm mit, wir müssen deinen Koffer durchforsten, wegen der Klamotten für heute Abend. Notfalls müssen wir dir rasch noch was besorgen.«

»Wieso, was ist heute Abend?«

»Heute Abend ist Schulschwänzerparty.«

»Schulschwänzerparty?«, wiederhole ich wie ein Papagei.

»Ja, weißt du, eigentlich haben wir hier ja gar keine offiziellen Pfingstferien«, erklärt Laura. »Aber in der kommenden Woche sind die Abiturprüfungen, und deshalb fällt so viel Unterricht aus, dass die Direktion die übrigen Stunden gleich ganz gestrichen hat, weil sowieso kaum einer hingehen würde. Angeblich werden sie irgendwann nachgeholt, aber …« Laura macht eine wegwerfende Handbewegung. »Es hat sich dann wohl mit der Zeit eingebürgert, dass die oberen Klassen in dieser Woche in der Aula feiern dürfen. Die Abiturienten haben ja eine Woche später ihre Abi-Party.«

»Warum hast du mir nichts davon gesagt? Dann hätte ich mir noch ein Kleid besorgt«, jammere ich.

»Ich habe das Datum verwechselt, entschuldige, ich dachte, die Party wäre erst nächsten Samstag. Aber wir finden schon was für dich«, beruhigt mich Laura.

Also werde ich noch heute den ominösen Einstein kennenlernen. »Dann geh ich mal meinen Koffer auspacken«, sage ich und stehe auf.

»Ich komm mit.« Laura rutscht vom Hocker.

In diesem Moment wird die Wohnungstür aufgeschlossen und die Stimme von Paul Kessel dröhnt durch die Zimmerfluchten. »Hallooo! Der Herr des Hauses ist zurück! Wo sind die Pantoffeln, wo sind die ganzen schönen Frauen?«

Ich habe Lauras Vater früher nicht oft gesehen, weil er sehr viel unterwegs war, aber ich fand ihn immer ziemlich witzig. Er ist kahlköpfig und einen halben Kopf kleiner als seine Frau. Die beiden liefern sich ständig Wortgefechte, und wenn man ihnen zuhört, kommt man sich manchmal vor wie in einem Theaterstück.

Jetzt lädt er eine übervolle Papiertüte auf dem Küchentresen ab und küsst Frau und Tochter auf die Wange. Dann sieht er mich an und lächelt breit. »Ah, endlich, da ist ja der lang ersehnte hohe Besuch!« Er ergreift meine Hand, verbeugt sich und deutet einen Handkuss an. »Willkommen in Paris, Mademoiselle.«

Ich kichere verlegen und Laura macht mir ein Zeichen, zu verschwinden. Aber ihr Vater hat andere Pläne.

»Mägde! Wohin des Weges?«, schallt es uns nach, als wir uns gerade in mein Zimmer verdrücken wollen.

»Annas Koffer auspacken.«

»Nichts da, der Koffer läuft nicht weg, aber der *maître de cuisine* braucht helfende Hände. Also, ihr Süßen, zieht euch adrette Schürzen über und haltet euch bereit. Der Meister zieht sich nur kurz um, dann geht's los. Laura, vielleicht öffnest du schon mal eine Flasche Wein für deinen alten Vater? Und sorgt für Musik, ich brauche Musik! Irgendetwas Erhabenes, Bombastisches, das zu meinen Kochkünsten passt …«

»Deine Bescheidenheit liebe ich am meisten an dir«, flötet seine Frau und fängt an, die Tüte auszupacken, die ihr Mann mitgebracht hat.

»Iii, Austern! Die könnt ihr alleine essen!«, kreischt Laura. »Außerdem haben wir keine Zeit für ein drei Stunden langes Fressgelage, wir müssen doch heute auf die Schulschwänzerparty.«

Paul Kessel rauft sich die nicht vorhandenen Haare. »Ich Trottel! *Das* Event des Jahres! Das habe ich vollkommen vergessen«, gesteht er zerknirscht. »Dann werde ich eben ein andermal das Willkommensmenü für euch kochen und später nur eine Kleinigkeit zusammenschustern, während ihr euch schön macht. Eine kleine Unterlage müsst ihr schon haben, sonst seid ihr ja sofort betrunken und schafft es nicht, die Nacht durchzutanzen.«

Ich kann nur noch staunen. Meine Eltern hätten mir in dieser Situation zehnmal eingeschärft, keinen Tropfen Alkohol zu trinken, ganz zu schweigen von Vorschriften bezüglich Drogenkonsum, Sex und wann wir wieder daheim sein müssen.

Wie so oft weiß Laura genau, was ich denke. »Wir sind in Frankreich«, sagt sie zu mir. »Da sieht man vieles nicht so eng.«

Zurück in meinem Zimmer sehen Laura und ich uns an und lächeln. »Schön, dass du da bist!«, sagt Laura.

Ein warmes Gefühl überkommt mich. Die anfängliche Distanz zwischen uns scheint endgültig verschwunden zu sein. »Ja, kaum zu glauben«, sage ich. »Ich hab mich irre darauf gefreut.«

»Ich mich auch.«

»Du hast doch sicher schon einen Haufen Freunde hier«, sage ich.

»Schon, aber du bist fast so etwas wie eine Schwester, nur dass wir weniger streiten als Schwestern.«

Wie gut es tut, das zu hören.

»Es gibt zum Beispiel niemanden, mit dem ich *fremdes Leben* spielen kann«, fährt Laura fort.

Fremdes Leben! Bei der Erinnerung daran müssen wir beide kichern.

Wir waren zwölf oder dreizehn. Lauras Mutter hatte uns mit einer Liste zum Supermarkt geschickt. Im Einkaufswagen lag ein zerknüllter Einkaufszettel, und da hatte Laura die Idee, dass wir statt den Dingen auf unserer Liste die Sachen von diesem Zettel kaufen könnten. Dann würden wir daraus etwas zum Abendessen kochen und vielleicht, so Laura, würden sich uns dadurch ganz neue Horizonte eröffnen.

»Wir nennen es *fremdes Leben*«, sagte Laura.

»Wird deine Mutter nicht sauer sein?«, gab ich zu bedenken. »Meine wär's.«

»Probieren wir's aus. Schlimmer als das, was sie immer so zusammenpanscht, kann es kaum werden.«

Lauras Mutter war tatsächlich nicht begeistert, aber als wir ihr erklärten, dass es um neue Erfahrungshorizonte ginge, hat sie sich auf *fremdes Leben* eingelassen. Es gab dann an dem Abend Wiener Würstchen mit Ketchup, Mandarinen aus der Dose, grüne Götterspeise, Pumpernickel mit Bananen, Buttermilch und Salzstangen. Danach war uns schlecht. Die Katzenstreu mussten wir am nächsten Tag wieder zurückbringen. Wir haben es nicht noch einmal gespielt.

»Hey, du bist mir eben voll in den Rücken gefallen. Jetzt muss ich zu dieser scheiß Klavierstunde!«, fällt Laura auf einmal ein.

»Das tut mir leid«, sage ich scheinheilig. »Ich wollte bloß nicht, dass meinetwegen alles über den Haufen geworfen wird und am Ende noch deine Mutter sauer auf mich ist.«

»Das wäre ja echt furchtbar«, grummelt Laura. Damit scheint die Sache für sie erledigt zu sein, denn sie fährt fort: »Los, lass uns deinen Koffer auseinandernehmen und nach einem Kleid für heute Abend schauen.«

»Ich soll dich übrigens von Hendrik grüßen«, fällt mir ein. »Keine Ahnung, was in den gefahren ist.«

»Ist doch nett von ihm«, meint Laura. »Danke. Grüß ihn zurück.«

Ich nicke zerstreut, denn gerade streift mich ein verwegener Gedanke: Ob ich doch nicht bis Montag warte, sondern diesen Jo gleich heute Abend zu der Party mitnehme? Vorausgesetzt, er hat Zeit und traut sich.

Denn er hat recht, bis übermorgen, das ist noch so endlos lang. Ich würde ihn schrecklich gern schneller wiedersehen, am liebsten schon heute Abend. Denn da war etwas zwischen uns – es ist schwer zu beschreiben, aber es war mehr als nur eine nette Unterhaltung zum Zeitvertreib. Da waren gewisse … Schwingungen. Fast wie etwas Elektrisches oder wie ein starkes elektromagnetisches Feld. Das hab ich mir nicht nur eingebildet!

»Du, Laura, wegen dieser Party …«

»Was ist damit?«, fragt Laura, während sie mit kritischer Miene ein Kleidungsstück nach dem anderen aus meinem Koffer nimmt und es aufs Bett legt.

»Dürfen da auch Leute hin, die nicht an die Internationale Schule gehen?«

Laura lässt ein glucksendes Lachen hören. »Ach, Anna! Das

ist mal wieder typisch. Denkst du, ich würde zu einer Party gehen, wo man dich nicht reinlässt?«

»Nein, aber ich wollte …«

»Klar kannst du mitkommen, gar kein Problem. Es ist nur eine Schulfete, nicht der Opernball. Obwohl manche mindestens so aufgebrezelt sind, als wär's der Opernball.«

Bei diesen Worten verlässt mich schlagartig der Mut.

Was, wenn Jo tatsächlich kommt, aber wieder seine Großvaterklamotten trägt und noch immer nach Mottenkugeln riecht? Die anderen wissen ja nicht, was es damit auf sich hat, die werden denken: *Was für einen komischen Kauz hat die denn im Schlepptau?* Am Ende schämt sich Laura womöglich noch für mich. Nein, das geht nicht. Einen Jungen, den ich selbst kaum kenne, kann ich nicht gleich zu einer Schulfete bestellen und ihn dort Laura und ihren Freunden vorstellen. Zu gewagt. Laura würde es mir nie verzeihen, wenn ich sie vor ihren neuen Freunden blamiere. Lassen wir es lieber bei der Verabredung für Montagnachmittag. Danach wird man weitersehen.

»Was meintest du eben?«, platzt Laura in meine Überlegungen.

»Ich … äh, ich wollte fragen, wie es mit dir und Einstein so läuft«, sage ich, denn mir fällt gerade ums Verrecken nichts anderes ein.

»Ich habe ihn ein paar Tage lang nicht gesehen«, antwortet Laura. »Er war unterwegs, irgendein Familiending.«

»Du magst ihn sehr, oder?« Wieso frage ich das jetzt? Das hat sie mir doch schon oft genug in den süßesten Farben geschildert.

»Ja. Er ist einfach anders als die anderen.«

»Ich bin gespannt darauf, ihn zu sehen«, behaupte ich. »Er kommt doch heute, oder?«

Aber anstatt darauf zu antworten, ruft Laura mit übermäßiger Begeisterung: »Das da! Das ist es, das wirst du heute Abend anziehen!«

Sie hält das schlichte schwarze Kleid in die Höhe, das ich nur mitgenommen habe, weil meine Mutter meinte, ich müsse etwas Passendes dabeihaben, *falls ihr ins Konzert geht, oder in die Oper*. Vorstellungen hat die Frau!

»Findest du? Es ist ziemlich brav. Meine Mutter hat es ausgesucht für die Hochzeit von meiner Cousine vor einem Jahr.«

»Es ist klassisch. Passt zu dir.«

»Aha, ich bin also klassisch. Meinst du damit langweilig?«

»Nein, natürlich nicht! Sei nicht so eine Mimose, Anna. Ich wollte nur sagen: Mit dem kleinen Schwarzen macht man nie was falsch. Wir kriegen das hin, keine Sorge, du wirst gut aussehen.«

Dann wäre dieses Problem ja gelöst. Im Grunde ist mir die Party und wie ich dort aussehen werde ziemlich egal. In Gedanken bin ich eine kleine Zeitreise von zwei Tagen weiter.

Mein Rendezvous am Montag mit Jo. Ich sehe mich mit ihm Hand in Hand durch Paris bummeln. Wir könnten an der Seine entlangspazieren, durchs Quartier Latin schlendern oder auf den Montmartre steigen. Und wenn es regnet, setzen wir uns einfach in eines dieser romantischen Cafés und sehen dem Regen zu. Egal, auf jeden Fall wird es bestimmt wunderbar, solange wir nur zusammen sind!

4

DIE PARTY

ANNA

Kurz nach neun Uhr setzt Lauras Vater uns vor der Schule ab. Die Party läuft seit acht, aber natürlich wäre es uncool, zu den ersten Gästen zu gehören. Das richtige Timing, um auf einer Party aufzukreuzen, war Laura schon immer wichtig. Manchmal sind wir wegen ihr so spät gekommen, dass ich schon nach einer Stunde wieder aufbrechen musste, um rechtzeitig zu Hause zu sein.

»Anna, achte eine wenig auf Laura, du bist von euch die Vernünftige«, hat Frau Kessel mir vorhin, als wir gegangen sind, leise zugeflüstert. *Die Vernünftige. Klassisch.* Ich sollte dringend an meinem Image arbeiten. Dennoch habe ich Frau Kessel versprochen, auf Laura aufzupassen. Dabei sollte uns eigentlich beiden klar sein, dass sie Unmögliches von mir verlangt.

Laura von einem Vorhaben abzubringen hat noch nie geklappt. Da war zum Beispiel diese Party, zu der Laura die halbe Klasse eingeladen hatte, als ihre Eltern übers Wochenende verreist waren, die wie erwartet völlig aus dem Ruder lief. Irgendwann waren alle betrunken und nicht mehr zu bändigen, und spätestens als zu fortgeschrittener Stunde die ersten Arschbomben im Pool der Nachbarn einschlugen, war klar, dass es Ärger geben würde. Wo das Problem sei, fragte mich Laura, die viel zu viel Jägermeister intus hatte, die Beckers hätten ihr erlaubt, in ihrem Pool zu schwimmen.

»Aber nicht einer Horde besoffener Schüler nachts um eins«, sagte ich. Prompt beschimpfte sie mich als Spielverderberin. Der Abend endete abrupt, als kurze Zeit danach zwei Streifenwagen vor Beckers Grundstück vorfuhren. Laura bekam den Anschiss ihres Lebens und zwei Wochen Hausarrest. Das hatte sie zwar schon öfter verordnet bekommen, aber diesmal hielten ihre Eltern ausnahmsweise durch. Überraschenderweise saß Laura wiederum ihre Strafe ohne Murren ab. Im Nachhinein kommt es mir fast so vor, als wäre sie froh darüber gewesen, endlich einmal ihre Grenzen aufgezeigt zu bekommen.

Jetzt, vor der Schule, rechne ich mit den üblichen Ermahnungen und einer Zeit, zu der wir zu Hause sein sollen, aber Paul Kessel steigt aus, hält uns galant die hintere Wagentür auf und sagt, als wir auf dem Gehweg stehen: »Ihr seht umwerfend aus. Habt Spaß, verdreht den Jungs die Köpfe und nehmt euch später ein Taxi.«

Ich finde auch, dass wir umwerfend aussehen. Laura trägt ein rotes, kurzes Kleid mit Spaghettiträgern und als Ohrringe große, flaschengrüne Tropfen. Das Grün passt super zu ihren Augen und den rötlichen Haaren, die sie mit dem Lockenstab in Schwung gebracht hat. Ihr perfektes Make-up lässt sie älter aussehen als sechzehn. Aber ich glaube, das gilt heute auch für mich. Der breite Gürtel aus bläulich schimmernden Pailletten verleiht meinem schlichten schwarzen Kleid einen Tick Glamour, dazu trage ich die Ohrringe aus Perlmutt, die ich mir vor Kurzem auf einem Kunsthandwerkermarkt gekauft habe. Die schwarzen Lackpumps, die ich anhabe, gehören Lauras Mutter. Angeblich sind sie ihr eine halbe Nummer zu klein. »Du kannst sie behalten, sie stehen seit Jahren nur im Schrank rum.«

Mir dagegen passen sie gut, allerdings sind sie ganz schön hochhackig. Tanzen sollte ich damit vielleicht lieber nicht, sonst lande ich noch auf der Nase, und ganz bestimmt werden mir bald die Füße wehtun. Ganz ehrlich – manchmal beneide ich die Jungen, die auf so was verzichten können. »Schönheit muss leiden«, meinte Laura dazu nur.

Es stimmt schon, die Schuhe machen es echt aus: Meine gesamte Körperhaltung verändert sich, ich fühle mich richtig chic damit. Aber das Beste ist meine Frisur. Frau Kessel hat mir das Haar hochgesteckt und nur ein paar lockige Strähnen herausgezupft. Ich hätte einen Schwanenhals, den müsse man doch betonen, meinte sie. Zusammen mit dem Make-up, das mir Laura verpasst hat, hätte ich mich im Spiegel fast nicht wiedererkannt. Eine ganz neue Anna, die mir da entgegenblickte. Schade, dass Jo mich nicht so sehen kann. Jo, der, wie er schrieb, viel an mich denken muss.

Ich hätte ihn doch einladen sollen! Jetzt, während wir durch das mit einer Lichterkette geschmückte Tor gehen, bereue ich meine Feigheit. Lauras Schule befindet sich in einem klassizistischen Bau, der von einem kleinen Park umgeben ist. Wenn ich diesen Prachtbau mit dem grauen 70er-Jahre-Betonklotz unseres Gymnasiums vergleiche … Da kann man es Laura wirklich nicht verübeln, dass sie sich in Paris pudelwohl fühlt.

Wir stöckeln durch den Park, der mit Fackeln und Lampions beleuchtet wird. Von drinnen höre ich Musik und plötzlich werde ich von einer Welle der Euphorie ergriffen. Ich bin in Paris, ich gehe mit meiner besten Freundin auf eine Party und übermorgen habe ich ein Rendezvous mit einem sehr süßen Jungen. Kann das Leben noch schöner werden?

Ein Junge und zwei Mädchen, die rauchend vor der Tür stehen, begrüßen Laura mit den üblichen drei Küssen und sie stellt uns einander vor.

»*April and Yuma. And this is Pablo.*«

Da der Unterricht an der Internationalen Schule auf Englisch läuft, ist das auch die Sprache, die die Schüler überwiegend untereinander benutzen. Gut für mich, denn mein Englisch ist deutlich besser als mein Französisch. Pablo sieht sehr spanisch aus, mit seinen dunklen Augen und dem lackschwarzen Haar, das er zu einem kleinen Zopf gebunden hat. Er trägt einen Smoking und eine rote Schärpe um die Taille.

»Musst du heute noch einen Stier töten?«, spöttelt Laura. Sie hat mir schon von ihm erzählt. *Das spanische Weichei* hat sie ihn genannt, weil er angeblich bei rührseligen Filmen immer heulen muss

»Olé«, sagt Pablo und grinst dabei mich an.

»Aus welchem Land kommt Yuma? Aus China?«, frag ich Laura, als wir weitergehen und das Gebäude betreten.

»Nein! Lass sie das bloß nicht hören, sonst killt sie dich. China ist der Erzfeind, sie ist Japanerin. Yuma ist ganz okay. April ist manchmal ein bisschen posh, aber das ist nur Show.«

»Sie ist was?«

»Abgehoben. Hält sich für die Krone der Schöpfung, weil sie Amerikanerin ist, aus New York kommt und aussieht wie eine Cheerleaderin. Aber wenn man nicht darauf eingeht, dann kommt sie irgendwann auch wieder runter.«

»Posh«, aha. Wieder was gelernt.

»Und jede Wette, dass Pablo dich nachher anbaggern wird«, prophezeit Laura.

»Heilige Scheiße!« Ich bin am Eingang stehen geblieben.

Die Aula sieht aus wie der Festsaal aus einem alten Film. Was für eine Pracht! Hohe Sprossenfenster, glänzendes Parkett und auf einer Empore steht ein schwarzer Konzertflügel. Daneben das Pult des DJs – ein irritierend gut aussehender Typ in einem weißen Jackett. Goldene Girlanden hängen von der Decke, und die vier Säulen, zwischen denen sich die Tanzfläche befindet, sind mit Goldpapier umwickelt. Am anderen Ende des Saals wurde ein Buffet aufgebaut und daneben die Bar. Kaum zu glauben, dass dies ein Schulfest ist, denn im Regal hinter der improvisierten Theke steht ziemlich viel Hochprozentiges. Um die Tanzfläche herum hat man Stehtische platziert, die mit weißen Tischtüchern und goldenen Bändern verhüllt sind. Einige Leute tanzen zu einem coolen House-Mix, aber die meisten stehen grüppchenweise herum und reden.

Die Mädchen sind tatsächlich alle ziemlich aufgebrezelt, fast kommt man sich vor wie bei der Fashion Week. Ein paar tragen sogar lange Kleider, andere kurze Kleider und High Heels, die ihre schmalen Beine zur Geltung bringen. Bei den Jungs reicht die Skala vom Smoking über schwarze Anzüge und farbige Sakkos bis zur einfachen Jeans mit weißem T-Shirt. Das ist aber eher die Ausnahme.

Anders als an unserer Schule, wo fast alle Mädchen langes Haar und Mittelscheitel tragen, sieht man hier viele unterschiedliche Frisuren, einige davon sind ganz schön gewagt. Offenbar strebt man hier mehr nach Individualismus als nach Zugehörigkeit.

Ich beobachte, wie Laura sich unauffällig umsieht, und mokiere mich innerlich darüber. *Der Countdown für den Auftritt des Wunderknaben läuft.*

Aber der lässt anscheinend noch auf sich warten. Hoffentlich versetzt er sie nicht! Eine schlecht gelaunte Laura ist nicht das, was man in den nächsten Tagen unbedingt braucht.

»Komm, Anna, willst du hier Wurzeln schlagen? Ich bin am Verdursten!«

Ich folge Laura, und dabei fällt mir auf, dass etwas anders ist als sonst.

Früher, in Deutschland, war es so: Wenn Laura einen Raum betrat, insbesondere auf einer Party, dann veränderte sich sofort die Atmosphäre. Kaum war sie da, war sie auch schon der Mittelpunkt des Geschehens. Fast alle schauten sie an, sie war wie ein Magnet. Hier dagegen geschieht ... nichts. Ein paar Leute grüßen uns, Laura stellt mich vor, man quatscht ein wenig, und dann ziehen wir weiter, bis wir uns zur Bar durchgekämpft haben. »Besetz doch schon mal diesen Stehtisch, ich hol uns was«, ordnet Laura an.

Während Laura für Getränke sorgt, betrachte ich die anderen Mädchen. Bei uns zu Hause war Laura der bunte Vogel in einem Heer grauer Spatzen. Aber das hier ist Paris, in diesem Saal befinden sich etliche Mädchen, die mindestens genauso hübsch, strahlend und selbstsicher sind wie Laura. Wenn nicht sogar noch hübscher, strahlender und selbstsicherer. Die Platinblonde mit den raspelkurzen Haaren, zum Beispiel, die zwei Tische weiter Hof hält, oder die Schwarzhaarige im silbernen Schlauch, die so dünn ist wie eine Gräte und scheinbar völlig selbstvergessen und exzessiv tanzt, wohl wissend, dass man sie ansieht.

April, Yuma und Pablo sind mit Rauchen fertig und stellen sich zu mir an den Tisch.

»Die Essgestörte, die glitzert wie ein Weihnachtsbaum, ist

Manon, die übelste Bitch weit und breit«, erklärt April, die meinem Blick gefolgt ist.

»Sieht man sofort«, sage ich und denke mir: Das hier ist ein Dschungel, dagegen ist unser Gymnasium in der schwäbischen Vorstadt ein Streichelzoo. Hier, zwischen all den Diplomatensöhnen und Managertöchtern, ist Laura definitiv nicht die Ballkönigin, sondern nur eine unter vielen.

Ich frage mich, wie Laura diese Schrumpfung auf Normalmaß wohl verkraftet hat. Ob sie wirklich immer alles so toll fand, wie sie es vorgegeben hat?

Nach und nach werden Gesichter aus den Namen, mit denen Laura während der vergangenen Monate herumjongliert hat: Pablo, Yuma und April kenne ich bereits, jetzt kommen weitere dazu: William, ein rothaariger Typ aus Nordirland, der noch zehnmal mehr Sommersprossen hat als ich, Hoa aus *Nam*, was, wie ich erst nach einer Weile kapiere, Vietnam bedeutet, Clara, eine dunkelhäutige Schönheit aus Martinique, ein kleiner, drahtig gebauter Schweizer aus Genf namens Lukas und ein Belgier, Maxime, der eher aussieht wie ein schwedischer Holzfäller, so groß und blond und breit.

Ich frage mich, ob eigentlich eines der Mädchen enger mit Laura befreundet ist. Yuma vielleicht oder April. Mit den beiden kichert Laura ziemlich viel herum. Offenbar sind sie heftig am Lästern. Ich verspüre einen kleinen Stich, weil ich gerne mitmachen würde, aber natürlich nicht weiß, worum es geht.

Wir fangen an mit Sekt. Oder ist das Champagner? Lieber nicht fragen, sonst blamiere ich mich noch. Was immer es ist, es schmeckt richtig gut und ich trinke zwei Gläser davon. Danach gehen wir über zu Cocktails. Ich wähle einen roten, der angeblich nicht sehr stark sein soll, Laura nimmt einen Zombie. Ich muss an mein Versprechen denken, auf Laura aufzupassen. Das wird schwierig, das sehe ich jetzt schon.

Zwei Jungs und drei Mädchen drängeln sich an uns vorbei an die Bar. Alle fünf sehen asiatisch aus und haben schon gut einen im Tee.

»Chinesen«, erklärt mir Maxime. »Von denen wimmelt es hier nur so. Die bleiben fast immer unter sich. Wir nennen sie ›twins‹, weil sie alle gleich aussehen.«

»Verstehe«, sage ich kühl zu Maxime und sehe Laura an. Die Laura, die ich bisher kannte, wäre diesem Schnösel heftig über den Mund gefahren oder hätte wenigstens eine sarkastische Bemerkung losgelassen. Aber Laura zuckt nur mit den Schultern, ein stummes »Ist halt so«.

Vorhin, während wir uns umgezogen und geschminkt haben, hat Laura mir das Klassensystem erklärt, das an ihrer Schule herrscht: »Ein bisschen ist die Schule ein Abbild der Weltpolitik. Die frogs, das kommt von Froschfresser, halten sich für die Krönung der Schöpfung und blicken auf die pats runter – das sind die Nicht-Franzosen, die expats. Alle zusammen betrachten sie die Chinesen als das Hinterletzte. Die wiederum halten sich selbst für die Allergrößten, weil China die wirtschaftliche Supermacht und das Land der Zukunft ist, wohingegen Europa und der Erzfeind Japan zum Sterben verurteilt sind. Angeblich werden sämtliche Nationen dieser Erde eines Tages bei ihnen angekrochen kommen.«

Für mich klang das sehr konstruiert, aber hier, auf der Party, bekomme ich eine Ahnung davon, wie sie das meint.

Ich wende mich gerade wieder meinem Getränk zu, als ein kleiner Ruck durch Lauras Gestalt geht. Sie streckt das Kreuz durch und die Brust raus, der Hals wird länger, der Sitz der Frisur tastend überprüft. Ich ahne, was geschehen ist: Mr *Ich-bin-ja-so-verknallt* muss im Anmarsch sein. Richtig. Sie schaut hinüber zum anderen Ende des Saals und ihr ganzes Gesicht strahlt auf einmal wie ein Sonnenaufgang.

»Ah, da kommt Einstein!«

Eine hochgewachsene, schmale Gestalt in einem schwarzen Anzug steht am Eingang des Saals, ähnlich wie ich vorhin, als ich den Anblick erst einmal auf mich wirken ließ.

Ich hätte erwartet, dass Laura ihrem Freund entgegeneilt, aber sie winkt ihm nur lässig zu. Auch das verräterische Strahlen ist nach wenigen Augenblicken wieder aus ihrem Gesicht verschwunden. Anscheinend ist es uncool, Freude zu zeigen, wenn der Liebste die Szene betritt. Stattdessen tut sie, als würde sie seine Ankunft null interessieren, und widmet sich wieder ihrer gerade begonnenen Diskussion mit Lukas, warum es in Deutschland und der Schweiz keinen Politiker gibt, der auch nur ansatzweise das Charisma von Emmanuel Macron besitzt.

»Du kannst das nicht vergleichen, es liegt am System. Aber das französische finde ich trotzdem nicht besser …«, höre ich Lukas sagen, während der Herbeigesehnte langsam um die Tanzfläche herumgeht und auf uns zusteuert.

Hat mir irgendwer was in meinen Drink getan, eine Pille, die Halluzinationen hervorruft? Der Typ trägt eine dunkle Sonnenbrille im Haar, das er wie ein Mafioso nach hinten gegelt hat, deshalb habe ich ihn von Weitem nicht sofort erkannt. Aber jetzt, auf vier – drei – zwei Meter besteht kein Zweifel mehr. Das ist der Junge aus dem Zug. Das ist Jo. Es sei denn, er hätte einen Zwillingsbruder.

Als er mich sieht, stutzt er und hebt dann erstaunt die Augenbrauen. Offensichtlich bezweifelt auch er, ob das, was er sieht, Realität ist.

Ich mache gar nichts, stehe einfach nur da, wie aufgebockt auf meinen hohen Hacken.

»*Bonsoir,* Einstein!« Schon fängt die Küsserei wieder an, zuerst ist Laura an der Reihe, dann die anderen Mädchen. Auch Pablo und Maxime zelebrieren den Brauch. William begnügt sich mit einem Nicken. Alles andere hätte mich von ihm als Iren auch gewundert. Lukas belässt es ebenfalls beim Schulterklopfen. Das alles dauert seine Zeit, ich verstecke mich derweil hinter Laura. Irgendetwas ist mit meinen Knien los, sie fühlen sich an wie Brei, während mein Hirn versucht, das Unfassbare zu begreifen. Jo ist Einstein und Einstein ist Lauras Freund. Ist das hier ein total schräger Traum, oder was? Das kann doch nicht sein, das gibt es doch gar nicht. Ich kneife mich heimlich in den Arm.

Nein, kein Traum. Leider.

Gleichzeitig wundere ich mich über das Benehmen von Laura und Jo. Ist das alles?, frage ich mich. Begrüßen sich so zwei Frischverliebte, die sich mehrere Tage nicht gesehen haben? Mir fällt ein, dass Laura erwähnt hat, es wisse in ihrer Klasse noch niemand, dass sie mit Einstein zusammen sei. Darum also das unterkühlte Gehabe. Ich weiß nicht, ob ich mich so verstellen könnte, wenn ich verliebt wäre.

Ich schaffe es ja jetzt schon nicht, denn ich merke, wie ich knallrot anlaufe.

»Was bist du, ein Mafioso?«, fragt William.

»Blues Brothers«, antwortet Jo und setzt seine Sonnenbrille auf. Man kann jetzt seine Augen nicht mehr sehen, aber er starrt mich an, ich weiß es, ich *fühle* es.

»Alter, das ist aber kein Kostümfest«, sagt Lukas.

»Ich weiß«, sagt Jo in meine Richtung.

»Das ist meine Freundin Anna aus Deutschland.« Laura nimmt meinen Arm und zerrt mich quasi ins Rampenlicht.

»*Bonsoir,* Anna!« Er schiebt die Sonnenbrille wieder auf den Kopf. Unsere Blicke saugen sich aneinander fest.

»Hallo«, presse ich hervor.

»Anna, das ist Einstein.«

»Laura, hör endlich auf mit diesem albernen Einstein-Getue, ich heiße Jo.« Er klingt ziemlich ungehalten, aber dann lächelt er und geht einen Schritt auf mich zu. Küsschen rechts und links und wieder rechts, während ich dastehe wie ein Streichholz: stocksteif und mit rotem Kopf.

»Das ist ja eine Überraschung! Du bist … größer.« Er schaut hinab auf meine Schuhe.

Unter Aufbietung übermenschlicher Kräfte gelingt es mir, mich zusammenzureißen. »Die Leute sehen meistens anders aus, als man sie sich vorgestellt hat«, sage ich rasch. »Freut mich, dass ich dich endlich kennenlerne, Einstein oder Jo oder wie immer du heißt. Laura hat mir jedenfalls schon viel von dir erzählt.«

Jo schaut ein bisschen verwirrt drein. »Aha«, sagt er nur.

Ich werfe ihm einen eindringlichen Blick zu und ergänze: »So viel, dass es mir vorkommt, als würden wir uns schon kennen.«

Er scheint zu kapieren. »Die Freude ist ganz auf meiner Seite«, sagt er gestelzt und deutet sogar eine kleine Verbeugung an. »Schön, dass wir uns *heute Abend* endlich kennenlernen. Laura hat auch schon von dir geschwärmt.«

»Laura hat von mir geschwärmt?«, wiederhole ich ungläubig, fühle mich aber auch ein bisschen gebauchpinselt.

»Ja, wie klug du bist und dass du sogar so einen Wissenschaftspreis gewonnen hast.«

Hätte ich mir denken können, dass sie nicht meine überirdische Schönheit gepriesen hat.

»Ach, das. Das war nur bei Jugend forscht, und es war unsere ganze Physik-AG, nicht ich allein. Ist aber schon zwei Jahre her.«

»Früh übt sich, wer es auf den Nobelpreis abgesehen hat«, meint Jo und fährt fort: »War es zufällig ein Thema, das mit Astrophysik zu tun hatte?«

Steht ihm wirklich gut, dieses kleine, teuflische Lächeln.

»Nein, die Sterne spielten dabei keine Rolle«, entgegne ich. »Wir haben einen Roboter für Blinde gebaut, so eine Art interaktiven Blindenstock.«

»Interessant. Du musst mir bei Gelegenheit unbedingt davon erzählen«, sagt er.

»Natürlich, sehr gern«, sage ich, im selben aufgesetzten Tonfall wie er. Dies ist definitiv die seltsamste Unterhaltung, die ich jemals geführt habe.

»Lieber Himmel, Nerds unter sich«, mischt sich Laura in unser Gespräch. Sie lächelt Jo an: »Und, wie war's in der alten Heimat?«

»Toll«, antwortet er. »Beerdigungen von Verwandten sind voll cool, weißt du. Ach, was haben wir gelacht.«

Peng, das sitzt. Laura läuft knallrot an.

»Oh Gott, ja, stimmt ... dein Großvater, nicht wahr?« Sie schlägt ihre Hand vor den Mund. »Entschuldige, ich bin so ein Trampeltier. Soll ich dir einen Drink besorgen? Es gibt auch *Crémant*, aber ich fürchte, der dürfte schon ein bisschen warm sein. Wie wär's mit diesem Zeug hier? Es heißt Zombie.« Sie hebt ihr Glas.

Das war's dann mit Lauras Coolness. Nach ihrem kleinen Fauxpas gibt sie sich aufgekratzt und redet zu viel. Trotzdem, seit wann sieht sie es als ihre Aufgabe an, einem Jungen einen Drink zu holen? Das ist ja was ganz Neues. Ist das so, wenn man einen Freund hat, erwartet der, dass man ihn bedient? Was läuft da eigentlich ab, wieso flattert sie um ihn herum wie ein aufgescheuchtes Huhn? Und wie kann es sein, dass sie vergessen hat, dass sein Großvater gestorben ist? So was merkt man sich doch!

Mir wird das alles gerade ein bisschen zu heftig. Räumlichen Abstand zu gewinnen erscheint mir jetzt das Allerwichtigste. Irgendwo müssen die Klos sein, dort kann ich mich erst einmal sammeln. Das wäre dringend angesagt, denn in meinem Kopf rasen die Gedanken wie ein Hornissenschwarm. »Bin gleich wieder da«, flüstere ich Laura zu und ergreife die Flucht.

Weil ich es gar so eilig habe, rutsche ich mit den hohen Hacken prompt auf dem glatten Parkett aus. Zum Glück läuft hinter mir Pablo, der mich auffängt und verhindert, dass ich mich vor aller Augen auf den Hintern setze.

»Mit High Heels sollte man nicht rennen«, sagt er in seinem stark akzentuierten Englisch, während er mich noch immer festhält. »Sie wurden erfunden, damit Frauen nicht so leicht fliehen können.«

»Gerade ist mir das auch klar geworden«, antworte ich.

»Wolltest du auch eine rauchen gehen?«

Ich habe am Rauchen noch nie etwas finden können, aber im Moment ist mir alles recht, nur um von hier wegzukommen. Außerdem, wenn es jemals einen passenden Moment gegeben hat, um mit dem Rauchen anzufangen, dann ist es wohl dieser.

Also nicke ich und er bietet mir galant seinen Arm. Eingehakt wie ein altes Ehepaar schreiten wir durch die Saaltür nach draußen.

Jos Blicke spüre ich wie Dolche im Rücken. Aber ich drehe mich nicht um.

Was für ein Arsch! Erzählt mir, dass er keine Freundin hätte. Schreibt mir WhatsApps, als wäre er … als wären wir … Was für ein Arsch!

Im Park riecht es nach Gras. Zwei Typen sitzen auf einer Bank, einer davon ist Maxime, den anderen kenne ich nicht. Sie winken Pablo heran. Pablo sieht mich fragend an und ich nicke wieder und folge ihm. Cannabis ist vielleicht sogar besser für meine Nerven als Nikotin. Obwohl … das eine Mal, als ich mit Hendrik und seinen Kumpels einen Joint mitgeraucht habe, habe ich außer einem leichten Schwindelgefühl gar nichts gespürt. Vermutlich wird das Zeug total überschätzt.

Der andere Junge heißt Robert und scheint auch ein Franzose zu sein. Die drei sprechen einen Mix aus Spanisch und Französisch, ich verstehe nur Bruchteile, und im Grunde bin ich ganz froh, dass ich mich nicht an der Unterhaltung beteiligen muss.

Ich muss nachdenken, dringend.

Über Jo und mich.

Über Laura und Jo.

Über Laura und mich und Jo.

Es ist kompliziert.

Der Joint wandert zu mir, ich nehme einen ordentlichen Zug und muss husten. Die Jungs lachen und Pablo klopft mir auf den Rücken.

Ich versuche, Ordnung in meinen Kopf zu kriegen. Erstens: Wie verhalte ich mich gegenüber Laura? Sage ich ihr, dass Jo und ich uns im ICE von Stuttgart nach Paris getroffen haben? Daran ist schließlich nichts Verwerfliches, das war ein Zufall, niemand kann was dafür. Vielleicht erzählt Jo es ihr ja gerade jetzt, in diesem Moment. Eigentlich wäre nichts dabei. Warum habe ich dann vorhin abgeblockt, als er es erwähnen wollte? Keine Ahnung. War wohl der Schock.

Noch ein Zug, dieses Mal ohne zu husten. Lieber Himmel, fällt mir plötzlich ein, wie gut, dass ich Laura noch nichts von dem Jungen aus dem Zug erzählt habe. Nicht auszudenken, wenn ich womöglich in den höchsten Tönen von ihm geschwärmt und sich dann herausgestellt hätte, dass er ... Bei der Vorstellung, so erschreckend sie ist, muss ich dennoch kichern.

Okay, also, das war Punkt eins. Was war noch gleich Punkt zwei? Ach, ja: Wie verhalte ich mich in Zukunft gegenüber Jo? Vielleicht sollte ich ihn bei nächster Gelegenheit mal zur Seite nehmen und zur Sau machen ... Bei diesem Gedanken taucht Jos Gesicht vor meinem inneren Auge auf, mit Schweineohren und einem Schweinerüssel anstelle der Nase. *Zur Sau machen*, ist das nicht ein saumäßig witziger Ausdruck? Jedenfalls muss ich schon wieder kichern, und auch Pablo und seine Kumpels scheinen irgendetwas saukomisch zu finden, und so rauchen wir den Joint zu Ende und giggeln in einer Tour, bis wir uns schließlich vor Lachen krümmen und dabei gar nicht wissen, wieso. Aber es ist ansteckend, ich sehe die drei lachen und muss mitlachen, dabei ich kriege schon fast keine Luft mehr.

Ich muss schon sagen, das Zeug, das sie hier rauchen, hat es ganz schön in sich.

»Anna!«

Ich blicke hoch. Laura steht vor mir, aufrecht wie eine dorische Säule. Mit streng hochgezogenen Augenbrauen sieht sie auf mich runter, während ich mit angezogenen Knien und japsend vor Lachen auf der Bank sitze.

»Hi, Laura«, sage ich und meine Stimme klingt wie ein rostiges Scharnier.

»Anna, ich such dich seit einer Ewigkeit, ich hab mir schon Sorgen gemacht!«

»Musst du nicht. Mir geht's prächtig. Kümmere dich lieber um Einschwein, äh, Einstein, ich meine Einstein.« Ich kriege mich fast nicht wieder ein vor Lachen über meinen Versprecher und die Jungs grölen mit, obwohl Laura und ich Deutsch gesprochen haben.

»Habt ihr gekifft?« Die Frage ist vorwurfsvoll an Pablo gerichtet.

»Wie kommst du denn darauf?«

»Der ganze Park stinkt nach Gras!«

»Es wächst hier. Schau, überall Gras, grasgrünes Gras.« Pablos Kumpel macht eine umfassende Handbewegung und schon wieder müssen wir lachen.

»Echt, Anna, dich kann man keine fünf Minuten aus den Augen lassen!« Laura scheint halb amüsiert, halb verärgert zu sein. »Komm mit rein!«

»Wo ist denn dein Lover?«, erkundige ich mich.

»Du hast einen Lover?«, fragt Pablo.

»Los, komm mit!« Laura zieht mich am Arm in die Höhe.

Das schnelle Aufstehen tut mir gar nicht gut. Die Lampions und die Fackeln wabern vor meinen Augen auf und ab, als wäre ich auf einem Schiff mit hohem Wellengang.

»Wo sind die Klos?«, hauche ich.

»Ach, du Scheiße! Ich bring dich hin. Ist dir schlecht? Kotz mir ja nicht mein Kleid voll, das würde ich dir nie verzeihen!«

»So etwas würde ich niemals tun, du bist doch meine beste Freundin«, verkünde ich feierlich. »Mir ist nur gerade ein bisschen schwummerig.«

Natürlich steht in der Damentoilette eine Schlange vor den Kabinen und es herrscht Gedränge vor den Waschbecken und den Spiegeln, wo Lippen nachgezogen, Nasen gepudert und Wimpern getuscht werden. Es riecht nach Schulklo, Schweiß, Parfüm und Haarspray, davon kann einem echt übel werden. Laura sieht mich an und erkennt offenbar glasklar die Lage.

»Aufs Männerklo!«

»Aber ich kann doch nicht ...«

Sie kümmert sich nicht um meinen Protest und schleift mich raus und über den Flur, rein ins Männerklo und vorbei an drei Jungs, die vor den Pinkelbecken stehen und sich verwundert nach uns umsehen.

»Sorry, Nofall«, meint Laura, reißt die erste freie Kabinentür auf und stopft mich quasi hinein. Keine Sekunde zu früh. Kaum sehe ich die Kloschüssel vor mir, muss ich mich auch schon übergeben, während Laura draußen vor der Tür Wache hält, mich ermahnt, mir nicht das Kleid vollzukotzen, und mich alle paar Sekunden fragt, ob ich noch lebe, ob sie reinkommen soll, ob es mir schon besser geht.

Ja.

Nein.

Etwas.

Nach fünf Minuten, über die man besser den Mantel des Schweigens breitet, komme ich wieder raus. Die Luft ist rein, versichert mir Laura, was im Klartext bedeutet, dass im Moment gerade keine pinkelnden Jungs zugegen sind. Ich spüle mir den Mund aus und trinke Wasser aus dem Hahn. Laura fährt mit einer Puderquaste in meinem Gesicht herum und ich trage meinen Lippenstift frisch auf.

»Okay, es geht einigermaßen, du kannst zumindest wieder unter die Leute«, meint Laura und reicht mir eines von ihren scharfen *Fisherman's*.

»Ist doch perfekt«, urteile ich nach einem prüfenden Blick auf mein Spiegelbild. Na ja, die Frisur hat ein wenig gelitten, aber was soll's? Ich bin ja nicht hier, um einen Schönheitswettbewerb zu gewinnen oder mir einen Kerl aufzureißen. Zumindest jetzt nicht mehr.

Erstaunlicherweise fühle ich mich inzwischen wieder ganz gut – körperlich und auch sonst. Das Grüblerische, das normalerweise in meiner Natur liegt, ist wie von mir abgefallen. Ob es an Paris liegt, am Flair dieser Stadt, oder doch am Gras, das ich geraucht habe? Hungrig bin ich jedenfalls wie ein Wolf. Und ich sollte besser nicht an Jo denken, denn wenn ich das tue, wird mir prompt wieder irgendwie komisch zumute. Aber das hat nichts mit dem Magen zu tun.

Wir verlassen das Herrenklo.

»Ich hab Hunger.«

»Das kommt vom Kiffen.«

»Woher weißt du das?«

»Hörensagen. Gehen wir ans Buffet. Aber iss bloß nichts durcheinander! Und keinen Alk mehr, verstanden? Sonst schreib ich deinem Bruder, wie du es hier krachen lässt.«

»Nur zu. Der glaubt dir kein Wort!«

»Einen Moment«, bittet mich Laura, als wir auf dem Flur stehen, zwischen den beiden Toilettentüren. »Ich muss auch mal. Warte hier auf mich, okay?«

»Mach ich.«

Und weil Laura eben Laura ist, verschwindet sie gleich noch einmal im Herrenklo, während ich vor mich hin murmele: »Schließlich habe ich ja versprochen, auf dich aufzupassen.«

»Führst du Selbstgespräche?«

Wie aus dem Boden gewachsen steht plötzlich Jo vor mir, mit jenem unsicher-verlegenen Grinsen, das ich inzwischen schon öfter bei ihm gesehen habe.

»Ja«, antworte ich. »Das mache ich immer, wenn mir nach einer intelligenten Unterhaltung zumute ist.«

Er scheint nach einer passenden Antwort zu suchen, während ich ihn zwanghaft ansehen muss. Wie gut er aussieht, auch wenn er gerade die Stirn runzelt! Selbst mit dieser affigen Frisur. Der Anzug, den er trägt, stammt gewiss nicht von seinem Großvater, er sitzt wie angegossen.

»Irgendwie bist du heute Abend ziemlich komisch drauf«, stellt Jo schließlich fest.

»Das kann schon sein. Ich mag es eben nicht, wenn man mich verarscht. Ich finde dein Verhalten unter aller Sau, wenn du es genau wissen willst!«

Jo schaut mich groß an. Perfekt, wie er den Arglosen spielt, das muss man ihm lassen.

»Was hab ich denn gemacht?«

»Das fragst du noch? Erst flirtest du mit mir im Zug – und erzähl mir nicht, dass das nicht wahr ist. Ich weiß, was Flirten ist, dazu hab ich das schon zu oft in Filmen gesehen.«

»Das leugne ich doch gar nicht. Wieso ...«, beginnt er, aber ich bin in Fahrt und falle ihm ins Wort. »Okay, das Flirten kann ja noch angehen, aber dass du dich mit mir verabreden wolltest und mir solche *Sachen* schreibst, finde ich nicht okay.«

»Sachen?«

»Dass du an mich denken musst und so.«

»Es stimmt ja auch!«

Mir platzt der Kragen: »Du kannst von Glück sagen, dass ich Laura nichts davon erzählt habe. Aber ich möchte, dass du sie in Zukunft mit Respekt behandelst.«

»Wieso, was mach ich denn?«

Da kommt Laura aus der Herrentoilette.

»Na, ihr beiden?« Sie wirft ihre Haarpracht über die Schulter und lächelt. Ihr Lippenstift glänzt wie der Lack eines frisch polierten Ferraris.

»Gehst du immer aufs Männerklo?«, fragt Jo, offensichtlich froh, der Unterhaltung mit mir zu entkommen.

»Nicht prinzipiell, nur wenn es die Situation erfordert. Kommst du mit uns mit? Anna muss was essen.« Sie zwinkert ihm vielsagend zu und sieht dann mich an, mit dem Ausdruck einer Mutter, deren Kind sich auf dem Spielplatz danebenbenommen hat. »Unsere kleine Sauf- und Kiffnase braucht dringend eine Unterlage.«

»Den Eindruck habe ich auch«, sagt Jo. »Ich komme gleich nach.« Er verschwindet durch die Tür, aus der Laura gerade gekommen ist.

Der Typ scheint überhaupt keine Skrupel zu kennen. Ich muss Laura unbedingt vor ihm warnen. Aber wenn ich ihr *jetzt* schildere, wie er mich im Zug angebaggert hat, dann wird sie fälschlicherweise denken, ich wäre immer noch bekifft, betrunken oder beides. Verknallt, wie sie ist, wird sie mir wahrscheinlich kein Wort glauben. Nein, ich muss damit warten, bis ich nachweislich wieder nüchtern und im Vollbesitz meiner geistigen Kräfte bin.

Wenig später falle ich über das Buffet her. Die Sachen sind ausgesprochen lecker. Doch, ja, vom Essen verstehen die Franzosen etwas. Von Jo ist nichts zu sehen, obwohl er doch zu Laura gesagt hat, er käme gleich. Ha! Bestimmt ist unserem Casanova der Boden zu heiß geworden. Das muss ihm vorhin megapeinlich gewesen sein, als Laura mich ihm vorgestellt hat. Würde mich nicht wundern, wenn er sich klammheimlich von der Party verdrücken würde.

»Laura, du musst diese Sushi-Röllchen probieren, die sind der … Laura?« Ich drehe mich um. Wo ist sie denn jetzt wieder hin?

Da sehe ich sie, am anderen Ende des Saals. Sie tanzt. Mit Jo. Es ist ein langsames Stück und nein, sie knutschen nicht, aber es passt auch kein Blatt Papier mehr zwischen die beiden. Ich kann nicht mehr hinsehen. Ein Teil von mir wünscht sich mit jeder Faser, an Lauras Stelle zu sein, während die Stimme der Vernunft Laura bedauert. Zum ersten Mal verliebt, und dann muss sie gleich an so einen Windhund geraten. Gut, dass wenigstens ich gerade noch rechtzeitig gemerkt habe, mit was für einem Typen wir es zu tun haben.

Ich will wirklich nicht hinsehen, und doch kann ich es nicht lassen. Plötzlich fange ich Jos Blick auf, über Lauras Schulter hinweg sieht er mich an. Seinen Gesichtsausdruck kann ich nicht deuten. Er lächelt nicht. Es dauert ein, zwei Sekunden, dann sehe ich weg. Was sollte das denn jetzt? Ist das seine Art, mich zu bitten, den Mund zu halten? Sorry, Junge, das kannst du vergessen. Mach dich mal auf etwas gefasst, wenn ich Laura morgen reinen Wein über dich einschenke.

»Möchtest du tanzen?«

Pablo ist neben mir aufgetaucht.

»Klar«, sage ich und werfe mich dem Spanier in die Arme. Siehst du, Jo, das hast du nun davon!

Pablo und ich tanzen drei Runden und er spendiert mir noch einen Cocktail. Dies hat zur Folge, dass der Rest des Abends in einer Art Nebel vor mir verschwimmt. Der DJ hat irgendwann seine langsame Phase überwunden und ich tanze mit allen möglichen Leuten. Auch mit Jo, aber nur offen.

»Weißt du was, Anna?«, ruft er über die lauten Beats hinweg.

»Was?«

»Du bist ganz schön kompliziert!«

»Was ist falsch an kompliziert?«, entgegne ich.

Er zuckt mit den Achseln, und weil es einfach zu laut zum Reden ist, geben wir es auf. Ich merke aber, wie er mich pausenlos ansieht, und ich wünschte, ich hätte ein paar so coole Moves drauf wie Clara oder Maxime. Oder wie Laura, die auf mich immer wirkt wie eine Elfe, wenn sie allein tanzt. Ich dagegen wackle auf meinen zu hohen Schuhen eher unsicher hin und her. Jo ist aber auch nicht gerade ein begnadeter Tänzer, stelle ich fest. Er bewegt sich etwas roboterhaft. Nein, Tanzen ist definitiv nicht sein Ding. Trotzdem ist er für mich der attraktivste Junge im Saal. Sobald ich ihn ansehe, zieht sich in meiner Brust etwas schmerzlich zusammen. Und doch kann ich es nicht lassen. Was könnte das für ein wunderbarer Abend sein, wäre Jo nicht ein scheinheiliger Aufreißer und außerdem der Freund meiner Freundin.

»Hey, ihr beiden, habt ihr Spaß?« Laura und Yuma gesellen sich zu uns. Ich nicke und grinse sie demonstrativ an. Wir tanzen in einer Gruppe von fünf, sechs, Leuten. Wann immer Jo sich mir nähert, weiche ich ihm aus. Soll er sich doch gefälligst an seine Freundin halten, was denkt der sich eigentlich? Gleichzeitig muss ich Pablo abwehren, der mir immer näher auf die Pelle rückt. Ich bin froh, als die Musik umschwenkt auf etwas, das wie Salsa klingt. Mit dem Hinweis, ich beherrschte solche Tänze nicht, versuche ich, mich zu verdrücken.

»Ich bringe es dir bei«, schlägt Pablo vor. »Ist ganz einfach. Komm schon. Das *muss* man können!«

Warum eigentlich nicht? Ich lasse mir von Pablo ein paar Salsa-Moves beibringen, aber ich fürchte, ich bin darin kein großes Talent. »Nicht so steif in der Hüfte!«, ermahnt mich mein Tanzlehrer.

»Nimm erst mal deine Hände von meinem Hintern, dann klappt's vielleicht!«, erwidere ich. Ich bin aber auch nicht wirklich konzentriert. Fast zwanghaft halte ich immer wieder Ausschau nach Jo, aber ich sehe ihn nirgends. Ist vielleicht auch besser so.

»Tut mir leid, ich bin erledigt, ich muss was trinken«, sage ich nach drei weiteren Runden zu Pablo. »Aber danke für die Salsa-Lektion.«

»Jederzeit«, grinst er, und ehe ich ausweichen kann, küsst er mich auf die Wange. Ausgerechnet in dem Moment kreuzt sich mein Blick mit dem von Jo, der inzwischen an der Bar herumhängt, zusammen mit Laura, April, Yuma und William. Er schaut ziemlich finster drein.

Du hast es gerade nötig!

Ich schaue finster zurück, dann gehe ich zu Laura. »Wollen wir langsam verschwinden?«, flüstere ich ihr zu.

»Gern«, sagt Laura. »Ich habe nur gewartet, bis du dich mit unserem feurigen Spanier ausgetobt hast.«

Wir verabschieden uns und die Reihum-Küsserei geht wieder von vorne los. Jo und ich berühren uns nur andeutungsweise und wir vermeiden es, uns dabei anzusehen. Was für ein Eiertanz!

»Schlaf gut, Anna«, flüstert er mir zu, aber alles, was ich herausbringe, ist ein förmliches »*bon soir*«.

Ich bin heilfroh, als Laura und ich schließlich im Taxi sitzen und durch das nächtliche Paris nach Hause fahren. Der Eiffelturm erstrahlt in psychedelischen Farben. Wie hoch er ist und wie wunderschön und elegant. Ach, Paris!

»Und, wie findest du ihn?«

»Den Eiffelturm? Gigantisch. Wir müssen da unbedingt rauf.«

»Einstein, Menschenskind!«

»Du sollst ihn doch nicht so nennen. Er heißt Jo.«

»Wenn er nicht da ist, kann ich ihn doch nennen, wie's mir passt.«

»Geht so«, sage ich.

»Geht so?«

»Ich kenn ihn noch zu wenig«, sage ich ausweichend. Ich bin auf einmal schrecklich müde. Jetzt erst merke ich, wie sehr mir die Füße wehtun, und die vielen Drinks wirken wohl auch noch nach. Ich fühle mich nicht in der Lage, das *Ich-sag-dir-die-Wahrheit-über-deinen-Freund-Fass* aufzumachen. Nicht jetzt und hier, in diesem Taxi. Das kann bis morgen warten. Verdammt, warum muss überhaupt ich diejenige sein, die Laura die schlechte Nachricht überbringt?

»Willst du wissen, wie er richtig heißt?«, fragt Laura.

»Wie denn?«

»Josias.«

»Josias? Ist das wirklich ein Name?«

»Ja, den gibt's«, bestätigt Laura. »Irgendwas Biblisches.«

»Krass«, sage ich. »Aber wenigstens hat er nicht das Problem, dass es immer gleich drei oder vier davon in einer Klasse gibt.«

Lauras Laune hat sich inzwischen wieder gebessert, sie kichert: »Weißt du noch, in der Fünften gab's sogar mal eine Anna-Laura, und sie war befreundet mit Anna zwei.«

»Stimmt«, erinnere ich mich. »Ich konnte sie nicht leiden, alle beide nicht.«

»Ich mochte die anderen zwei Lauras auch nicht«, bekennt Laura.

»Ich finde, unsere Mütter hätten sich wirklich ein bisschen mehr anstrengen können bei der Namensfindung«, sage ich.

»Dann würde ich jetzt vielleicht Jolanda heißen«, kichert Laura.

Angetrunken, wie wir sind, denken wir uns noch weitere absurde Namen aus, die zu uns passen könnten.

Dann sind wir am Ziel. Ich ziehe mir schon im Aufzug die Schuhe aus und wenig später krache ich auf mein Bett wie ein gefällter Baum und schlafe augenblicklich ein.

5

SCHLAFLOS IN PARIS

LAURA

Ich bin erledigt, total müde, aber ich kann nicht einschlafen, ich bin noch immer viel zu aufgedreht.

Jo ist zurück! Und wie wahnsinnig gut er ausgesehen hat.

Annas Reaktion, als ich sie fragte, wie sie Jo findet, hat mich allerdings ziemlich enttäuscht. Hat sie Kartoffeln auf den Augen? Ein bisschen mehr Begeisterung hätte ich von meiner besten Freundin schon erwartet.

Vielleicht ist sie eifersüchtig. Vielleicht befürchtet sie, dass Jo sich zwischen sie und mich stellt.

Gut möglich, dass sie das denkt.

Gut möglich auch, dass mir Jo irgendwann wichtiger sein wird als sie.

Ach, Anna, wärst du mal ein bisschen früher nach Paris gekommen!

Als ich neu an der Schule war, ist mir Jo nicht groß aufgefallen. Er tut ja auch alles, um nicht aufzufallen. In den Pausen lungert er mit anderen Freaks im Computerraum oder im Physiksaal rum und bereitet irgendein Experiment vor, und dort hängt er manchmal nach Schulschluss noch ab. Ich habe natürlich mitgekriegt, dass er schwer was auf dem Kasten hat, und mir ist auch nicht entgangen, dass er nicht schlecht aussieht, aber zu meiner Schande muss ich gestehen, dass ich eine ganze Weile lang auf Maxime abgefahren bin. Maxime sieht heiß aus, der

Meinung bin ich immer noch, aber ich habe viel zu lang gebraucht, bis ich gemerkt habe, dass er eine große Klappe hat und wenig dahintersteckt. Manchmal kann er sogar ein ziemliches Arschloch sein. Ja, sorry, Geschmacksverirrung. Kann ja mal vorkommen.

Nach den Osterferien kam Jo in die Philosophie-AG. Zuerst war er auch dort sehr ruhig, aber mit der Zeit hat er sich bei Diskussionen immer öfter zu Wort gemeldet. Ich fand das, was er sagte, immer sehr originell. Dann wurden wir für ein Projekt über Rousseau in einer Fünfergruppe zusammengelost. Die anderen beiden waren Mian, ein Chinese, und Julien und Manon, zwei frogs. Manon ist eine ganz üble Bitch. Von Anfang an hat sie mich fixiert wie ein Raubtier seine Beute, und die Gruppenarbeit mit ihr war der reinste Horror, weil sie mir grundsätzlich widersprochen hat. Selbst wenn ich gesagt hätte, der Himmel ist blau, hätte sie behauptet, er wäre grün. Natürlich hat Julien zu ihr gehalten – Froschfresser unter sich. Jo und ich waren auf der anderen Seite, und Mian hat sich rausgehalten oder gar nicht kapiert, was abgeht.

Irgendwann hat Manon angefangen, Jo anzumachen. Total plump, ich dachte zuerst, ich seh nicht richtig. Einmal saß sie auf seinem Tisch und durch den Ausschnitt ihres T-Shirts konnte er bestimmt bis nach Australien schauen. Drei Tage später roch sie aufdringlich nach einem sündhaft teuren Parfum. Ich kenne es, Mama hatte das auch mal. Aber Manon muss wohl darin gebadet haben.

Keine Ahnung, warum Manon das getan hat. Vielleicht wollte sie Jo verarschen, vielleicht wollte sie mich ärgern und ihn auf ihre Seite ziehen oder er hat sie tatsächlich beeindruckt. Jedenfalls dachte ich an diesem Punkt: So, jetzt reicht's!

Ja, es stimmt, ich habe mit Jo geflirtet, weil ich Manon eins auswischen wollte.

Zunächst.

Dann habe ich gemerkt, dass ich mich von Mal zu Mal mehr auf die Philosophie-AG freue, sogar trotz Manon. Mir ist auch aufgefallen, dass Jo gar nicht so schüchtern ist, wie ich geglaubt habe, sondern dass er einfach nur schweigt, wenn es nichts zu sagen gibt. Er kann nämlich recht schlagfertig und witzig sein, wenn er will. Ich wollte unbedingt wissen, ob er noch mehr so versteckte positive Seiten hat.

Wenn ich jetzt darüber nachdenke, fällt mir etwas auf: Jo ist in vielen Punkten ein bisschen wie Anna. Das ist voll schräg, ich weiß, aber ich kann es nicht leugnen.

Für Manon ging der Schuss übrigens voll nach hinten los, denn an Jo ist ihre Anmache abgeperlt wie Tropfen an einem Regenschirm, und Julien, der natürlich mitgekriegt hat, dass sie sich bei Jo einschleimen wollte, wurde sauer und hat sich ebenfalls von ihr abgewandt. Folglich wurden Manons bescheuerte Beiträge zu unserer Gruppenarbeit ab sofort ignoriert oder abgelehnt und auf diese Weise haben wir doch noch eine recht ordentliche Arbeit hingelegt und fünfzehn Punkte bekommen. Das ist umgerechnet aufs deutsche Notensystem eine gute Zwei. Mich ärgert nur, dass Manon diese Note gar nicht verdient hat, aber so ist das halt. Das Leben ist nicht gerecht.

Ich weiß nicht genau, wann ich mich in Jo verliebt habe. Falls man diesen Zeitpunkt überhaupt exakt feststellen kann. Es gibt da nun einmal keine Skala und keine Tabelle mit eindeutigen Parametern. Höchstens ein paar typische Symptome, aber selbst dafür müsste man *verliebt* erst einmal definieren. Gott, ich hör mich schon an wie Jo!

Wie dem auch sei, auf einmal gab es für mich nichts Wichtigeres, als Jo näherzukommen.

Ich habe so getan, als hätte ich Probleme in Mathe, und fragte ihn, ob er mir Nachhilfe geben würde. Das hat er gemacht, und ich musste mich natürlich ein bisschen dümmer anstellen, als ich in Wirklichkeit bin. Ich glaube, er hat es gemerkt, aber geschadet hat es sicher nichts, Mathe ist nicht gerade das Fach, in dem ich glänze, und falls Jo meine Finte durchschaut hat, hat er nichts gesagt. Wir hatten echt Spaß bei den Aufgaben und auch noch hinterher, wenn wir noch eine Runde gequatscht haben. Ich nannte ihn scherzhaft *Einstein*, und es hat ihn nicht gestört – damals jedenfalls nicht. Wieso war er vorhin wohl so pampig deswegen?

Die ganze Zeit über hatte ich die Sorge, den anderen Mädchen an der Schule könnte es ebenso gehen wie mir: dass sie erkennen würden, was für ein ungeschliffener Diamant Jo in Wirklichkeit ist. Denn inzwischen konnte ich gar nicht mehr verstehen, dass Jo noch keine Freundin hat. Zusätzlich befeuert hat diese Sache ein Gespräch mit Yuma, bei dem ich den Eindruck gewann, dass sie ziemlich auf Jo abfährt, sich aber selbst nicht im Klaren darüber ist.

Und jetzt, dachte ich, kommt Anna und ich muss mich um sie kümmern. Was ich ja auch furchtbar gerne mache. Wirklich. Ich freu mich schon auf alles, was wir geplant haben. Aber was, wenn Manon oder Yuma oder sonst eine von diesen Hyänen an unserer Schule dies ausnutzt und Jo für sich gewinnt?

Damit er mich nicht vergisst, habe ich ihm, als er in Deutschland war, ab und zu eine WhatsApp geschickt. Habe mich erkundigt, wie es ihm geht, und berichtet, was in der Schule so los war. Seine Antworten fielen entweder recht knapp aus oder er hat gar nicht geantwortet. Der Tod seines Großvaters scheint ihn ziemlich mitgenommen zu haben. Ich glaube, sein Opa war für ihn eine Art Vater-Ersatz, denn mit seinem Vater scheint Jo sich nicht besonders gut zu verstehen. Das habe ich immer wieder rausgehört, viel darüber geredet hat er nicht.

Natürlich hatte ich keinen Schimmer davon, dass Jo heute zur Schulschwänzerparty kommen würde. Ich hatte ihn zwar gefragt, ob er da wäre, aber er hat – mal wieder – nicht geantwortet. Deshalb nahm ich an, er wäre noch länger weg. Als er dann doch auftauchte, war ich total von den Socken, irgendwas zwischen Freude und Erschrecken.

Und ausgerechnet heute Abend hatte Anna nichts Besseres zu tun, als sich mit Pablo und Maxime total zuzukiffen! Das hätte ich ihr im Leben nicht zugetraut, wo sie doch sonst immer so brav ist. Aber da kann man mal wieder sehen: Wehe, wenn sie losgelassen …

Doch das alles zählt nicht, denn später am Abend hat Jo mit mir getanzt. Und wie wir getanzt haben! Ich kann es jetzt noch spüren, wie er mich festgehalten und an sich gedrückt hat. Ich glaube, wenn die anderen von unserer Clique nicht in der Nähe gewesen wären, hätte er mich auch geküsst. Ja, ganz bestimmt. Vielleicht hätte er noch ein Quäntchen mehr Alkohol gebraucht, um den Mut dafür aufzubringen. Ich jedenfalls war kurz davor, es zu tun, aber dann dachte ich: Nein, den ersten Kuss möchte ich von ihm *bekommen,* nicht umgekehrt. Emanzipation hin oder her, in solchen Angelegenheiten bin ich dann doch ein kleines bisschen altmodisch.

JO

Die Welt ist ein Dorf!

Der Satz geht mir dauernd im Kopf herum, jetzt, wo ich im Bett liege und vorsichtshalber einen Fuß rausstrecke und auf den Boden setze, denn wenn ich das nicht mache, schaukelt das Bett wie ein Kahn bei Windstärke zehn.

Mann, war ich vielleicht geplättet, als ich Anna vorhin auf dem Fest gesehen habe. Und wie umwerfend sie aussah!

Dass sie in Paris ausgerechnet Laura Kessel besucht, eine Klassenkameradin von mir, das ist schon ein irrer Zufall. Jedenfalls habe ich mich tierisch gefreut, Anna so rasch wiederzusehen. Doch kaum habe ich begriffen, dass das wirklich wahr ist und kein Hirngespinst, da wurde es auch schon seltsam.

Offenbar hat Anna ihrer Freundin Laura nichts von unserer Begegnung im Zug erzählt, sonst hätte Laura das sicherlich erwähnt, als sie mir Anna vorgestellt hat. Aber spätestens da hätte Anna ja was sagen können. Warum macht sie aus unserer Begegnung ein Geheimnis und tut vor Laura so, als hätten wir uns heute Abend zum ersten Mal gesehen?

Ihr Benehmen war auch sonst recht extrem. Am Nachmittag schreibt sie mir noch und verabredet sich mit mir, und dann, Stunden später, auf dem Fest, beschimpft sie mich! Was ist nur los mit dieser Frau? Die Anna aus dem Zug war irgendwie eine völlig andere als die auf dem Fest. Eine böse Zwillingsschwester kann sie wohl nicht sein, oder? Die würde ja auch nicht Anna heißen.

Später habe ich dann mitgekriegt, dass sie mit Pablo und Maxime draußen was geraucht hat, und ein paar Cocktails hatte sie wohl auch schon intus. Okay, verziehen und vergessen. Wenn man bekifft ist und dazu noch voll wie eine Haubitze, dann macht man schon mal blöde Sachen und weiß nicht mehr, was man sagt. Wahrscheinlich ist sie es nicht gewohnt, so viel zu trinken, wie es hier üblich ist.

Ich hoffe nur, unsere Verabredung für Montag gilt noch. Es gibt einiges zu bereden und zu klären. Aber vor allen Dingen muss ich Anna wiedersehen. Nur zu gerne würde ich einmal ihre Sommersprossen küssen.

6

DIE KATAKOMBEN

ANNA

»Aufstehen, Langschläferin!«

Ich blinzle. Die Sonne scheint durch die Jalousien und wirft ein Streifenmuster auf das Parkett. Neben mir steht ein Glas Wasser, in dem eine Sprudeltablette auf und ab taumelt.

»Aspirin. Dachte, das könnte dir guttun.«

Ich richte mich auf. »Auauau.« Bei jeder Bewegung spüre ich Stiche unter meiner Schädeldecke und Lauras Lachen dröhnt wie Donnerhall in meinem Kopf.

»Seinissolaut«, stöhne ich.

»Das kommt davon, wenn man über die Stränge schlägt«, sagt, nein, donnert Laura. »Trink das und geh duschen. Das wird schon wieder. Aber beeil dich, in einer guten Stunde treffen wir uns mit den anderen.«

Rums. Die Tür fällt zu und der Knall findet sein Echo in meinem Kopf.

Andere? Welche anderen?

Die Tablette hat sich fast aufgelöst, ich trinke das Glas in kleinen Schlucken leer und hoffe, dass die Flüssigkeit bei mir bleibt. Mir fällt mein Intermezzo im Männerklo von gestern Abend wieder ein. So was von peinlich! *Anna Cornelius, dein gesellschaftliches Debüt in der französischen Hauptstadt kann als gründlich misslungen betrachtet werden!*

Hab ich wirklich so viel getrunken? Ich fürchte, schon. Diese Cocktails waren das reinste Höllengebräu. Dass auf einer Schulfete, auf der überwiegend Minderjährige sind, überhaupt Alkohol ausgeschenkt wird! So was gibt's auch nur hier.

Automatisch checke ich mein Handy. Eine neue Nachricht auf WhatsApp. Etwa von Jo?

Mein Herz fängt schon wieder an zu klopfen, allein bei diesem Gedanken.

Es ist mein Bruder Hendrik, der wissen will, wie Paris ist. Der kommt mir gerade recht. Ich schreibe:

> *Paris ist hoffnungslos verdorben, die ganze Stadt ist ein moralischer Sumpf. Erhole mich gerade vom Alkohol- und Drogenexzess.*

Sollte jemals etwas über den vorangegangenen Abend bis zu ihm durchsickern, kann er nicht behaupten, dass ich ihn angelogen hätte.

> Ja, schon klar ☺.

Na also, es funktioniert! Man kann die Wahrheit als Lüge verkaufen und eine Lüge als Wahrheit, es kommt nur auf die Worte an, die man wählt.

Als ich aus dem Bad komme, laufe ich Frau Kessel in die Arme. Sie zischelt mit Verschwörermiene: »Und? Wie ist er?«

»Äh … wer?« Mein Hirn ist definitiv noch nicht auf Touren.

»Lauras Freund!«

Er ist ein gemeiner Schuft, Madame, ein Unhold, der Ihrer armen, unschuldigen Tochter das Herz brechen wird.

»Ach so, der. Er macht einen sympathischen Eindruck«, antworte ich und füge hinzu: »Ich konnte aber nicht sehr viel mit ihm reden. Ich muss mich beeilen, *pardon.*« Ich schlüpfe an ihr vorbei in mein Zimmer und ziehe mich an. Es passt mir gar nicht, dass sie mich zur Informationsquelle über Laura und ihren Freund auserkoren hat, aber ich kann sie ja auch schlecht vor den Kopf stoßen, immerhin bin ich hier Gast. Es ist eine Gratwanderung, wie so vieles, seit ich hier bin.

»Wohin soll's denn nun heute gehen?«, erkundigt sich Paul Kessel.

Ja, das würde mich auch interessieren. Ich trinke meinen Milchkaffee, während Laura ungeduldig mit den Fingern auf der Tischplatte herumtrommelt.

»Wir wollen in die Katakomben und später vielleicht noch zum Montmartre oder woandershin«, antwortet Laura.

»Du wagst dich in die Katakomben?«, wundert sich Lauras Vater.

Die Katakomben? Was ist mit Bootsfahrt und Stickstoffeis? Von den Katakomben höre ich zum ersten Mal und wundere mich genauso wie Herr Kessel darüber, denn Laura hat eine Heidenangst vor Höhlen, Tunneln und dergleichen. Sie meidet sogar Unterführungen, wenn es sich irgendwie machen lässt. Als wir mit der Schule einen Ausflug zur Blautopfhöhle gemacht haben, hat sie eine Panikattacke bekommen und Frau Kessel, die sich vorsorglich als Begleitperson zur Verfügung gestellt hatte, musste mit ihr umkehren.

»Ich werde nicht mit runtergehen«, erklärt Laura. »Aber ich weiß, dass Anna das ganz toll finden wird, deshalb habe ich gesagt, wir kommen mit. Ich setze mich solange in ein Café.«

»Laura, das muss doch nicht sein«, wehre ich ab. »Es gibt doch noch so viele andere tolle Orte in Paris, die wir zusammen anschauen können.«

»Ist doch kein Problem«, meint Laura. »Die Besichtigung dauert höchstens eine Dreiviertelstunde. Danach treffen wir uns wieder.« Ich bin so gerührt, dass ich schlucken muss. Laura hat sich wirklich Gedanken gemacht, was mir hier gefallen könnte. Und ich ... ich lasse sie noch immer im Unklaren über diese miese Ratte namens *Josias*. Aber ich kann ja auch schlecht jetzt, im Beisein ihrer Eltern, davon anfangen.

»Beeilung, Anna, wir müssen in zwanzig Minuten an der Station Denfert-Rochereau sein«, drängelt Laura.

»Schaffen wir das?«

»Wenn du jetzt langsam mal in die Gänge kommst, schon.«

»Bist du mit jemandem von deiner Clique enger befreundet?«, frage ich, als wir in der Métro sitzen, und füge rasch hinzu: »Außer mit Jo, natürlich.«

Laura zuckt mit den Schultern. »Mit Yuma ein bisschen. Sie ist okay, aber ... wie soll ich sagen ... man merkt irgendwann doch, dass sie aus einer vollkommen anderen Kultur kommt.«

»Woran?«

»Sie redet andauernd von irgendwelchen Manga-Helden, von denen ich keine Ahnung habe, und umgekehrt kennt sie Filme nicht, die einfach *jeder* kennt. Und dann hat sie diesen Hang zu Kleinmädchenklamotten. Du weißt schon: Mützen, die wie Plüschtiere aussehen, Socken mit Schleifchen und Hello-Kitty-Taschen.«

»Uah!« Ich verziehe das Gesicht, als hätte ich Zahnschmerzen.

»Hoa steht genauso auf diesen Kitsch, und die Chinesinnen machen grundsätzlich den ganzen Blödsinn nach, der aus Japan kommt.«

»Du trägst also keine Pandamütze im Winter?«

Laura schnaubt. »Aber was uns am meisten unterscheidet, ist ihre Einstellung gegenüber Jungs. Es kommt mir fast so vor, als hätte es in Asien nie eine Frauenbewegung gegeben.«

»Hat es das denn nicht?«, frage ich.

»Keine Ahnung. Jedenfalls sind Yuma und Hoa immer viel zu schnell dabei, sich unterzuordnen. Sie haben es einfach nicht drauf, einem arroganten Schnösel wie Maxime auch mal Kontra zu geben, und sie wissen anscheinend auch nicht, wie man Pablo Bescheid sagt, wenn er seine Pfoten nicht bei sich behalten kann. Die quieken dann nur wie die Ferkel und kichern.« Laura schüttelt den Kopf. »Dabei weiß Yuma im Grunde ganz genau, was sie will.«

»Was denn?«, frage ich neugierig.

»Sie ist der Ansicht, dass eine Liebesbeziehung, die nicht auf eine Ehe hinausläuft, die schiere Zeitverschwendung ist. Sie ist da absolut berechnend und Hoa sieht das ähnlich. Jedenfalls ist es zwecklos, mit einer von ihnen über Jungs oder übers Verliebtsein zu reden.«

Ich verspüre einen kleinen Nadelstich bei diesen Worten, weil ich schon wieder Jos Gesicht vor mir sehe.

»Vielleicht hat es so etwas wie Romantik in Asien auch nie gegeben«, sage ich.

»Es kommt mir jedenfalls so vor«, meint Laura.

»Wahrscheinlich laufen sie deswegen auch in diesen kindischen Klamotten rum«, überlege ich. »Um zu signalisieren, dass sie für Beziehungen noch nicht bereit sind.«

»Stimmt, so habe ich das noch nie gesehen. Ach, Anna, du bist so schlau!«

Wenn es doch nur so wäre! Ich fühle mich gerade alles andere als klug, eher hilflos.

»Was ist mit Clara?«, frage ich.

»Die kann sich schon wehren – wenn sie will. Sie hängt öfter mit den Franzosen rum, und die bleiben wiederum ganz gern unter sich.«

»Zählst du denn nicht als Französin?«, frage ich verwundert.

»Weiß nicht. In deren Augen vermutlich nicht. Aber ich mag die Franzosenclique sowieso nicht. Sie sind dermaßen hochnäsig, das hält man nicht aus.« Sie drückt meine Hand. »Siehst du, Anna, du bist einfach nicht zu ersetzen, du bist und bleibst meine allerbeste Freundin.«

»Das wollte ich nur hören«, sage ich und dann beugt sich Laura zu mir rüber und küsst mich ganz nach Landessitte auf die Wange. Es ist mir ein bisschen peinlich, aber dennoch stimmen mich ihre Worte froh.

Wäre jetzt nicht ein guter Zeitpunkt, um mit ihr über Jo zu reden? Nein, ganz und gar nicht. Nicht, wenn wir den Kerl in ein paar Minuten treffen werden. Laura kann ziemlich impulsiv sein, um nicht zu sagen jähzornig. Sie wird garantiert ausrasten, am Ende geht sie noch auf ihn los und knallt ihm eine vor versammelter Mannschaft. Was er zwar durchaus verdient hätte, aber ich will nicht, dass Laura sich vor den anderen lächerlich macht. Nein, ich muss es ihr sagen, wenn sie genug Zeit hat, um die Botschaft zu verdauen und ihre Wut in den Griff zu kriegen. Heute Abend am besten. Dann kann sie eine Nacht drüber schlafen, ehe sie ihm begegnet.

Jetzt gleich, in den Katakomben, kann ich mir ja mal Jo vorknöpfen und ihm die Meinung geigen, falls sich die Gelegenheit dazu ergibt. Nüchtern und mit klarem Kopf, nicht so wie gestern.

Ja, das ist ein guter Plan.

Arrête! C'est ici l'empire de la Mort! – Halt! Hier ist das Reich des Todes! steht über dem Tor auf einem Stein und Clara und Hoa amüsieren sich über die aufgestellten Härchen an Pablos Unterarmen. »Wart's ab, der macht sich noch in die Hosen«, flüstert mir Lukas auf Schwyzerdütsch zu.

Wir haben uns zu einer englischsprachigen Führung entschlossen, und zusammen mit einer achtköpfigen chinesischen Reisegruppe steigen wir eine steile Wendeltreppe hinab. Wir, das sind Clara, Hoa, Yuma, Lukas, Maxime, Pablo, Jo und ich. April, die die Katakomben schon gesehen hat, leistet Laura Gesellschaft.

Jo stieß als Letzter zu uns, mit fünf Minuten Verspätung. Ich hatte schon gehofft, er würde wegbleiben, aber als ich ihn dann herankommen sah, fing bei mir schon wieder dieses völlig unangebrachte Herzrasen an. Dieses Mal wurde auch ich in die Zeremonie der Begrüßungsküsserei miteinbezogen, wobei er mir doch tatsächlich zuflüsterte: »Na, wieder nüchtern?« Und dabei grinste er auch noch unverschämt.

Auf diese Provokation habe ich einfach nicht reagiert.

Wir steigen eine steile Wendeltreppe hinab und ich muss den Druck auf meinen Ohren weggähnen. Im Gänsemarsch folgen wir einem langen Gang. Es ist kalt und feucht und es liegt ein moderiger Geruch in der Luft.

»Hier stinkt's!«, jammert Clara.

»Scheiße, kein Netz!«, mault Maxime.

»Stimmt. *Merde!*« Das war Yuma.

»Wie, wir müssen eine halbe Stunde ohne Netz klarkommen? Ob wir das wohl überleben?«, fragt Jo sarkastisch.

»Sag mal, Hoa, habt ihr bei euch in Nam nicht diese Vietcong-Tunnel, die man besichtigen kann?«, will Lukas wissen.

»Die Cu-Chi-Tunnel meinst du. Das ist aber was völlig anderes, da liegen keine Knochen rum.«

»Seid mal ruhig, ich will zuhören«, beschwert sich Pablo.

Unsere Führerin rattert ihren Text runter: »Vor mehr als zweitausend Jahren hat man begonnen, hier unten Kalkstein, Ton und Gips für den Bau von Häusern abzubauen. Die Katakomben sind die Überbleibsel dieser unterirdischen Steinbrüche, der *carrières*. Bereits die Römer gruben die ersten Stollen, die sich im Lauf der Jahre zu einem Labyrinth ausgebreitet haben, das über 330 Kilometer umfasst. Allerdings dachte damals niemand daran, die Gänge auch zu sichern, und so stürzten im 18. Jahrhundert ganze Straßenzüge mitsamt den Gebäuden und den Pferdefuhrwerken ein. Außerdem gab es zu der Zeit ein weiteres Problem: Die Friedhöfe der Stadt waren überfüllt. Der Geruch muss unerträglich gewesen sein. Im Jahr 1779 erstickten angeblich einige Bewohner der *Rue de la Lingerie* am Gestank, der vom benachbarten Friedhof, dem *Cimetière des Innocents*, herüberwehte. Um Platz für neue Tote zu schaffen, wurden halb verweste Leichen exhumiert, was zu katastrophalen hygienischen Zuständen führte. Die Stadt war ein Paradies für Ratten und damit für Krankheitserreger.«

Jetzt läuft es auch mir eiskalt den Rücken hinunter. Massenhaft Gebeine längst Verstorbener – geschenkt. Aber Ratten …

»Hilfe, mir wird gleich schlecht«, höre ich Pablo hinter mir flüstern.

»Dann halt bitte Abstand.«

Die Aufforderung ergeht nicht ohne Grund. Pablo klebt mir an den Hacken und schon ein paarmal gab es *zufälligen* Körperkontakt. Als ich vorhin über eine Unebenheit am Boden stolperte, schlossen sich sofort ein Paar Krakenarme um mich und hielten mich länger fest als notwendig. Wobei zu bezweifeln ist, ob es überhaupt notwendig war. Bevor ich mit Jo reden kann, muss ich also erst einmal diese Klette abschütteln.

»Ob diese Pestviren noch aktiv sind?«, höre ich Williams Stimme.

»Es gibt keine Pestviren, du Hypochonder. Die Pest überträgt sich durch Bakterien«, doziert Lukas.

»Deswegen solltest du nachher gleich mal ein Antibiotikum einwerfen, William, nur für den Fall ...«, rät Yuma.

Ich muss heimlich vor mich hin grinsen. Gestern, auf dem Schulfest, sind mir Lauras Freunde ein bisschen arrogant und abgehoben vorgekommen, aber heute sind sie eigentlich ganz normale Teenager.

Der Gang endet in einem hohen Gewölbe und ein Raunen geht durch die Gruppe.

»Scheiße, ist das abgefahren!«, bringt es Lukas auf den Punkt.

Wir sind umgeben von Wänden aus Knochen und Totenschädeln. Sie sind auf unterschiedliche Arten symmetrisch angeordnet, als hätte jemand seinem Spieltrieb freien Lauf gelassen. Es gibt eine Mauer aus Oberschenkelknochen, durchbrochen von einer Borte aus Schädeln. An einer anderen Stelle sind nur Schädel aufgestapelt, Schädel über Schädel, eine schier unvorstellbare Menge. Ich schaudere und denke: Jeder davon war ein Mensch wie ich, und jetzt sind sie eine Touristenattraktion. Von wegen, ewige Ruhe. Auf einmal bin ich mir nicht mehr sicher, ob es richtig ist, hier zu sein, aber eine Umkehr ist jetzt auch nicht mehr gut möglich. Ich denke sehnsüchtig an Laura, die jetzt an der Sonne vor einem dieser wunderbaren Pariser Cafés sitzt und den Leuten beim Flanieren zusieht. Ach, Laura. Da wartet sie auf mich und auf ihren Freund, scheinbar glücklich verliebt und dabei ahnungslos. Es ist meine Pflicht, ihr so bald wie möglich die Wahrheit über Jo zu sagen, auch wenn sie das traurig machen und verletzen wird. Wieso fällt ausgerechnet mir diese undankbare Aufgabe zu, verdammt noch eins?

Mein Blick fällt auf Jo. Er steht ein wenig abseits und betrachtet die Knochen mit einem Ausdruck, den ich schwer deuten kann. Etwas zwischen Ehrfurcht, Traurigkeit und Faszination. Mir fällt sein Großvater ein, der gerade erst gestorben ist. Das ist heute wohl nicht so ganz der richtige Ausflug für ihn. Ehe ich mir bewusst werde, was ich tue, bin ich schon zu ihm hingegangen, lege ihm die Hand auf die Schulter und frage ihn: »Geht's?«

Er sieht mich verwirrt an. »Was?«

»Ich meine ... diese Gebeine da. Wo doch dein Opa gerade gestorben ist.«

»Ist schon okay.«

»Okay«, wiederhole ich, weil ich sonst nichts zu sagen weiß. Muss ich auch nicht, denn jetzt redet wieder unsere Führerin: »Ab dem Jahr 1785 begann man, die sterblichen Überreste in die Katakomben zu bringen. Man wartete ab, bis sie verwest waren, und dann begannen die Totengräber, die Knochen und Schädel in Mustern und Formationen aufzuschichten, wie man es hier deutlich sehen kann. Etwa sechs bis sieben Millionen

Skelette liegen unter der Stadt. Die meisten von ihnen sind Opfer der Pest und der Französischen Revolution. Auch Danton, Molière und der grausame Robespierre liegen hier unten, anonym bestattet. Ein kleiner Teil der Katakomben gehört übrigens der Banque de France, die dort den Goldschatz der französischen Nationalbank untergebracht hat.«

»Wir stehen also praktisch auf Leichen«, höre ich Clara flüstern.

»Sozusagen«, antwortet Maxime trocken. »Bestimmt sind ein paar von meinen Vorfahren darunter.«

»Das ist creepy«, meint Hoa.

»Sag mal, Clara, praktiziert ihr auf Martinique eigentlich noch Voodoo?«, fragt Maxime auf Französisch.

»Arsch!« Das Weiß in Claras Augen blitzt auf, sonst kann man im trüben Dämmer, der hier unten herrscht, nicht viel von ihrem dunkelhäutigen Gesicht erkennen.

»Wie, Arsch? Das war eine ganz normale Frage!«

»Nicht, wenn sie von dir kommt.«

»Was denn?«, erwidert Maxime, nun zum Englischen wechselnd. »Ist man jetzt schon ein Rassist, wenn man sich nach Sitten und Gebräuchen des Heimatlandes seiner Klassenkameraden erkundigt?«

»Haltet die Klappe und geht weiter«, mahnt William.

Die Gruppe bewegt sich vorwärts. In stummem Einverständnis sind Jo und ich stehen geblieben. Wir haben nicht viel Zeit, im Gang, durch den wir gekommen sind, höre ich schon die nachfolgende Gruppe, die sich schwatzend nähert.

»Wegen gestern …«, beginne ich ansatzlos.

»Du musst dich nicht entschuldigen«, sagt Jo.

Wie bitte? Ich höre wohl nicht recht.

»Das habe ich auch nicht vor«, entgegne ich. »Aber wie wär's mit dir? Vor allen Dingen bei Laura.«

»Ich weiß nicht, was du meinst«, antwortet Jo und setzt dabei eine leicht verwirrte Unschuldsmiene auf, die ihresgleichen sucht. Was für ein begnadeter Schauspieler!

»Ach, wirklich nicht?«

Verdammt, warum musste Laura ausgerechnet auf den größten Chauvinisten der ganzen Schule reinfallen? Gegen ihn sind Pablo und Maxime mit ihren Machosprüchen geradezu harmlos. Die spielen wenigstens mit offenen Karten, da weiß man, woran man ist. Aber Jo macht einen auf naiver Nerd und stilles Wasser, und Laura geht ihm prompt auf den Leim. Aber ich nicht!

»Hey, kommt ihr?«, höre ich Lukas rufen. Ich hätte ein Echo erwartet, aber seine Stimme wird von den Kreidewänden fast verschluckt.

Die nächste Gruppe drängt in das Knochengewölbe. Ich drehe mich um und eile den anderen nach. Was mich angeht, ist sowieso alles gesagt.

Immer tiefer dringen wir in das Totenreich vor. Es geht vorbei an Steintafeln mit Inschriften in Latein oder Französisch, die zu lesen mir jetzt zu mühsam ist. Vermutlich liegen hinter diesen Tafeln die bessergestellten Verstorbenen, denen es erspart blieb, als Bestandteil einer Oberschenkelknochenmauer und Schädelpyramide zu enden und tagtäglich von Touristen begafft zu werden. Sterben müssen wir zwar alle, dachte ich, aber die Klassengesellschaft besteht auch nach dem Tod noch fort.

Ich fröstle, obwohl ich mir eine Strickjacke übergezogen habe. Die Kälte kriecht mir von unten herauf die Beine hoch. Anstelle meines blauen Lieblingskleides mit den weißen Tupfen hätte ich Jeans und Socken anziehen sollen. Warum habe ich mich in der Eile des Aufbruchs dennoch hübsch gemacht? Für die Toten?

Ich gehe jetzt zwischen Pablo und William. Keine Ahnung, wo Jo ist, ich will mich nicht umsehen. Das Vorankommen wird schwieriger, ich bin froh, dass ich wenigstens meine Sneakers angezogen habe. Manche Gänge sind schmal und voller Schotter und die Beleuchtung ist recht spärlich. Über steile Treppen geht es mal nach unten, dann wieder nach oben. Einmal müssen wir eine Leiter erklimmen und uns durch ein enges Loch quetschen. Bloß gut, dass Laura nicht mitgekommen ist, für Leute mit Platzangst ist das wirklich nichts.

Etwas Kaltes tropft von der Decke in meinen Nacken, ich stoße einen kleinen Schrei aus.

»Alles in Ordnung?«, fragt Lukas.

»Ja. War nur Wasser.«

Dennoch habe ich ab jetzt die Zwangsvorstellung, eine Ratte könnte von der Decke auf mich runterfallen. Bis jetzt ist uns aber noch keine begegnet. Die wissen bestimmt, dass tagsüber die Touristenströme hier durchgeschleust werden, und halten sich verborgen. Hoffe ich.

Überall liegen aufgestapelte menschliche Gebeine. Knochen über Knochen, ganze Höhlen sind voll davon. Zu meiner Verwunderung sind es fast nur Schädel und Oberschenkelknochen. Was haben sie mit dem Rest gemacht, wo sind die Rippen, die Unterschenkel, die Füße und Finger?

Unsere Führerin hat uns davor gewarnt, Knochen einzustecken. Es gebe am Schluss der Tour eine Taschenkontrolle. Ich wäre auch nicht auf die Idee gekommen, aber den Jungs war die Enttäuschung anzumerken.

Jetzt sind wir auf einer Art Balkon angelangt und unsere Führerin leuchtet hinab. Teile eines beeindruckenden Tunnelsystems werden aus dem Dunkel gerissen.

»Der Großteil der Katakomben darf nicht betreten werden. Dennoch werden hier oft illegale Partys gefeiert, es gab sogar mal ein richtiges Kino unter der Erde, bis die Polizei es fand. Die Polizisten, die für das Tunnelsystem zuständig sind, heißen *cataflics*. Aber es ist natürlich unmöglich, über dreihundert Kilometer dieses Labyrinths zu überwachen, das auch noch Hunderte von Eingängen hat. Deswegen tummeln sich darin allerlei zwielichtige Gestalten und es gibt nach wie vor Partys im Untergrund, die Teilnehmer verabreden sich im Netz. Sie sollten aber wissen, dass man eine saftige Strafe bezahlt, wenn man erwischt wird. Außerdem ist es gefährlich. Es wurden schon Leute entdeckt, die tagelang hier unten herumgeirrt sind.«

»Eine Party in den Tunneln. Das wär doch mal cool«, meint William.

Wir steigen die Leiter wieder hinunter. Die nächste Knochenhöhle. Allmählich reicht es mir mit Gebeinen, ich will ans Tageslicht, an die wärmende Sonne. Plötzlich spüre ich, wie jemand nach meiner Hand greift. Ich fahre herum. Es ist Jo.

»Anna, warte doch mal!«

»Was ist? Ich finde, wir haben uns nichts mehr …« Weiter komme ich nicht. Ich spüre seine Hände auf meinem Rücken, er zieht mich zu sich heran, unsere Gesichter sind jetzt nur noch wenige Zentimeter voneinander entfernt. Es wäre noch Zeit, ihn wegzustoßen, den Kopf wegzudrehen, aber ich mache es nicht. Ich lasse es zu, dass er mich auf den Mund küsst. Ganz zart zuerst, dann etwas fester. Erst als er mich wieder loslässt, weiche ich zurück und starre ihn an, sein blasses, unsicher lächelndes Gesicht vor einer Kulisse aufgestapelter Schädel. Eins muss man ihm lassen, er hat ein Händchen für Dramaturgie. Einen noch seltsameren Ort für einen ersten Kuss dürfte man schwerlich finden.

»Aber … aber das geht nicht!«, stammele ich.

»Warum nicht?« Das fragt dieser Mensch anscheinend allen Ernstes.

»Weil Laura meine beste Freundin ist. Und sie ist in dich verliebt. Und du doch auch in sie, dachte ich.« Ich lasse ihn stehen, drehe mich um und stolpere davon, den anderen hinterher.

Die Tour ist zu Ende. 83 Stufen bis zum Ausgang, zum Sonnenlicht, zur Wärme des Pariser Frühlings. Ich bin total durcheinander. Auf gar keinen Fall hätte ich mich von ihm küssen lassen dürfen. Was bin ich nur für eine hundsmiserable Freundin? Na ja, wenigstens habe ich ihm *hinterher* Bescheid gesagt. Trotzdem, das hätte nicht passieren dürfen.

Aber es ist geschehen und der Kuss brennt noch auf meinen Lippen und meine Wangen brennen ebenfalls und mein Puls rast.

»Na, wie war's?« Laura mustert mich prüfend, als wir im Café zu ihr und April stoßen. »Du siehst aus, als hättest du ein Gespenst gesehen.«

»Eins? Hunderte«, sage ich und zwinge mich zu einem Lächeln. »Es war gruselig und kalt. Sei froh, dass du nicht dabei warst.«

Wir belagern zwei Tische in dem Café, in dem April und Laura auf uns gewartet haben. Die anderen sind aufgekratzt und reden in mehreren Sprachen durcheinander. Nur Jo ist recht ruhig und ich ebenfalls. Hartnäckig weiche ich seinem Blick aus. Ich bemerke, dass er Laura beobachtet.

Wenn ich Laura bei nächster Gelegenheit über das Doppelspiel ihres Freundes informiere, muss ich ihr dann auch von dem Kuss erzählen? Anders geht es wohl nicht, sie ist schließlich meine beste Freundin. Und immer noch besser, sie erfährt es von mir als von ihm! Himmel, was habe ich nur getan? Wie konnte ich zulassen, dass er mich küsst? Mehr noch, ich habe den Kuss *erwidert*. Hoffentlich hat von den anderen keiner etwas davon mitgekriegt. Wenn Laura das von irgendjemandem erfährt, bevor ich es ihr sagen kann, dann ist der Teufel los!

Ich schwitze Blut und Wasser, als Yuma und Laura für ein paar Minuten auf der Toilette verschwinden. Aber als Laura zurückkommt, ist ihr nichts anzusehen, sie ist genauso nett zu mir wie vorher und mir bricht es schier das Herz.

In der Siebten waren Laura und ich unsterblich in Hannes Bartels, den neuen Englischreferendar, verliebt, genau wie der ganze weibliche Rest der 7 b. Da diese Liebe ebenso aufrichtig wie aussichtslos war, konnten wir völlig ungeniert ganze Heftseiten mit Herzchen und seinem Namen vollkritzeln und uns gegenseitig in unserer unerfüllten Sehnsucht bestärken und trösten. Im Grunde, so denke ich zumindest heute, war uns klar, dass wir nur *verliebt sein* spielten, auch wenn wir uns das niemals eingestanden hätten.

»Was wäre, wenn es nicht Bartels wäre?«, fragte Laura eines Nachmittags. Wir saßen im ›Baumhaus‹: ein paar schiefe Bretter und Dachleisten im Apfelbaum von Kessels Garten, zwischen die wir alte Gardinen gehängt hatten.

»Wie meinst du das?«, fragte ich

»Wenn es ein normaler Junge wäre. Einer von der Schule, zum Beispiel. Einer, den wir beide haben könnten, und der würde sich für eine von uns entscheiden. Was wäre dann?«

»Ich wäre immer noch deine Freundin und würde dich trösten, damit du möglichst bald drüber wegkommst«, antwortete ich grinsend.

»Ph!« Laura reckte ihre Nase in die Höhe.

»Selber ph!«

»Jetzt mal im Ernst«, sagte Laura. »Was, wenn er sich für *mich* entscheiden würde?«

»Auch dann wäre ich noch deine Freundin«, sagte ich.

»Sicher? Du bist total in den verknallt und ich schnappe ihn dir weg?«

»Nein, Moment. Du hast gesagt, er würde sich für dich *entscheiden*. Nichts von Wegschnappen. Das ist ein Unterschied.«

»Okay, aber wenn ich ihn dir wegschnappen würde? Weil ich so verliebt bin, dass ich gar nicht anders kann. Oder du ihn mir? Wären wir dann immer noch Freundinnen?«

»Das würde nicht passieren. Eben weil du meine beste Freundin bist. Und ich deine. Freundinnen tun so was nicht.«

»Bist du sicher?«, fragte Laura

»Ja«, sagte ich mit voller Überzeugung. »Außerdem werde ich bis ans Ende meiner Tage nie wieder einen anderen so lieben wie Hannes Bartels.«

»Wir müssen einen Pakt schließen«, entschied Laura. »Nie, nie, nie wird ein Junge uns auseinanderbringen. Schwör's!«

»Ich schwöre«, sagte ich und hob die rechte Hand, während ich die linke auf mein Herz legte. »Nie wird ein Junge uns auseinanderbringen.«

»Ich schwöre auch«, sagte Laura und wiederholte die Worte: »Nie, nie, nie wird ein Junge uns auseinanderbringen.«

Danach stiegen wir vom Baum, gingen in die Küche und besiegelten unseren Schwur mit Kakao und Apfelkuchen.

»Schade, dass du schon wegmusst«, reißt mich Lauras Stimme aus meinen Erinnerungen.

Wie? Was ist los? Wer muss weg?

»Sorry, mir ist eingefallen, dass ich noch was Dringendes erledigen muss.« Jo ist aufgestanden und hebt die Hand, um sich damit bei uns allen zu verabschieden.

Keine Küsse dieses Mal.

»Wir sehen uns«, sagt er zu allen und niemandem.

Laura und ich sehen ihm nach.

»Ich finde, seit er wieder hier ist, ist er komisch drauf«, meint Lukas.

»Sein Großvater ist gestorben, das nimmt ihn sehr mit«, verteidigt ihn Laura sofort.

»Ja, wir müssen seine Trauer respektieren«, meint auch Yuma mitfühlend.

Sobald Jo außer Sichtweite ist, weicht die Anspannung aus meinem Körper und es kommt mir vor, als hätte ich die ganze Zeit über den Atem angehalten. Ich merke, dass ich hungrig bin, und bestelle mir ein Eis.

Aber kaum ist Jo zehn Minuten weg, beginne ich, ihn zu vermissen. Ich wünschte, er säße mir gegenüber auf seinem Bistrostuhl, so wie vorhin, und ich könnte seinen Blicken ausweichen und ihn ignorieren und dabei doch jede seiner Bewegungen registrieren und in mein Hirn brennen. Wie er sich diese eine Haarlocke aus der Stirn streicht, nur damit sie gleich wieder an ihren Platz zurückfällt. Wie er manchmal mit geschlossenem Mund grinst und dabei den linken Mundwinkel stärker verzieht als den rechten. Wie seine Augenbrauen, die aussehen wie ein umgekehrter *Nike*-swoosh, einen kurzen Hüpfer machen, wenn jemand etwas Bemerkenswertes von sich gibt. Und seine gekräuselte Stirn, wenn ihm etwas nicht passt. Er ist so wunderschön.

Bin ich langsam vollkommen verrückt?

Mein Handy piept.

Wir müssen reden. Morgen 15:00 Café de Flore, Saint-Germain-de-Prés

Der hat vielleicht Nerven! Er hätte wenigstens ein Fragezeichen dahintersetzen können oder ist das zu viel verlangt? Was bildet der sich eigentlich ein?

Ich schalte das Handy aus.

JO

Ich bin total überrascht von mir selbst. Ich meine, darüber, dass ich vorhin Anna geküsst habe. Als sie da so ängstlich durch die Katakomben stapfte, kam das Bedürfnis, das zu tun, so plötzlich über mich, dass keine Zeit blieb, es zu hinterfragen. Was vielleicht ganz gut war, denn hätte ich erst darüber nachgedacht, hätte ich mich das bestimmt nicht getraut. Für ein paar Sekunden schien es dann ja auch okay zu sein. Was heißt, okay. Es war ein klasse Kuss, finde ich. Für den Anfang. Allzu viele Mädchen habe ich allerdings noch nicht geküsst. Zumindest nicht *so*.

Und kaum denke ich, *wow, ich küsse Anna und Anna küsst mich, das Leben ist schön* – da rennt sie schon wieder weg, und jetzt antwortet sie nicht auf meine Nachrichten.

Was, zum Teufel, stimmt nicht mit diesem Mädchen? Ich wüsste wirklich gern, was in ihr vorgeht.

Wahrscheinlich ist es hoffnungslos, darauf eine Antwort zu suchen. Wie ich aus dem Philosophiekurs weiß, haben sich schon die größten Denker die Zähne daran ausgebissen, die Ursachen des menschlichen Verhaltens zu ergründen, wobei die Launen der Frauen noch eine weitere Schwierigkeitsstufe darstellen. Die versteht keiner, wahrscheinlich nicht mal sie selbst.

Ich versuche es trotzdem, während ich zu Fuß durch die Stadt nach Hause laufe. Die Bewegung tut gut, ich kann beim Gehen gut nachdenken.

Anscheinend glaubt Anna, dass zwischen Laura und mir was läuft. Ich bin wahrscheinlich selbst schuld daran, weil ich gestern auf dem Schulfest ein bisschen sehr eng mit Laura getanzt habe. Dabei war es eigentlich umgekehrt: Laura hat mich auf die Tanzfläche gezerrt und sich an mich rangequetscht, als stünden wir zur Rushhour in der Métro. Okay, ich habe mich nicht direkt dagegen gewehrt, es war ja nicht unangenehm. Laura ist sehr hübsch und ihr Haar riecht gut. Außerdem war ich sauer auf Anna und dachte, wenn ich mit Laura tanze, dann lockt sie das vielleicht aus der Reserve. Falsch gedacht, und scheiße, ja, ich war zu dem Zeitpunkt auch nicht mehr ganz nüchtern.

Die Frage, die es zu klären gilt, ist jetzt: Stimmt es, was Anna vorhin, gleich nach unserem Kuss, gesagt hat? Dass Laura in mich verliebt ist?

Und warum um alles in der Welt denkt sie, ich wäre das umgekehrt auch?

Rekapitulation unserer bisherigen Begegnungen:

Zu Beginn des Schuljahres hat Laura mich kaum beachtet.

Seit vier Wochen etwa lächelt sie mich ziemlich oft an, besonders in der Philosophie-AG, und sie hat angefangen, mich »Einstein« zu nennen, was mir inzwischen tierisch auf den Sack geht. Aber das macht sie bei anderen Jungs auch, das mit dem Anlächeln. Einstein nennt sie nur mich.

Wir hatten in der Philosophie-AG eine Gruppenarbeit, da haben wir recht gut zusammengearbeitet. Wir haben zweimal im Aufenthaltsraum zusammen Mathe gelernt. Sie hat mich gefragt, ob ich ihr bei der Integralrechnung helfe, wobei ich den Eindruck hatte, dass es nicht unbedingt nötig gewesen wäre.

Nach dem zweiten Mal waren wir zusammen in diesem Café

neben der Schule, weil wir bis zum Beginn der Philosophie-AG eine Stunde zu überbrücken hatten.

Im Café, das fällt mir jetzt wieder ein, hat Laura sich eigenartig benommen: hat ständig ihr Haar durch die Gegend geschmissen, den Kopf schräg gehalten wie ein Hund, wenn er hohe Töne hört, und mir immer wieder in die Augen geschaut.

Weibliches Balzverhalten, ganz eindeutig. Ich habe mir nicht allzu viel dabei gedacht, weil Laura andauernd mit Jungs flirtet.

Später, im Kurs, ging das so weiter, vor allen Dingen, wenn Manon in der Nähe war. Manon ist eine glatte Zehn, wie Maxime sagen würde. Die anderen Mädchen können sie deswegen nicht leiden. Ich übrigens auch nicht, weil sie arrogant und noch dazu nicht sehr schlau ist.

Die Frauen und Mädchen in Paris sind ganz anders drauf als in Deutschland. In Frankreich ist das Klima zwischen den Geschlechtern deutlich entspannter. Es wird viel mehr gelächelt und rumgeplänkelt, es werden Komplimente gemacht und die Frauen sind besser angezogen und achten mehr auf ihr Äußeres. Sogar meine Mutter hat sich schon verändert, seit wir in Paris leben. Sie trägt schickere Sachen und geht kaum noch ungeschminkt aus dem Haus oder zur Arbeit.

Meine Kumpels beobachten ständig die Mädchen und sogar die Lehrerinnen. Sie machen blöde Bemerkungen und vergeben Noten. Zu meiner Schande muss ich gestehen, dass ich dabei auch ab und zu mitmache.

Laura Kessel zum Beispiel, da sind William, Pablo, Maxime, Lukas und ich uns einig, ist eine Acht. In Deutschland wäre sie eine Neun oder sogar eine Zehn, aber hier ist die Konkurrenz größer. April ist eine Zehn, solange man ihre quietschig nervige Ami-Stimme nicht zu hören bekommt. Yuma ist eine Sieben und Hoa eine Sechs und Clara ist eine Acht. Maxime, der im Übrigen ein Arsch hoch drei ist, nennt sie *die schwarze Acht*.

Und Anna? Ich weigere mich, in solchen menschenverachtenden Kategorien über sie nachzudenken. Für mich ist sie das tollste Mädchen, das mir jemals begegnet ist.

Für manche Leute scheint es überaus wichtig zu sein, ständig auszutesten, wie man beim anderen Geschlecht ankommt. Fast alle Mädchen, die ich kenne, machen das, mehr oder weniger bewusst, und die meisten Kerle auch. Pablo und Maxime – einfach nur peinlich! Ich habe mich diesem Primatenverhalten bisher immer verweigert, aber als Laura mich im Café so angeflirtet hat, habe ich zurückgelächelt und ihre tiefen Blicke erwidert. Allerdings mit geradem Kopf, ich will ja nicht dämlich aussehen. Ich dachte, sie spielt nur das übliche Spiel, und dass es nicht schaden könnte, ein bisschen zu üben, wie man mit Mädchen flirtet. Wer weiß, wann man das noch gebrauchen kann.

Mit Anna im Zug hat es dann ja auch ganz gut funktioniert, das hat sie sogar selber zugegeben, auf der Party.

Ich fürchte, ich war zu naiv, was Laura angeht.

Kann es wirklich sein, dass Laura in mich verliebt ist? In *mich*? Eigentlich kann ich mir das nicht vorstellen, aber wer blickt bei Mädchen schon durch?

Wenn Laura ihrer Freundin Anna erzählt hat, dass sie in mich verliebt ist, sitzt Anna nun in der Zwickmühle. Das würde ihr widersprüchliches Benehmen erklären. Aber wieso glaubt Anna, dass das Gefühl auf Gegenseitigkeit beruht? Das kapiere ich beim besten Willen nicht.

Ich muss das klarstellen. Unbedingt und so rasch wie möglich.

7

BETTGEFLÜSTER

ANNA

Zum Abendessen sind wir heute in einem Restaurant in der Nachbarschaft. Die Kessels gehen jeden Sonntag dorthin. Es ist schlicht und doch gemütlich eingerichtet. »Nichts Besonderes«, wie Frau Kessel mir versichert. Es ist voll, die Stimmung heiter, viele Gäste kennen sich, die Kessels werden vom Kellner herzlich begrüßt. Man merkt, dass die Pariser gerne und regelmäßig ausgehen. Die Frauen haben sich schick gemacht, nicht übermäßig, aber doch ein bisschen. Sofort stellt sich bei mir wieder das ein, was ich inzwischen das Paris-Gefühl nenne. Das Gefühl, Teil eines wunderbaren Ganzen zu sein, wenn auch nur auf Zeit. In Momenten wie diesem wünsche ich mir, später auch einmal in einer Stadt wie Paris zu leben.

Das Essen ist wieder einmal opulent. Ich wähle Fischsuppe, eine Art Eintopf mit Lammfleisch und zum Nachtisch *Crêpes* mit Vanilleeis. Ich überlasse mich hemmungslos der Völlerei, und es gelingt mir tatsächlich, nicht ständig an Jo zu denken. Höchstens alle fünf Minuten.

Frau Kessel erzählt mir voller Freude von dem Atelier, das sie seit einigen Wochen besitzt. »Es ist eine Gemeinschaft von acht Künstlern. Ich hoffe, dass wir uns inspirieren und nicht nur von den anderen kopieren.«

Ich erkundige mich vorsichtig, ob sie ihre Bilder denn auch verkauft. In Paris sei die Konkurrenz sicher riesig.

Nein, bis jetzt habe sie noch keines verkauft. Aber nächste Woche habe sie eine Ausstellung, zusammen mit den Kollegen vom Atelier.

Laura verdreht die Augen und gähnt demonstrativ. Sie konnte mit der Kunst ihrer Mutter noch nie sehr viel anfangen.

Paul Kessel macht mit meinem Handy Fotos von *seinen drei Frauen* und ich schicke sie an Hendrik und an meine Eltern, damit alle sehen, dass ich noch am Leben bin und mich prächtig amüsiere. Erst nachdem ich es abgeschickt habe, kommt mir der Gedanke, dass meine Mutter vielleicht nicht allzu scharf darauf ist, ein Foto von der mondänen Catherine Kessel zu sehen. Aber jetzt ist es zu spät.

Das Weinglas neben meinem Teller habe ich für das Foto vorsichtshalber zur Seite gestellt. Ich trinke aber ohnehin nur ein halbes Glas Rotwein, mir reicht es noch von gestern.

Zu Hause öffnet Paul noch eine Flasche Burgunder und wir lümmeln zu viert auf der Couchlandschaft zwischen den bunten Kissen herum und redeten über Gott und die Welt. Was ich an den Kessels mag, ist, dass sie Laura und mich die meiste Zeit wie Erwachsene behandeln. Sie reden und diskutieren, wie es ihnen gerade in den Sinn kommt: Politik, Geld, Sex, Kunst … keiner nimmt ein Blatt vor den Mund oder verschwendet einen Gedanken daran, ob unsere zarten Teenagerseelen womöglich Schaden nehmen könnten. Wenn man seine Meinung sagt, wird man ernst genommen und nicht von oben herab belehrt.

Erst später am Abend stellt Paul Kessel dann doch eine typische Erwachsenenfrage: »Weißt du schon, was du mal studieren möchtest, Anna?«

»Physik«, antworte ich.

»Genau wie Einstein«, platzt Laura heraus. »Ich meine, nicht *der* Einstein, sondern Jo, ein Junge aus unserer Klasse.«

Ich zucke innerlich zusammen. Kaum denke ich mal ein paar Minuten lang nicht an Jo, drängt er sich quasi von selbst wieder in meinen Kopf.

Frau Kessel wirft mir heimlich einen fragenden Blick zu und ich deute ein Nicken an. Es ist mir ein Rätsel, warum Laura ihrer Mutter noch nichts von Jo erzählt hat. Einer Mutter wie ihr kann man doch eigentlich alles sagen.

Manchmal denke ich darüber nach, wie ich wohl heute wäre, wenn ich Eltern wie die Kessels gehabt hätte. Auf jeden Fall hätte ich vor ihnen weniger Geheimnisse gehabt und ich hätte sie auch nicht so oft anlügen müssen, nur um das zu dürfen, was für andere selbstverständlich war.

»Dein Bruder studiert das auch?«, fragt Frau Kessel.

»Nein, der studiert Mathe und Informatik«, antwortet Laura an meiner Stelle und ich ergänze: »Und nebenbei repariert er Computer, damit finanziert er sich sein Studium.«

»Interessant«, meint Frau Kessel, und ihre Augenbrauen zucken. Bestimmt fragt sie sich, warum er arbeiten muss und ob ihm meine Eltern kein Geld geben.

»Er bekommt kein Geld, weil er ausgezogen ist.«

Frau Kessel schaut mich verständnislos an, also erkläre ich: »Meine Eltern sind deswegen beleidigt. Sie finden, dass das nicht nötig ist, wo er doch daheim wohnen könnte.«

»Oh. Das ist … bedauerlich.« Sie scheint peinlich berührt zu sein und ich bereue augenblicklich mein loses Mundwerk. Vor den Kessels über meine Eltern herzuziehen – gar kein guter Stil, fällt mir ein, jetzt, wo es zu spät ist. Ich wünschte, ich hätte nichts gesagt.

Paul Kessel meint dagegen, er habe während seines BWL-Studiums ebenfalls nebenher arbeiten müssen, das hätte ihm nicht geschadet.

»Ihr könnt euch ja gern noch weiter über Studiengänge und Erziehungsfragen unterhalten, aber ich gehe jetzt ins Bett. Gute Nacht.« Laura klingt eingeschnappt. Sie ist aufgestanden und rauscht hinaus.

Was ist denn jetzt schon wieder los? Habe ich etwas falsch gemacht, irgendeinen Fettnapf übersehen?

Ihre Mutter seufzt und rollt die Augen in Richtung Decke.

»Sie hat doch noch ein ganzes Jahr Zeit«, meint Paul Kessel in beschwichtigendem Tonfall zu seiner Frau.

»Das geht schnell vorbei.«

Ich bin erstaunt. Ausgerechnet Catherine Kessel, die Personifizierung des Spontanen, Kreativen und Improvisierten, ist offenbar besorgt, weil ihre Tochter noch keine konkreten Zukunftspläne hat. Das hätte ich nicht erwartet.

»Meine Schuld, ich hätte nicht davon anfangen sollen«, räumt Lauras Vater ein.

Höchste Zeit, sich ebenfalls zu verdrücken. Ich bedanke mich für das tolle Essen und wünsche den beiden eine gute Nacht.

Laura ist schon fertig im Bad, ich begnüge mich mit einer Katzenwäsche. Gerade habe ich mein Nachthemd angezogen und bin unter die Decke geschlüpft, als Laura ins Zimmer kommt und die Tür hinter sich abschließt. Sie hat eine Flasche Rotwein in der einen Hand und zwei Gläser in der anderen.

»Echt jetzt?«, frage ich mit Blick auf die Weinflasche.

»Komm schon, Anna, nur ein Glas, ich bin noch gar nicht müde.«

»Okay, ein halbes.«

»Halbe Sachen gibt es hier nicht.« Laura schenkt die Gläser voll und reicht mir eines rüber.

»Pyjamaparty!«

Damit es schön schummerig ist, wirft sie ein T-Shirt aus meinem aufgeklappten Koffer über die Tiffany-Lampe auf meinem Nachttisch. Dann setzt sich neben mich auf das breite Bett und steckt die Füße unter die Bettdecke. »*Santé!*«

Ich trinke einen großen Schluck. Jetzt, wo ich schon im Bett liege, kann ja nicht mehr viel passieren.

»Hat deine Mutter dich je damit genervt, dass du etwas Bestimmtes studieren sollst? Oder dein Vater?«, fragt mich Laura, plötzlich recht ernst.

»Nein«, antworte ich. »Aber ich denke, weil Physik für sie in Ordnung geht. Wenn ich Kunst studieren wollte oder Philosophie, würden sie bestimmt Amok laufen.«

Laura nimmt einen großen Schluck, atmet schwer und sagt dann: »*Maman* nervt. Seit ich am Leben bin, drängt sie mich dazu, dass ich was *Kreatives* mache.«

Ich weiß nicht, was ich darauf antworten soll, aber Laura spricht schon weiter: »Weißt du, Anna, deine Mutter ist sicher manchmal streng und altmodisch und sie macht vielleicht nach außen nicht so viel her wie meine, aber wenn dein Vater deine Mutter verlassen würde, dann könnte sie von ihrem Beruf leben. Meine Mutter dagegen macht ein Mordsgewese um ihre Kunst, aber sie könnte nie und nimmer von ihrer *Kreativität* die Miete zahlen, geschweige denn den Rest. Sie ist voll abhängig von meinem Vater. Trotzdem will sie, dass ich auch so werde wie sie. Das ist doch bescheuert, oder? Für mich ist sie nämlich kein Vorbild, sondern die verwöhnte Ehefrau eines gut verdienenden Mannes, die ein bisschen herumpinselt.«

Wow. Da scheint sich ja einiges aufgestaut zu haben bei Laura. Ich bin schockiert und muss Lauras harte Worte erst einmal mit einem Schluck Wein verdauen. So habe ich das noch nie gesehen. Lieber Himmel, ich hatte ja keine Ahnung von diesem Graben, der sich da auftut.

»Wolltest du nicht Schriftstellerin oder Journalistin werden?«, fällt mir ein.

Laura zuckt mit den Schultern. »Ach, ich weiß nicht. Vielleicht studiere ich lieber Jura. Oder BWL. Das würde sie umhauen.«

»Man sollte nicht etwas studieren, womit man seine Eltern ärgert, sondern das, was einen interessiert.«

»Ach, Anna, du bist immer so vernünftig.«

Außer heute Nachmittag, als ich deinen Freund geküsst habe.

Wir trinken jede noch einen großen Schluck Wein.

»Du hast doch noch ein ganzes Jahr Zeit«, zitiere ich Lauras Vater. »Und wenn du dann immer noch nicht weißt, was dir liegt, dann gehst du erst noch ein Jahr ins Ausland, irgendwohin, die Welt retten.«

»Kommst du mit?«

»Klar. Wir waschen Elefanten in Thailand oder tragen Schildkröten ins Wasser.«

»Wir könnten *work and travel* machen«, schlägt Laura vor.

»Das müsste ich wohl auch«, lache ich.

»Du bist die beste Freundin, die es gibt«, sagt Laura und grinst mich weinselig an.

Da bin ich mir gerade nicht so sicher.

»Sag mal, Laura …«

»Was?«, fragt sie und unterdrückt ein Gähnen.

»Das mit dir und Jo. Mir ist aufgefallen, dass ihr euch in der Öffentlichkeit ziemlich distanziert benehmt.«

»Weil ich nicht will, dass sich die ganze Klasse das Maul zerreißt.«

»Ah.«

Ein kurzes Schweigen tritt ein.

Los jetzt, Anna, bring es endlich hinter dich!

»Und du bist dir sicher, dass er … wie soll ich sagen … aufrichtig zu dir ist?«

»M-hm.«

»Es ist nämlich so, Laura, ich muss dir was sagen. Es ist wegen Jo. Also, er und ich … wir kennen uns bereits. Ich meine, nicht vom Schulfest …« Ich erzähle ihr, wie wir uns im Zug getroffen haben, dass wir Nachrichten getauscht und uns verabredet haben. Ich schildere ihr meine Verblüffung, als ich ihn bei der Schulparty hereinkommen sah. »Und heute Nachmittag, in den Katakomben, da wollte ich ihn zur Rede stellen, und stattdessen … also … Wir haben uns geküsst. Genauer gesagt: Er hat mich geküsst. Aber ich habe mitgemacht. Nur für einen Moment, dann bin ich weggerannt. Morgen Nachmittag will er sich mit mir treffen, er hat mir eine WhatsApp geschickt. Ich habe aber nicht geantwortet und ich werde auch nicht antworten. So, jetzt weißt du, was für eine miese Freundin ich bin, und was für ein Typ er ist.«

Ich atme tief durch, als ich fertig bin. Was immer jetzt passieren wird, es ist besser als die ständige Lügerei.

Laura hat die ganze Zeit über geschwiegen, was ich ziemlich beunruhigend finde.

»Laura, sag was! Du kannst mir den Kopf abreißen, aber bitte, sag irgendwas!«

Chrrrrr …

Na, toll! Ich liefere hier die Beichte meines Lebens ab und das ist die Antwort. Und ich wette, wenn ich ihr morgen sage, dass sie schnarcht, wird sie es abstreiten. Vielleicht sollte ich es aufnehmen.

Es ist das alte Leiden: Laura schnarcht wie ein Bär, erst recht jetzt, wo sie was getrunken hat. An ihrer Seite werde ich also kein Auge zubekommen, deshalb stehe ich auf und gehe hinüber in ihr Zimmer. Ich nehme mein Handy mit. Vorhin, beim Fotografieren im Lokal, habe ich gesehen, dass neue WhatsApp-Nachrichten da sind. Irgendwann werde ich sie ja doch lesen müssen, warum also nicht gleich?

Dann liege ich auf Lauras Prinzessinnen-Himmelbett und sehe mich im Schein der Nachttischlampe um. Diese Drucke berühmter Impressionisten an den Wänden – das ist doch nicht Laura. Es wirkt so unpersönlich, es könnte ein Hotelzimmer sein. Vielleicht wollte sie es extra so einrichten, da sie ja weiß, dass sie nach einem Jahr wieder zurückmuss. Wie es wohl ist, plötzlich ganz woanders zu sein und ganz neu anfangen zu müssen? Geht es den Leuten aus ihrer Klasse genauso wie Laura und Jo, der ja während unserer Unterhaltung im Zug zugegeben hat, dass es nicht einfach war? Sind Lauras neue Freunde lauter Jugendliche, die scheinbar alles haben, nur keine Heimat?

Noch ein seltsamer Gedanke streift mich. Erst nehme ich Laura den Freund weg, jetzt liege ich auch noch in ihrem Bett. Aber wenigstens nicht mit ihrem Freund.

Anna, du bist albern, du hast zu viel getrunken! Und von Freund wegnehmen *kann überhaupt keine Rede sein. Nicht nach einem Kuss.*

Ich tippe meine PIN ins Handy.

Ja, Jo hat geschrieben, vier Nachrichten.

> Was ist los, was hab ich denn gemacht???

Und eine halbe Stunde später:

> Anna? Könntest du bitte mal antworten?

Die nächste Nachricht wurde um 23.12 Uhr abgeschickt.

> Liebe Anna, ich habe nachgedacht.
> Mir scheint, du hast etwas ganz falsch
> verstanden. Ich finde Laura nett, aber wir
> sind nicht zusammen, ich meine, das
> solltest du wissen. Ich denke sehr viel
> an dich. Melde dich, bitte.

Fünf Minuten später noch ein Nachschlag:

> Wegen des Tanzes gestern mit Laura –
> du weißt schon … das war nicht okay
> von mir. Aber ich war halt sauer auf dich.
> Sorry. ☹

Ich lasse das Handy auf die Bettdecke sinken und starre gegen Lauras Betthimmel. Mir schwirrt der Kopf.

Dann muss ich unwillkürlich lächeln und fühle mich auf einmal ganz leicht und ein Kribbeln durchläuft meinen Körper. Jo ist gar nicht mit Laura zusammen! Er hat mich nicht angelogen, er meinte es von Anfang an ernst. Da steht es, klar und deutlich: *Wir sind nicht zusammen.*

Aber schon im nächsten Augenblick realisiere ich, dass es da noch immer ein Problem gibt: Laura. Denn sie scheint das ein wenig anders zu sehen.

Oder kann es sein, dass Laura mich belogen hat? Aber warum, um alles in der Welt, sollte sie das tun? Nein, sie hat nicht gelogen, ich hab ja gesehen, wie sie anfing zu strahlen, als er auf dem Schulfest den Saal betrat. Das war echt. Laura *ist* verliebt in Jo.

Mein rotweingetränktes Hirn versucht, sich an die Skype-Gespräche zwischen Laura und mir zu erinnern, bei denen von Jo die Rede war. Hat Laura jemals wortwörtlich gesagt, sie hätte einen Freund? Ich erinnere mich hauptsächlich an Schwärmereien über Einsteins Klugheit, Schönheit und Charakter. Zeitweise habe ich gar nicht richtig hingehört, weil es mich angeödet hat und weil ich, zugegeben, auch ein bisschen neidisch war, und vielleicht auch, weil ich meine Verlustängste sonst nicht in den Griff bekommen hätte.

Um meinem Gedächtnis auf die Sprünge zu helfen, sehe ich mir die Mails und Chats aus der Zeit vor meiner Abreise an. Nein, da steht nirgends *wir sind zusammen* oder so etwas. Auch nichts von Küssen oder anderen Intimitäten. Laura schrieb nur, wie es sich anfühlt, verliebt zu sein. Ja, und dass bei ihrem letzten Treffen *die Funken nur so gesprüht* hätten. Eine recht schwammige Metapher. Das kann auch eine ziemlich subjektive Wahrnehmung gewesen sein.

Ein anderer Gedanke kommt mir in den Sinn: Was, wenn es Jo ist, der nicht die Wahrheit sagt? Wenn er nur so tut, als wäre zwischen ihm und Laura nichts gewesen, weil er sich zuerst –

vielleicht nur ein bisschen – in Laura verliebt hat, und danach – vielleicht ein bisschen mehr – in mich? Kann das sein? Wenn ja, was sagt das dann über ihn aus? Dann wäre er ja flatterhaft wie ein Schmetterling, der von Blüte zu Blüte fliegt.

Von Blüte zu Blüte, *echt jetzt, Anna, geht's noch?*

Okay, anders formuliert: Vielleicht hätte sich Jo noch richtig heftig in Laura verliebt, wenn ich nicht dazwischengekommen wäre. Vielleicht habe ich, ohne es zu ahnen, dieses zart keimende Pflänzchen zertrampelt. Schon wieder so ein schräger Vergleich!

Aber das ist nur eine Hypothese. Fest steht jedoch, dass Laura das so sehen wird. Ich kenne sie nach all den Jahren gut genug, um darauf meinen Kopf zu verwetten. Sie wird mir die Schuld geben, dass das passiert ist, was nie hätte passieren dürfen: Ich habe ihr den Jungen, den sie liebt, weggeschnappt.

Wer hätte je gedacht, dass so etwas möglich ist?

Aber es ist ja nicht viel passiert und das wird es auch nicht. Die Sache mit Jo und mir hat keine Zukunft. Wegen eines Urlaubsflirts werde ich unsere lebenslange Freundschaft nicht …

Ich schrecke hoch, als mein Handy piept.

Anna, bist du noch wach?

Er muss gesehen haben, dass ich die Nachrichten gerade gelesen habe. Ich kann der Versuchung nicht widerstehen.

Ja.

Noch sauer auf mich?

Nein ☺

Ich muss dauernd an dich denken.

Mir wird auf einmal ziemlich warm.

Ich auch. Ziemlich oft jedenfalls.

Es war schön, dich zu küssen.

Ich merke, wie ich rot werde, während ich schreibe:

Ja, das fand ich auch.

Das verlangt nach Wiederholung.

Habe ich nicht gerade beschlossen, dass genau das nicht passieren soll?

Lass uns morgen drüber reden, okay?

Das ist doch ein guter Kompromiss. Ich treffe ihn morgen Nachmittag, wenn Laura ihre Klavierstunde hat, und erkläre ihm, warum das mit uns nicht klappen wird.

Okay. Ich freu mich.

Nein, nein, nein! So war das nicht gemeint! Ich darf ihn nicht so im Unklaren lassen, sonst kommt er mit völlig falschen Hoffnungen zu unserem Date. Ich will gerade schreiben, dass das alles nicht so einfach ist, als eine neue Nachricht von ihm kommt.

Ich glaube, ich habe mich in dich verliebt,
Anna.

Mein Herz setzt ein paar Takte aus. Dies ist die erste Liebeserklärung meines Lebens. Ich ertappe mich dabei, wie ich selig lächle. Soll ich das jetzt, ein paar Sekunden später, alles zerstören? Wozu eigentlich? Laura hat sich geirrt, Jo war nie in sie verliebt und wird es nie sein. Warum soll ich auf etwas verzichten, das sie sowieso nie haben wird? Würde Laura dieses Opfer für mich bringen, wenn es umgekehrt wäre?

Ich glaube, ich mich auch in dich.

Meine Finger waren schneller als mein Verstand. So. Jetzt ist es raus. Mein Kopf fühlt sich an wie eine Tomate in der Mikrowelle.

Du bist was ganz Besonderes.

Du auch ☺

Weißt du, was verrückt ist?

Was?

Du erinnerst mich an die Mona Lisa.

Bin ich auch so pausbäckig?

Nein, aber dieses rätselhafte Lächeln
erinnert mich an dich.

Das ist ja mal ein Kompliment. Ich habe in meinem Leben ohnehin noch nicht viele bekommen, und dann gleich mit der Mona Lisa verglichen zu werden …

Wir sollten sie uns zusammen ansehen.

Ja, das sollten wir.

Ich wäre jetzt gern bei dir.
Ich würde gern deine Sternbild-
Sommersprossen küssen.

Das wäre schön, ja.

Gute Nacht, Anna.
Ich werde von dir träumen.

Aber nichts Unanständiges!

Was verstehst du denn darunter?

Alles, wobei ich keine Kleidung trage.

Kann ich nicht garantieren ;-)

Okaaaay … also schlaf gut.

Ich schalte das Handy aus, bevor das noch ausartet. Ich erkenne mich selbst nicht wieder.

Dann sinke ich auf Lauras Kissen und überlasse mich meinen Glücksgefühlen, die allerdings immer wieder von einem Anflug schlechten Gewissens unterbrochen werden. Irgendwann falle ich in einen unruhigen Schlaf.

8

DER LOUVRE

LAURA

Von: Hendrik Cornelius <hennecorn@uni-stuttgart.com>
An: Laura Kessel <laura.ka1509@gmail.com>

Hi Laura,
was gibt es Neues in der Metropole?
Ich hoffe, ihr habt Spaß, ihr zwei. Bei uns ist ein Seminar ausgefallen und ich hatte den kühnen Gedanken, vielleicht spontan zu schauen, ob ich einen günstigen Flug nach Paris erwische. Ich hab dort einen Kumpel, bei dem könnte ich wohnen, und dann treffen wir uns vielleicht mal und ziehen um die Häuser. Natürlich nur, wenn du Lust hast.
Sag Anna aber vorerst noch nichts davon, ich habe noch nichts gebucht. (Nicht, dass sie sich umsonst aufregt.)
Wenn es euch/dir nicht in den Kram passt, sag es einfach, ich bin nicht sauer, Indianerehrenwort!
Liebe Grüße, Hendrik
P.S: Ich trage nur selten karierte Hemden und der Bart ist ab.

Ich hänge total verkatert am Küchentresen, lese Hendriks Mail, die er in aller Herrgottsfrühe um neun Uhr geschrieben hat. Dann betrachte ich das Foto, das er angehängt hat.

Ja, auch er hat sich *rausgemausert*. Sein Haar ist braun, aber etwas heller als Annas, und glatt. Er hat blaugraue Augen, so wie Anna, und eine kräftige Nase. Damit haben wir ihn immer aufgezogen, mit seinem Indianerzinken, und ich habe wiederholt zu Anna gesagt, sie könne dem Schicksal danken, dass sie den nicht abbekommen hat. Wobei ich das inzwischen bei Jungs gar nicht so schlecht finde.

Was schreibt er da, ob er nach Paris kommen soll? Klingt fast so, als bräuchte er dazu meine Erlaubnis. Oder wenigstens meinen Segen.

Bei dem Gedanken muss ich leise vor mich hin kichern. Wie verrückt ist das denn? Wieso sollte sich Anna aufregen? Ich wäre froh, wenn ich einen großen Bruder hätte, der mich in Paris besuchen kommt. Mir fehlt momentan die Energie, um darüber groß nachzudenken, also drücke ich auf *Antworten* und schreibe:

Von: Laura Kessel <laura.ka1509@gmail.com>
An: Hendrik Cornelius <hennecorn@uni-stuttgart.de>

Hey, das ist doch cool! Mach ruhig. Sorry, kann gerade nicht mehr schreiben, bin äh … leicht unpässlich, sehe alles doppelt. Und ja, wir haben Spaß …
À bientôt, Laura
P. S.: Deine Schwester liegt noch im Koma. ☺

ANNA

Am nächsten Morgen brauche ich ziemlich lang im Bad. Ich föhne mein Haar Locke für Locke und lackiere mir sogar die Zehennägel. Die Kleiderauswahl stellt mich vor ein schier unlösbares Problem, aber das kann ich auch auf später verschieben. Erst mal frühstücken. Ich wähle den hellblauen Rock und ein weißes T-Shirt. Als ich endlich in der Küche erscheine, mustert mich Laura, die im Bademantel am Küchentresen hängt, mit müdem Blick und stöhnt: »Du siehst frisch aus wie der junge Morgen. Wie kannst du nur?«

Lauras Haar erinnert an ein Vogelnest und ihr Gesicht an ein ungemachtes Bett.

»Ein klein wenig Zurückhaltung beim Alkohol«, antworte ich augenzwinkernd.

»Kaffee?«, gähnt Laura.

»Bleib sitzen, du musst mich nicht bedienen, ich schaff das schon.« Frau Kessel hat mich in die Geheimnisse des Kaffeeautomaten eingeweiht. Sie sei einkaufen gefahren, berichtet Laura. »Das kann dauern. Sag mal, Anna, wieso bin ich in deinem Bett neben einer halb vollen Flasche Rotwein aufgewacht?«

»Du bist mitten in einer rauschenden Pyjamaparty eingeschlafen und hast geschnarcht wie ein Bär«, sage ich und beobachte sie dabei. Wie viel von meiner gestrigen Rede hat Laura wohl noch mitbekommen? Wahrscheinlich überhaupt nichts, sonst wäre sie ganz anders drauf. »Weißt du das nicht mehr?«, frage ich vorsichtig.

»Ich schnarche nicht«, entgegnet Laura.

»Überhaupt nicht. Deswegen habe ich mich in deine Gemächer zurückgezogen. Ich hoffe, das macht dir nichts aus.«

»Du hast ja hoffentlich kein Ungeziefer auf meinem Kopfkissen hinterlassen.«

Wir müssen beide lachen.

Kaum waren wir eingeschult, hatte die halbe Klasse Läuse, auch Laura und ich. Wir bekamen eine Woche schulfrei, bis wir wieder ungezieferfrei waren. Wann immer später eine Klausur oder sonst ein Ungemach in der Schule drohte, jammerte Laura: Läuse, ich brauche Läuse, wo kriege ich denn jetzt bloß welche her?

»Weißt du, was das Beste ist?«, fragt Laura in das Mahlgeräusch des Kaffeeautomaten hinein.

»Keine Ahnung.«

»Madame Kaminski hat gesimst. Sie ist krank. Magen-Darm.«

»Wer ist Madame Kaminski?«

»Die Klavierlehrerin. Ich muss da heute Nachmittag nicht hin, wir können was zusammen machen.« Sie grinst mich triumphierend an. »Tja, so ein Pech. Meine Mutter wird sauer sein, aber was kann man machen, wenn die gute Frau die Scheißerei hat?«

Ich merke, wie meine Gesichtszüge entgleisen. *Scheiße, scheiße, scheiße! Das darf doch einfach nicht wahr sein!* Das Hantieren mit dem Milchaufschäumer gibt mir ein paar Sekunden Zeit, um mich wieder zu fangen.

»Das ist ja … super«, presse ich hervor.

Laura mustert mich mit skeptischer Miene. Sie kennt mich zu lange und zu gut, als dass ich ihr etwas vorspielen könnte.

»Was ist los? Wolltest du dich mit deinem heimlichen Geliebten treffen?«

»Was?« Mir steigt das Blut in die Wangen.

»Mit Pablo vielleicht?« Sie lächelt süffisant.

Ich starre sie mit offenem Mund an, dann grinse ich und sage: »Erwischt. Wir wollten in ein Stundenhotel gehen. Die gibt's hier doch bestimmt, oder?«

»Das kann schon sein. Aber im Ernst: Wolltest du heute lieber allein was machen?«

Sag ihr die Wahrheit! Genau wie gestern Abend. Los, tu es!, brüllt mich meine innere Stimme an. Aber stattdessen antworte ich: »Nein, nein, alles okay. Ich wollte … ich hatte vor, mir die Mona Lisa anzusehen, und ich dachte, das mache ich ohne dich, weil du sicher schon dort warst und damit du nicht ewig anstehen musst, für etwas, das du schon …«

»Hey, das ist gar kein Problem«, unterbricht mich Laura. »Wir können im Internet Tickets buchen, dann geht es schneller. Aber ich muss dich warnen …«

»Wovor?«

»Vor der Mona Lisa ist immer ein Wahnsinnsgedrängel und man darf auch nicht so lange man will davor stehen bleiben. Die grantigen Museumstypen scheuchen einen dann immer gleich weiter. Du bist nämlich nicht der einzige Leonardo-Fan auf der Welt.«

»Das ist mir klar«, sage ich und die Resignation in meiner Stimme hat nichts mit den Menschmassen im Louvre zu tun.

»Croissant?«

Ich nicke.

»Aber es lohnt sich trotzdem«, versichert Laura und stellt den Korb mit den Croissants vor mich hin. »Ich sehe ein, dass du Paris nicht verlassen kannst, ohne die Mona Lisa gesehen zu haben. Soll ich die anderen fragen, ob wer mitkommt?«

Ich bin enttäuscht, dass ich Jo nicht treffen kann, ich bin wütend auf diese Madame Kaminski und wütend auf mich selbst, weil ich mich in diese heikle Situation gebracht habe und bei Tageslicht zu feige bin, um Laura die Wahrheit zu sagen.

Ist vielleicht besser so. Du hättest dieses Rendezvous ohnehin nicht wirklich genießen können. Irgendwie wäre es ja doch Verrat gewesen.

Schweigend sitze ich da und beobachte zwei Spatzen, die auf dem Balkongeländer sitzen und in die Küche linsen. Um irgendwas zu tun, gehe ich raus und streue ein paar Croissant-Krümel auf den keinen Bistrotisch. Die Spatzen stürzen sich sofort darauf. Das Wetter hat sich geändert, graue Wolken hängen tief über der Stadt. Vielleicht wird es sogar regnen. Museumswetter.

»Anna?«

»Was?«

»Du bist auch noch nicht ganz wach, oder?«

»Kann sein, sorry. Wieso?«

»Ich wollte wissen, ob ich die anderen fragen soll, ob sie mitkommen? Oder nerven sie dich? Möchtest du, dass wir lieber mehr alleine unternehmen?«

Das Leichteste wäre, einfach Ja zu sagen. Doch ich weiß im Moment überhaupt nicht, was ich eigentlich will und was ich tun soll und was nicht. Ist es gut, dass aus meinem Rendezvous mit Jo nichts wird, oder nicht? Ist es ein Wink des Schicksals? Ein blöder Zufall? Meine Gedanken rasen wild durcheinander.

Der Chat mit Jo von gestern Nacht hat alles auf den Kopf gestellt. Ja, ich will Jo sehen, ihn küssen, mit ihm lachen, seine Hand halten, ihn umarmen … Aber was ist der Preis dafür? Bin ich bereit, den zu zahlen?

»Nein, deine Freunde nerven mich überhaupt nicht.« Ich setze mich wieder an den Küchentresen. »Sie sind nett.«

»Und wie findest du Einstein – ich meine natürlich *Jo-si-as*?«, Sie betont seinen Namen Silbe für Silbe. Das hat sie mich doch bereits am Samstagabend im Taxi gefragt. Ich kann nicht schon wieder sagen, dass ich ihn noch zu wenig kenne. Warum will sie andauernd wissen, wie ich ihn finde?

Sie sieht mich erwartungsvoll an, und ich antworte: »Er ist nett.«

»Nett!« Laura sieht mich strafend an.

»Dann eben: okay. Er sieht nett … ich meine … ganz gut aus, und wenn er so klug ist, wie du sagst …« Ich stippe mein Croissant in den Milchkaffee und beiße ein Riesenstück davon ab. Danach täusche ich einen Hustenanfall vor, nur, damit ich nichts mehr sagen muss. Für einen Moment verspüre ich Lust, sie auf ihre Übertreibungen anzusprechen, was das Verhältnis zwischen ihr und Jo angeht. Aber ich halte mich zurück. Jetzt, im hellen Morgenlicht, fehlt mir der Mut für eine Aussprache. Das schaffe ich offenbar nur, wenn ich genug Alkohol getrunken habe. Ich verachte mich für meine Feigheit. Auch sonst fühle ich mich scheußlich, einfach nur scheußlich.

Laura ist bereits mit ihrem Handy beschäftigt, Nachrichten ploppen hin und her, sie organisiert den Louvre-Besuch mit den anderen. Danach geht sie ins Bad. Ich warte, bis ich die Dusche rauschen höre, eile in mein Zimmer und versuche, Jo anzurufen.

Mailbox.

Verdammt noch mal!

Ich spreche ihm drauf, dass aus unserem Treffen nichts wird, weil Lauras Klavierstunde ausfällt. »Und außerdem, Jo, es ist so: Es geht einfach nicht mit uns. Ich kenne Laura schon so lange, sie ist meine beste Freundin, und ich weiß, dass sie in dich verliebt ist. Sie würde mich hassen, wenn sie wüsste, dass wir ... also ... du weißt schon, was ich meine. Da ist noch etwas: Wir haben einen Schwur geleistet. Ja, ich weiß, *Schwur* hört sich blöd an, als würden wir Indianer spielen, aber es ist so: Wir haben uns versprochen, dass nie ein Junge zwischen uns stehen soll. Und es hätte doch auch keinen Sinn, ich meine, du lebst hier und ich in Deutschland, und ... und ich weiß nicht, was ich noch sagen soll. Bitte ruf mich nicht zurück, sonst merkt sie noch was. Also ... tschüss dann. Vielleicht sehen wir uns noch mal. Ich meine, mit den anderen zusammen. Okay, ich hör jetzt auf. Tut mir wirklich leid, das alles. Ich wollte das nicht. Ich hoffe, du glaubst mir das. Okay, bis dann.«

Als ich aufgelegt habe, merke ich, dass mir Tränen übers Gesicht laufen. Ich sitze auf dem Bett und halte das Telefon in der Hand, weil ich irgendwie hoffe, dass er jetzt gleich zurückruft. Während ich warte, sehe ich mir unseren Chatverlauf von gestern Nacht noch einmal an.

Oh! Mein! Gott!

Was habe ich da nur geschrieben? Löschen, sofort löschen! Das ist ja so was von peinlich. Aber dann bringe ich es doch nicht fertig. Es stehen ja auch schöne Sachen da.

Du bist was ganz Besonderes.

Du erinnerst mich an die Mona Lisa.

Ich glaube, ich habe mich in dich verliebt, Anna.

Wer weiß, wann mir je wieder einmal einer so etwas schreibt.

Außerdem stimmt es, was ich ihm gestern Nacht geschrieben habe, auch wenn ich ein wenig beschwipst war: Ich habe mich in Jo verliebt. Die körperlichen Symptome sind eindeutig, und dazu kommt das Glücksgefühl, das mich durchflutet, wenn ich ihn nur ansehe …

Jetzt weiß ich, wie es Laura gehen muss.

Wir sind beide in denselben Jungen verliebt.

Wieso musste das ausgerechnet uns passieren?

Als hätte unser Schwur damals im Baumhaus die Götter provoziert, das Schicksal herausgefordert, uns auf die Probe zu stellen.

Götter – Schicksal – Unfug! Ich bin Wissenschaftlerin, oder will zumindest eine werden. Also weg mit diesem metaphysischen Schwachsinn. Es war einfach nur ein fataler Zufall, das mit Jo, Laura und mir. Jetzt müssen wir sehen, wie wir alle möglichst heil wieder aus dieser Sache rauskommen.

Wir treffen uns um zwei Uhr am Louvre, vor der Porte de Lions, dem Eingang mit den zwei arrogant dreinblickenden Löwen. Dort soll es angeblich ruhiger zugehen als am Haupteingang an der berühmten Glaspyramide. Tatsächlich ist der Besucherandrang auf dieser Seite nicht gar so groß.

Ich rechne nicht mit Jo. Bis jetzt kam kein Anruf – ich habe vorsichtshalber das Telefon stumm geschaltet – und auch keine Nachricht von ihm.

Als Laura vorhin, als wir in der Metro saßen, erwähnte, dass er vorhabe, mitzukommen, habe ich mich gewundert und gedacht: Bestimmt sagt er in letzter Minute ab, mit irgendeiner Ausrede. Hätte ich an seiner Stelle von einem Mädchen die zweite Abfuhr in zwei Tagen kassiert, könnte die mich mal kreuzweise. Der Gedanke, dass Jo vermutlich sauer auf mich ist und mich für eine launische Zicke hält, ist schmerzhaft und schwer zu ertragen.

Aber er ist da. Sogar superpünktlich und als Erster. Er trägt das karierte Sakko, das er schon im Zug anhatte, und begrüßt Laura und mich auf die hierzulande übliche Weise. Das Sakko müffelt nicht mehr nach Mottenkugeln, dafür nach *Febreze*. Ich kann es riechen, als er mich auf die Wange küsst.

»Schön, dich zu sehen, Anna.«

»Ja, ebenso«, sage ich und wage ein scheues Lächeln. Hat er seine Mailbox vielleicht noch nicht abgehört?

Laura strahlt ihn an wie ein Stadionscheinwerfer.

Lieber Himmel, wie soll ich es in seiner Gegenwart fertigbringen, so zu tun, als ob nichts wäre?

Am Ende sind wir acht: Laura, Jo, April, Pablo, Lukas, William, Yuma und ich. Das Schlangestehen vor dem Eingang hält sich einigermaßen in Grenzen, nach zwanzig Minuten sind wir drin, im größten Museum der Welt.

»Wow. Immer wieder überwältigend«, meint Laura, die sich ehrfürchtig umsieht. Ich weiß, dass sie weniger die Kunstwerke meint, sondern den Palast an sich. Laura fährt auf Prachtbauten ab. Schon deshalb ist sie in Paris genau richtig. Aber mir geht es genauso, auch ich bin schwer beeindruckt.

»Wenn es euch recht ist, gehen wir zuerst in den Denon-Flügel. Wie ich hörte, ist Anna ist ein glühender Fan von Leonardo da Vinci«, höre ich Jo sagen.

»Hast du zu viel Dan-Brown-Verfilmungen gesehen?«, fragt mich Pablo.

»Nein, ganz und gar nicht. Ich bewundere da Vinci eher

trotz Dan Brown«, sage ich. Woher soll Pablo auch wissen, dass ich Leonardo da Vinci schon seit meinem neunten Lebensjahr verehre?

»Geht mir auch so«, versichert Pablo. Ich glaube ihm kein Wort.

»Ist okay«, meint Lukas. »Oder?« Yuma und April nicken, Pablo hebt den Daumen. Ich bin die Einzige, die noch nie im Louvre war, deshalb sehen die anderen das entspannt.

»Ich war schon drei Mal hier, aber ich bin immer noch nicht ganz durch!«, berichtet April. »Manche Sachen muss ich mir immer wieder ansehen, deshalb schaffe ich es nie.«

Ich wundere mich. So wie April aussieht, hätte ich eher darauf getippt, dass sie ihre freie Zeit hauptsächlich mit Shopping, Make-up und Hairstyling verbringt. *Anna Cornelius, du solltest mal deine Vorurteile überdenken. Die Frau von heute ist gebildet* und *durchgestylt!*

Während wir von Bild zu Bild und von Skulptur zu Skulptur schlendern, bemühe mich um einen möglichst ungezwungenen Umgang mit Jo. Aber ich bin nicht sicher, ob es mir gelingt. Anfangs meide ich seinen Blick und sehe zu, dass ich möglichst nicht allein neben ihm stehe. Das ist nicht allzu schwierig, denn Laura sucht ganz »unauffällig« Jos Nähe, während mir wiederum Pablo am Hintern klebt.

Wir stehen vor der Felsgrottenmadonna, als Jos Hand wie zufällig meine streift. Auf Deutsch sagt er, während er unverwandt die Marienszene betrachtet: »Ich habe leider nicht von dir geträumt, obwohl ich es versucht habe.«

»Das ist auch besser so«, flüstere ich und schiele verstohlen nach beiden Seiten. Aber da sind nur Pablo und William, die kein Deutsch verstehen.

»Woher willst du wissen, dass sie in mich verliebt ist?«, fragt er.

»Weil sie es mir gesagt hat.«

»Echt?«

»Es gab in den zwei Wochen vor meiner Abreise kaum noch ein anderes Thema!«

»Das glaube ich nicht.«

»Warum sollte ich mir das ausdenken?«, frage ich den betenden Jesusknaben mit leiser Schärfe.

»Ich weiß nicht. Ich meine nur … Leonardo war sehr naturverbunden und hat seine Porträts deshalb oft mit Landschaften kombiniert, so wie bei der Mona Lisa auch. Hast du gewusst, dass es von der Felsgrottenmadonna zwei Versionen gibt? Die zweite hängt in London. Diese hier ist die erste Version. Sie ist untypisch für die italienische Frührenaissance, weil die Figuren sich ansehen und durch Gesten kommunizieren. Das war damals nicht üblich, und vielleicht war den Auftraggebern, der Bruderschaft der Unbefleckten Empfängnis, das Bild deshalb nicht religiös genug.«

»Verstehe«, sage ich und werfe einen Blick über meine Schulter. Yuma und Laura sind näher gekommen und stehen jetzt hinter uns.

»Was erzählst du Anna für Schweinerein, Jo?«, fragt Laura.

»Er kennt sich wirklich gut aus«, sage ich.

»Da haben sich ja zwei gesucht und gefunden«, meint Laura und lächelt mich so arglos an, dass ich mich richtig mies fühle, noch mieser als vorhin, falls das überhaupt noch möglich ist.

Wir gehen weiter.

»Das ist wahrscheinlich nur eine von ihren Launen«, setzt Jo bei der nächsten Gelegenheit unsere Unterhaltung fort. »So nach dem Motto: *Ich verliebe mich jetzt mal in Du-weißt-schon-wen, weil er ja so klug ist, und kluge Jungs sind gerade in Mode. Deshalb nenne ich ihn auch nicht bei seinem richtigen Namen, sondern nach dem berühmtesten Physiker aller Zeiten.*«

Jo nutzt es skrupellos aus, dass außer Laura und Lukas keiner Deutsch versteht, aber um sicherzugehen, vermeidet er Namen.

Wir führen die Unterhaltung praktisch über Yumas Kopf hinweg, die andächtig das Bild von der heiligen Anna, der Madonna und dem Jesuskind betrachtet, das auf Deutsch den Titel *Anna selbdritt* trägt.

»Wieso sagst du das?«, erwidere ich, um einen fröhlichen Plauderton bemüht. »Wieso kannst du dir nicht vorstellen, dass sie sich in dich verliebt hat?« Ich schiele zu ihm hinüber und füge hinzu. »Ist mir ja schließlich auch passiert.«

»Wirklich?«

Aus dem Augenwinkel sehe ich, wie er die Leinwand anlächelt. »Das hast du nicht nur so geschrieben?«

»Ich weiß ja nicht, wie du das handhabst, aber ich pflege solche Dinge nicht *nur so* zu schreiben.«

»Ich auch nicht.«

Ich wende den Kopf und unsere Blicke verschmelzen für einen kurzen Moment.

»Das Blau von diesem Mantel ist der Wahnsinn. Wie das leuchtet!«, sage ich betont laut.

»Stimmt«, antwortet Jo. »Im Grunde muss man dieses Bild als da Vincis malerisches Hauptwerk betrachten. Er hat fast zwanzig Jahre daran gemalt, an keinem anderen Gemälde hat er so lang gearbeitet und von keinem wurden vorher so viele Skizzen und Studien angefertigt.«

»Wirklich? Das wusste ich gar nicht.« Laura hat sich zwischen uns gestellt und sich bei mir untergehakt.

Jo nickt uns beiden zu und doziert: »Es ist sozusagen sein Lebenswerk und sein künstlerisches Testament. Dass seine Mona Lisa der heiligen Anna so den Rang ablaufen konnte, liegt wohl daran, dass dieses Gemälde hier jahrhundertelang in einem sehr schlechten Zustand war und erst 2008 restauriert wurde. Da war die Mona Lisa schon längst zu einem Mysterium stilisiert worden.«

»*Anna selbdritt*«, sagt Laura kopfschüttelnd. »Das klingt bescheuert: *selbdritt*.«

»Weil es drei Personen sind«, erklärt Lukas. »Die Mutter der Madonna, die heilige Anna, Maria selbst und das Jesuskind.«

»Echt? Darauf wäre ich jetzt nie gekommen«, spottet Laura.

»Ich mein ja nur ...«

»Die heilige Anna, der eigentliche Star des Louvre.« Jo sieht mich mit einem verschmitzten Lächeln an und ich werfe ihm einen finsteren Blick zu, der sagt: *Übertreib es nicht. Laura ist nicht doof und hat feine Antennen.*

Laura legt mir ihren Arm um die Schulter und sagt: »Aber diese Anna hier hat's faustdick hinter den Ohren!«

Ich zucke innerlich zusammen. Hat Laura was gemerkt? Ich ziehe mich aus der Affäre, indem ich mich an Pablo und Yuma wende: »Tut mir leid, dass wir so viel Deutsch sprechen, ich weiß, das ist unhöflich. Aber ich kann nicht gut auf Englisch über Kunst reden, mir fehlen die Vokabeln.«

»Kein Problem«, sagt Pablo, der tatsächlich schon leicht angesäuert wirkt.

»Lass uns zur Mona Lisa gehen«, schlägt Jo vor. »Bevor die Meute davor noch größer wird.«

Im Saal der Mona Lisa herrscht tatsächlich ein Mordsgedrängel. Langsam lasse ich mich im Besucherstrom vorwärtstreiben. Hinter mir höre ich Jo flüstern: »Was sollte eigentlich die Geschichte mit dem Schwur bedeuten?«

»Ganz einfach: Laura und ich haben uns geschworen, dass wir uns nie wegen eines Jungen in die Haare kriegen werden.«

»Das ist …« Er unterbricht sich. Garantiert wollte er *albern* sagen.

»Das ist was?«

»Nichts. Schon gut.«

»Du findest das albern, oder?«

»Ein bisschen.«

»Hast du einen richtig guten Freund?«, frage ich.

Jo weicht der Frage aus, indem er sagt: »Jungs würden sich nie so etwas schwören. Sie würden sich höchstens um ein Mädchen prügeln und sich danach wieder vertragen.«

»Wir leben aber nicht mehr in der Steinzeit oder im Zeitalter der Duelle.«

»Wenn es um Frauen geht, schon. Da bekommt der dünne Putz der Zivilisation ganz schnell Risse und die Urtriebe kommen zum Vorschein.«

»Ach ja? Wie oft hast dich denn schon um ein Mädchen geprügelt?«

»Meinst du diese Woche oder übers Jahr verteilt?«

Ich muss trotz allem grinsen und sage: »Sollte es notwendig werden, werde ich diese Art der Problemlösung in Erwägung ziehen.«

»Das will ich sehen. Ich schlage Schlammcatchen vor.«

»Schlammcatchen?«, höre ich plötzlich Lauras Stimme neben mir. »Was führt ihr denn für Gespräche?«

»Sportarten für Frauen«, sagt Jo.

»Weil es meines Wissens keine Frauenringkämpfe gibt«, sage ich. »Wir kamen darauf wegen des Gedrängels hier.«

»Tja«, seufzt Laura. »Die Mona Lisa ist nun mal das berühmteste Bild der Welt, da musst du dich jetzt durchringen.«

Uffz! Das war knapp!

Endlich, die Mona Lisa. Ich habe gewusst, dass es ein recht kleines Bild ist, aber jetzt, nachdem ich all die anderen Bilder von Leonardo da Vinci gesehen habe, frage ich mich wirklich, warum gerade dieses so berühmt wurde. Weil es mal kein Heiligenbild war, sondern von einem Kaufmann in Auftrag gegeben worden war? Und dann war da ja noch die Entführung des Bildes im Jahr 1911 und das anschließende zweijährige Verschwinden. Aber ihr Lächeln ist wirklich faszinierend. Was hat sie sich wohl gedacht, während sie dem Meister Modell saß? Stellte sie tiefsinnige Betrachtungen über das Leben an, dachte sie im Geheimen darüber nach, wie sie ihn verführen könnte, oder hat sie überlegt, was sie heute Abend kochen soll? *Mensch, ich könnte doch mal wieder Polenta mit Steinpilzen machen!* Und dann lächelt sie, weil zumindest dieses Problem schon mal gelöst ist.

Schon seit einigen Jahren ziert die Mona Lisa als Poster mein Zimmer. Aber das hier ist das Original, das berühmteste Gemälde der Welt, welches unter anderem schon in Napoleons Schlafzimmer gehangen hat. Und hier und jetzt stehe ich davor. Diesen feierlichen Augenblick werde ich mein Leben lang nicht vergessen, denke ich und bekomme feuchte Augen.

Ich merke, wie Jos Arm meinen berührt, was in dem Gedrängel nicht weiter auffällt. Hoffe ich wenigstens. Ich erwidere den Druck. Kleine elektrische Impulse jagen durch meinen Körper. Keine Ahnung, ob ich vor Ehrfurcht vor Leonardos Meisterwerk schaudere oder ob es an Jos heimlicher Berührung liegt. Am liebsten würde ich ihn jetzt küssen, sein Haar verwuscheln, mich an ihn drücken … Ach, wären wir doch alleine hier! Oder woanders. Auf jeden Fall aber allein. Ich könnte für nichts garantieren.

»Sie ist wunderschön«, höre ich Jo sagen und mir wird heiß.

Du erinnerst mich an die Mona Lisa.

Ich seufze und er drückt ganz kurz meine Hand.

Dieses Versteckspielchen fängt an, mir Spaß zu machen.

So, so, Anna, es macht dir also Spaß, deine beste Freundin zu hintergehen. – Halt einfach mal die Klappe!, befehle ich dieser lästigen inneren Stimme.

»Ich bewundere da Vinci so wahnsinnig«, zwitschert April, die sich neben mich gequetscht hat. »Er war nicht nur das größte Genie aller Zeiten, er war seiner Zeit auch noch voraus.«

»Ja, es muss für ihn gewesen sein, als ob er aufwacht und um ihn herum ist noch alles finster«, sagt Jo.

»Ich halt's nicht aus. Du bist nicht nur schlau, du hast auch noch eine poetische Ader«, lästert William.

»Ich finde, das klingt sehr romantisch und trifft es ganz genau«, verteidigt Laura Jo, während ich ihm einen Blick zuwerfe, der sagen will: *Da hast du es!*

Wir werden weitergeschoben und ich verabschiede mich erneut aufseufzend von der Mona Lisa.

Während der nächsten Viertelstunde halte ich bewusst Abstand zu Jo. Nicht, dass Laura doch noch etwas merkt. In stummem Einverständnis meidet auch Jo meine Nähe. Doch ab und zu tauschen wir Blicke über eine größere Distanz, und jedes Mal ist es ein Gefühl, als würde ich gerade in eine warme Badewanne eintauchen.

Erst ein paar Säle weiter, vor dem *Floß der Medusa,* sind Jo und ich wieder ohne deutschsprachige Begleitung. Nur Yuma und William sehen sich das monströse Bild mit uns zusammen an.

»Selbst wenn das stimmt, was du vorhin gesagt hast, kann ich ihr nicht helfen«, nimmt Jo den Gesprächsfaden wieder auf.

»Ich weiß«, sage ich ratlos und betrachte mit einer Mischung aus Faszination und Abscheu das monumentale, düstere Gemälde vor uns: Verzweifelte Menschen klammern sich an ein notdürftig zusammengeflicktes Floß, zwischen ihnen liegen Tote und Leichenteile.

Man kann Jo ansehen, dass es ihm schwerfällt, seine Stimme ruhig klingen zu lassen, als er sagt: »Du nimmst ihr also nichts weg.«

»Das würde sie aber ganz anders sehen.«

»Mag sein. Dann müssen wir es ihr erklären.«

»Das geht nicht. Sie ist meine beste und einzige Freundin. Ich will sie nicht verlieren.«

»Ich werde mit ihr reden. Ihr sagen, dass ich sie nett finde, aber nicht in sie verliebt bin.«

»Wenn du *nett* sagst, geht sie dir an die Gurgel.«

»Sie wird's überwinden, glaub mir«, sagt Jo. »Sie hat ein gesundes Ego.«

»Aber mich wird sie dafür hassen«, sage ich und kann meine Augen nicht von diesem grausigen Bild lösen. Wellen rollen auf das Floß zu, am Himmel zieht ein Unwetter auf. Ein Mann hockt, die Hände über den Kopf geschlagen, unter dem Mast. Links davor kauert ein anderer, ein totes Kind im Schoß. Am Horizont sieht man, sehr klein nur, ein Schiff, dem einige mit letzter Kraft zuwinken. Was, um Himmels willen, ist das für eine Höllenvision?

»Soll also heißen: Wen sie nicht haben kann, den darf auch keine andere haben?«, fragt Jo mit mühsam unterdrücktem Zorn.

Darauf weiß ich keine Antwort.

»Wenn das so ist, solltest du vielleicht mal darüber nachdenken, ob ihre Freundschaft wirklich das Opfer wert ist.«

Auch ich habe Mühe, nach außen hin ruhig zu bleiben, als ich leise antworte: »Wie stellst du dir das vor? Du erklärst ihr, dass du nie ihr Freund sein wirst, weil du lieber mit mir zusammen sein willst ...«

»Ich werde mit ihr reden, ohne dass dein Name fällt«, unterbricht mich Jo.

»Bitte, tu das nicht! Warte damit, bis ich wieder weg bin.«

»Aber wie sollen wir uns dann treffen?«

»Es geht nicht, das sage ich doch die ganze Zeit. Immerhin wohne ich ...«

»Achtung! Feind auf vier Uhr!«

Feind! Jetzt nennt er Laura schon den Feind. Was habe ich nur angerichtet?

Jo wechselt ins Englische: »Diesem Bild liegt eine wahre und tragische Begebenheit zugrunde. Der Untergang der Fregatte *Medusa,* die im Juli 1816 vor der Küste Mauretaniens auf eine Sandbank auflief. Weil zu wenige Rettungsboote an Bord waren, bestiegen etwa 150 Menschen ein Floß. Dreizehn Tage trieben sie auf dem Meer, ohne Wasser und Lebensmittel, lediglich ein paar Fässer Wein waren auf dem Floß.«

»Na, immerhin«, wirft Lukas ein.

»Als schließlich eine Brigg vorbeikam und die Überlebenden rettete, waren nur noch fünfzehn Leute übrig. Sie hatten sich von Menschenfleisch ernährt, und das Fleisch hing zum Trocknen auf den Seilen, die den Mast hielten.«

»Krass!«, flüstert Laura.

»Kann man wohl sagen«, meint Pablo.

»Der Maler heißt Théodore Géricault. Das Bild entstand 1818 in seinem Pariser Atelier in der Nähe vom Montmartre. Es misst sieben mal fünf Meter«, beendet Jo seinen Bericht.

»Scheußlich!« April schaudert. »Toll gemalt, aber da graust einem.«

»Das wollte er doch«, sagt William. »Mir gefällt es.«

»Ins Schlafzimmer hängen würde ich es mir nicht«, meint Pablo, und wir müssen lachen, weil sich auf seinen Unterarmen schon wieder die Härchen aufgestellt haben, so wie gestern in den Katakomben auch schon.

»Woher weißt du das alles?«, fragt Laura, die während Jos Ausführungen bewundernd an seinen Lippen gehangen hat.

»Immer wenn Verwandte zu Besuch kommen, muss ich mit ihnen in den Louvre, da habe ich mich eben mal schlaugemacht«, erklärt Jo. »Aber ich mag diese Geschichte – na ja, *mögen* ist vielleicht das falsche Wort. Aber sie hat was.«

»Sie ist wirklich wahr?«, vergewissert sich Yuma schaudernd.

Jo nickt. »Es war ein Skandal, der ganz Frankreich bewegte. Vor allem das Verspeisen von Menschenfleisch …«

Yuma winkt ab und verzieht das Gesicht.

»Apropos. Ich krieg langsam Hunger und Durst«, grinst William. »Wollen wir einen Abstecher ins Café machen?«

Wie durch ein Wunder finden wir sogar einen freien Tisch, an den wir uns zu acht quetschen. Ich sitze zwischen Laura und Pablo, Jo hat sich mir gegenüber platziert, und ich muss mich zusammenreißen, damit ich ihn nicht dauernd anstarre.

Dieser Kindskopf unterhält sich jetzt plötzlich ungemein intensiv mit Yuma.

»Du denkst also, dass wir es noch erleben werden, dass Menschen außerhalb der Erde siedeln?«, fragt Yuma gerade.

»Ich denke schon. Und es wäre auch das Beste für die Welt, wenn wir uns alle zum Mars verpissen. Oder sonst wohin. Nur für ein paar Hundert Jahre, damit sich das Klima und die Pflanzen- und die Tierwelt wieder erholen können.«

»Interessanter Gedanke.« Yuma lächelt und ich frage mich, ob ich sie überhaupt schon einmal lächeln gesehen habe. Ich glaube nicht. Was soll das denn jetzt, Jo? Willst du mich damit etwa provozieren? Lächerlich, da musst du dir schon was anderes einfallen lassen.

Dabei bin ich eigentlich ein wenig sauer auf ihn oder vielmehr über seine Bemerkung, von wegen, ich solle über den Wert der Freundschaft zwischen Laura und mir nachdenken. Was fällt ihm eigentlich ein? Er kennt mich kaum, er kennt Laura seit acht Monaten, er weiß nichts über uns beide.

Aber hat er nicht im Grunde recht?, fragt der kleine Teufel auf meiner Schulter.

Ohne es zu wollen, mache ich genau das, was Jo vorgeschlagen hat: Ich denke über die Freundschaft zwischen Laura und mir nach.

Laura war von uns beiden stets die treibende Kraft, immer diejenige, die den Ton angab. Nicht, weil sie das unbedingt wollte, sondern weil ich es zugelassen habe. Noch mehr: Ich habe sie tagtäglich regelrecht in die Rolle der Entscheiderin gedrängt. Wir haben uns wohl vor allem deshalb so gut wie nie gestritten, weil ich immer mit allem einverstanden war, was Laura vorschlug. Selten kam ein Impuls von mir. Ja, Anna, gib es ruhig zu: Abhängigkeit kann auch sehr bequem sein.

Und jetzt? Jetzt droht uns genau das, was Laura und ich damals mit unserem Schwur verhindern wollten: Ein Junge ist dabei, uns auseinanderzubringen.

Nein, das darf nicht passieren.

Denn selbst wenn es Jo gelingen sollte, Laura klarzumachen, dass er nie dasselbe für sie empfunden hat wie sie für ihn …

»Erde an Anna!« Lauras Stimme durchbricht meine Grübeleien.

»Was ist?«

»Hattest du eine Cola bestellt?«

»Ja. Sorry, ich war noch im Geist bei den Bildern. Es ist alles so beeindruckend, man kann es gar nicht so rasch verarbeiten.«

»Ja, so geht es mir auch«, sagt Pablo und lächelt mich an. Ich lächle mechanisch zurück. Ich wünschte, ich könnte ihm etwas abgewinnen und Jo vergessen.

»Warte, bis wir erst bei den klassischen Skulpturen sind«, grinst Laura. »Lauter nackte Kerle mit Marmorhintern. Anna steht nämlich auf Marmorhintern. Ihr Freund hat auch einen. – Tja, tut mir leid, Pablo.« Laura schenkt ihm ein übertrieben mitfühlendes Lächeln, während ich gerade meinen Ohren nicht traue: *Was redet sie da? Redet sie etwa von* mir*?*

»Aber damit du keine Entzugserscheinungen bekommst, Anna, findest du hier jede Menge davon. Als Entschädigung für entgangene Freuden in der Heimat«, setzt Laura noch einen drauf.

»Hä?«, ist alles, was ich hervorbringe.

Unsere Blicke kreuzen sich. Sie muss etwas gemerkt haben, das wird mir in dieser Sekunde klar. Klar ist auch, für wen diese Fake-News bestimmt sind. Nicht für Pablo, auch wenn Laura mir gegenüber jetzt diesen Anschein erwecken will, indem sie mir zuzwinkert und zu meinem spanischen Verehrer hinüberschielt.

Ich hole Luft und will gerade klarstellen, dass ich keinen Freund habe, da höre ich Laura sagen: »Und da müssen sich die Statuen auch noch gewaltig anstrengen, denn Annas Freund spielt American Football. Der hat so was von einem Knackarsch.«

Fassungslos starre ich Laura an. Was sie da von sich gibt, ist so ungeheuerlich, dass ich unfähig bin, auch nur einen Ton herauszubringen. Dabei hoffe ich mit jeder Faser, dass Jo ihr nicht glaubt. Ich und ein Footballspieler, also bitte, das glaubt doch kein Mensch, so ein offensichtlicher Blödsinn ist das.

Ohne es zu wissen, kommt mir April zu Hilfe. »Oh, wirklich?«, quietscht sie entzückt. »Für welches Team spielt er denn?«

»Ach, das habe ich ganz vergessen«, sage ich und zwinkere ihr zu, so wie Laura gerade mir zugeblinzelt hat.

Spätestens jetzt muss Jo doch kapieren, dass wir nur Blödsinn erzählen, um Pablo auf Abstand zu halten. Pablo vielleicht auch, aber das ist mir egal.

April schaut mich verwirrt an, ich deute mit den Augen auf

Pablo. April scheint endlich zu kapieren, was gespielt wird, jedenfalls bleckt sie ihr Cheerleadergebiss zu einem breiten Lächeln.

Ich wage es, Jo anzusehen. Sein Gesicht ist so leer wie ein Teller und verrät nicht einen Hauch von dem, was er gerade denkt.

In meiner grenzenlosen Naivität gebe ich mich der Illusion hin, dass die Sache damit erledigt sei. Bei Gelegenheit werde ich Jo noch einmal versichern, dass an Lauras Geschwätz nichts dran ist, und damit basta. Laura hat einfach zu dick aufgetragen. Sogar Pablo scheint Lunte zu riechen, er blickt der Reihe nach zweifelnd Laura, mich und April an.

Aber Laura ist anscheinend noch nicht fertig mit mir. Kalt lächelnd verpasst sie mir den Todesstoß, indem sie ihr Handy zückt und flötet: »Du hast doch nichts dagegen, Anna, dass ich April mal das Foto von deinem Schatz zeige, das du mir neulich geschickt hast?«

Ich schaue sie an wie ein Auto.

Schatz? Welcher Schatz? Welches Foto?

Und da fällt es mir ein! Neulich, ein paar Tage bevor Jo in Lauras Leben getreten ist, haben Laura und ich per Skype über mein nicht vorhandenes Liebesleben gesprochen und dabei ein bisschen herumgeblödelt. Wir haben die Jungs an unserer Schule durchgehechelt und ich hatte an jedem was auszusetzen, sodass Laura schließlich meinte, mir müsste man wohl einen backen. Und ich habe geantwortet: *Oh ja, bitte! Ich hätte gern einen, der einen IQ von 150 besitzt und dazu einen Marmorhintern wie eine römische Statue.*

Noch während unseres Gesprächs habe ich nebenbei im Netz rumgesurft und Laura das nächstbeste Bild eines halbwegs gut aussehenden Kerls geschickt und dazugeschrieben: *mein Schatzilein*. Oder so ähnlich, ich weiß es nicht mehr genau, ich habe seither nie wieder daran gedacht.

Und Laura, dieses raffinierte Biest, setzt diesen Quatsch nun eiskalt als Waffe gegen mich ein. Ich bin so was von überrumpelt, und zu allem Überfluss werde ich nun auch noch rot wie ein Sonnenuntergang.

Jos Gesicht spricht mittlerweile Bände. Er hat Lauras Köder geschluckt. Wieso auch nicht, bei der »Beweislage«? Selbst, wenn ich jetzt aufspringen und bei allen Heiligen schwören würde, dass das alles nicht wahr ist, dass das nur ein Witz war, würde er mir nicht glauben, da bin ich ganz sicher, das sehe ich ihm an.

Während sich April und Yuma entzückt quietschend das Bild eines wildfremden Kerls auf Lauras Handy ansehen, stehe ich auf und murmele etwas von Toiletten. Es ist der für mich typische Fluchtreflex.

Ich muss hier weg, und zwar sofort.

Ich kauere auf einem Klodeckel und lehne meine heiße Stirn gegen die Trennwand.

Geschieht mir recht, dass es so gekommen ist. Ich hatte lange genug Zeit, um mit Laura über Jo zu reden, immer war ich zu feige, bis auf das eine Mal, als ich beschwipst war und Laura leider noch viel mehr. Jetzt muss ich mir wenigstens keine Gedanken mehr über Jo und mich machen.

Problem gelöst.

Zwar anders, als ich mir das gedacht habe, aber vielleicht ist es ja ganz gut so. Ich kann die restlichen Tage in Harmonie mit Laura verbringen, und was danach mit ihr und Jo passiert, kann mir egal sein. Wer weiß, vielleicht kommen sie ja doch noch zusammen, wenn Jo in ihren Armen Trost sucht, weil ich ihn so enttäuscht habe.

Jetzt bloß nicht heulen, Anna, reiß dich zusammen! Geh raus zu den anderen und benimm dich, als ob nichts wäre. Haltung bewahren, auch in der Krise! Wenigstens das bist du dir schuldig.

9

DER UNSICHTBARE ELEFANT

ANNA

Als wir wieder in der Wohnung sind, ziehe ich mich in mein Zimmer zurück mit der Begründung, ich müsse mich vor dem Essen kurz hinlegen.

Alle haben dafür Verständnis.

»Ja, ruh dich aus. Museumsbesuche können einen ganz schön schlauchen«, meint Laura, und falls da Sarkasmus mitschwingen sollte, höre ich ihn nicht.

Auf der Heimfahrt vom Louvre habe ich Laura gefragt, was das vorhin sollte mit dem Footballspieler, der angeblich mein Freund sein soll.

Ihre Antwort fiel so aus, wie ich sie erwartet habe: Sie habe mir helfen wollen, Pablo auf Abstand zu halten.

Wobei uns beiden klar war, dass sie wusste, dass ich wusste, dass sie log.

Vielleicht hätte es ein klärendes Gespräch gegeben, hätte Laura nur ein einziges Wort über Jo und mich gesagt. Aber das tat sie nicht und ich auch nicht.

Also gab ich mich nach außen hin mit dieser Erklärung zufrieden. Ich konnte nicht anders, ich spürte auf einmal nur noch eine bleierne Müdigkeit, ich hatte genug von all dem Hin und Her, ich wollte am liebsten allein sein.

»Pablo, verstehe«, habe ich nur gesagt.

Jetzt liege ich auf dem Bett, das Telefon in der Hand. Kein Piep von Jo. Habe ich auch nicht wirklich erwartet. Ich lege das Handy wieder weg. Endlich kann ich meinen Tränen freien Lauf lassen.

Ich verlasse das Zimmer erst, als Laura mich zum Abendessen ruft. »Hast du geschlafen?«, fragt sie.

»Bisschen.«

»Siehst auch so aus.«

Paul Kessel hat sein Versprechen doch noch wahr gemacht und sein Anna-Willkommensmenü gekocht.

Muss das sein? Bitte nicht ausgerechnet heute Abend!

Aber ich kann ihn jetzt nicht enttäuschen, wo er sich solche Mühe gegeben hat. Muss ich mich halt zum Essen zwingen.

Trotz Lauras Weigerung, Austern zu essen, hat Paul Kessel nochmals welche besorgt. Mit denen fängt das Gelage an. Sie schmecken seltsam und eigentlich nicht so besonders toll, da muss ich mich Lauras Meinung anschließen. Ich verstehe wirklich nicht, was die Leute immer damit haben. Oder ist es nur, weil ich eigentlich nicht in Stimmung für ein Festessen bin?

Danach gibt es eine Brühe, in der winzige Maultäschchen schwimmen, die hier natürlich einen komplizierten Namen haben, den ich gleich wieder vergesse. Es folgt ein Gemüsegratin und dann gefüllte Kalbfleischröllchen. Bis wir uns bis zum Dessert durchgefressen haben, ist es schon nach elf. Aber die *Mousse au citron* ist absolut unwiderstehlich, die muss noch rein, koste es, was es wolle. Wenn das so weitergeht, muss ich bald die erste Diät meines Lebens machen – aber erst, wenn ich wieder zu Hause bin.

Laura erzählt zwischen den Gängen vom Louvre und ich steuere ab und zu etwas bei, damit es nicht auffällt.

»Wie geht es eigentlich unserem alten Haus?«, fragt Frau Kessel, als wir die Fressorgie mit einem Espresso abschließen.

»Ich weiß es nicht«, sage ich wahrheitsgemäß. »Ich bin nie mehr daran vorbeigelaufen.«

Das Haus mit den grünen Fensterläden und dem Apfelbaum mit den Resten unseres alten Baumhauses anzusehen und zu wissen, dass Laura dort nicht mehr wohnt, habe ich mir erspart. Aber das verschweige ich lieber und füge nur hinzu: »Es liegt ja nicht direkt auf dem Weg zur Schule. Aber wenn Sie sich Sorgen machen, kann ich gern mal vorbeifahren und schauen, ob die Mieter auch den Rasen ordentlich mähen.«

Lauras Mutter wehrt ab. »Nein, das musst du nicht. Wir werden es ja sowieso bald verkaufen.«

Ich sehe erstaunt von Frau Kessel zu Laura. »Aber wo werden Sie dann wohnen, wenn Sie im Herbst zurückkommen?«

Frau Kessel schaut jetzt ebenso irritiert von mir zu Laura.

»Oh, Anna, hat Laura dir das gar nicht erzählt? Paul hat seinen Vertrag um zwei Jahre verlängert. Ich glaube nicht, dass wir überhaupt wieder zurückkommen. Wir fühlen uns alle sehr wohl in Paris.«

»Nein, das höre ich gerade zum ersten Mal«, sage ich betont langsam und sehe dabei zu Laura hinüber.

Die rutscht unruhig auf ihrem Stuhl herum. »Es ist doch noch gar nicht sicher, oder, Papa? Du hast gesagt, es wäre noch nicht hundertprozentig entschieden.«

»Das ist richtig«, bestätigt Paul Kessel. »Unser CEO, der für die französische Niederlassung zuständig ist, muss der Sache noch zustimmen, aber das dürfte nur eine Formsache sein. Ich gehe davon aus, dass nichts mehr dazwischenkommt.«

»Ja, aber es ist noch nicht wirklich sicher«, beharrt Laura. »Deshalb wollte ich Anna nicht umsonst aufschrecken.«

»Oh, Anna, das tut mir leid«, sagt Frau Kessel zerknirscht.

»Wirklich, *maman*, manchmal bist du unmöglich!«

»Ist schon okay«, sage ich zu Laura und ringe mir ein Lächeln ab. »Es wäre ja eh nur für ein Jahr gewesen. Wer weiß, wo wir nach dem Abi landen werden.«

»Vielleicht retten wir ja ein Jahr lang die Welt«, erinnert mich Laura an unsere Pläne. Sie lächelt mich entschuldigend an. Das schlechte Gewissen steht ihr ins Gesicht geschrieben.

Ich weiß selbst nicht genau, was ich von der Sache halten soll. Noch vor Kurzem war es mein größter Albtraum, mir vorzustellen, Laura käme nächstes Schuljahr nicht mehr an unsere Schule zurück. Jetzt aber spüre ich fast ein leises Gefühl der Erleichterung.

»Die Welt retten?«, fragt Paul Kessel interessiert.

»Das sind noch ungelegte Eier«, wehrt Laura ab.

»Genau«, sage ich. »Bis dahin fließt noch viel Wasser die Seine hinunter.«

Wir tauschen einen kurzen Blick. Beide haben wir beschlossen, den riesigen Elefanten im Raum zu ignorieren. Den Elefanten, der Jo heißt. Nein, wir werden nicht über das sprechen, was heute Nachmittag im Museum vorgefallen ist. Wir werden einfach weitermachen damit, Freundinnen zu sein.

Aber etwas in der Atmosphäre zwischen uns hat sich verändert.

Nach dem ewig langen und opulenten Essen sitzen wir noch ein bisschen mit Lauras Eltern vor dem Fernseher. Es läuft eine witzige Serie, Laura und ihre Mutter lachen immer wieder, aber ich verstehe nur die Hälfte. Mein Französisch ist nicht gut genug, die Schauspieler reden viel zu schnell und ich bin mit den Gedanken ohnehin ganz woanders.

Ich verabschiede mich und gehe ins Bett, doch ich bin so vollgefressen, dass ich beim besten Willen nicht einschlafen kann. Das Gedankenkarussell kommt nicht zum Stillstand.

Ich denke über Laura nach. Laura, die nicht wieder nach Deutschland kommen wird. Ich bin nicht besonders sauer darüber, dass sie es mir bis jetzt verschwiegen hat. Bestimmt hatte sie Angst, dass ich dann für die restliche Zeit meines Besuches den Kopf hängen lasse und ein Schatten über unseren gemeinsamen Tagen liegt. So wie seinerzeit, als wir wussten, dass sie bald nach Paris ziehen würde, und ich meinen Kummer darüber zu verbergen versuchte. Was mir, im Nachhinein betrachtet, wohl nicht besonders gut gelungen ist.

Ja, die alte Anna hätte bestimmt wieder so reagiert.

Aber ich bin nicht mehr die alte Anna. Die letzten Tage haben mich verändert. Ich kenne die neue Anna zwar noch nicht besonders gut, aber sie ist jedenfalls anders als die alte.

Das liegt an Jo. Die Begegnung mit ihm hat bei mir etwas in Gang gesetzt. Irgendetwas ist in meinem Hirn passiert, ähnlich wie bei einer chemischen Reaktion, und die ist nicht mehr umkehrbar, egal, ob ich ihn wiedersehe oder nicht.

Nein, Laura, ich werde nicht in Traurigkeit versinken, weil du nicht mehr zurückkommst. Du bist nicht mehr mein Lebensmittelpunkt.

Dennoch bin ich traurig. Ob wir trotzdem Freundinnen bleiben werden? Oder werden wir irgendwann nur noch Facebook-Freundinnen sein?

Ich sehe ein, dass es mit dem Einschlafen nichts wird, also

stehe ich auf und stelle mich ans Fenster. Auf der anderen Seite des Hinterhofs sind die meisten Fenster erleuchtet und man kann in die Zimmer sehen.

Ein Typ mit nacktem Oberkörper sitzt vornübergebeugt auf einem Hocker und trainiert seinen Bizeps mit einer Hantel. Rasch schaue ich woandershin. Gegenüber scheint jemand neu eingezogen zu sein, ein junges Paar, das gerade eine Umzugskiste ausräumt und Bücher in ein Regal stellt. Als sie fertig sind, küssen sie sich und dann verschwinden sie, Hand in Hand. Großartig, genau so etwas brauche ich jetzt. Ein Mädchen, etwa in meinem Alter, liegt bäuchlings auf einem Bett und starrt auf ihr Handy. Hat sie gerade ähnliche Probleme wie ich? Ob Laura sie wohl kennt? Ein Mann steht am offenen Fenster und raucht. Sieht er mich an? Egal. Die kleinen Alltagsszenen lenken mich tatsächlich ein wenig ab.

Aber nur kurz, dann rollt das Gedankenkarussell wieder an. Ich frage mich, warum Laura die Freundschaft mit mir nicht schon längst viel zu langweilig geworden ist. Warum *ich* ihr nicht zu langweilig geworden bin. Die Antwort liegt auf der Hand: Weil es ihr gefiel, jemanden zu haben, der nur allzu gern nach ihrer Pfeife tanzte.

Meine Gedanken fließen nur so, sie lassen sich nicht aufhalten. Der Geist ist aus der Flasche und will nicht mehr zurück.

Als Nächstes frage ich mich: Warum haben Lauras Freundschaften mit anderen Mädchen nie lange gehalten? (Worüber ich immer sehr froh war, denn bis es so weit war, habe ich gelitten wie ein verlassener Hund.) Ganz einfach. Weil die anderen sich nicht so anpassten und unterbuttern ließen wie ich.

Meine Mutter, fällt mir plötzlich ein, hat die Geometrie dieser Freundschaft von Anfang an durchschaut. War sie deswegen von Laura nie sonderlich begeistert? Denn Laura hat völlig recht mit dem, was sie neulich über meine Mutter gesagt hat: Sie ist eine toughe, selbstständige Frau. Sie war nicht, wie ich oft glaubte, neidisch, weil die Kessels in einem großen Haus in einer schöneren Straße als unserer lebten. Nein, meine Mutter hat jeden Tag zusehen müssen, wie ihre Tochter *dieser Laura* hinterherdackelte und wie sie deren exzentrische Mutter bewunderte. Das muss sie, die eher bodenständig ist, sehr geärgert und verletzt haben.

»*Diese Laura.*« So hat Mama Laura stets genannt, und oft auch »*diese verzogene Laura*«. Darauf habe ich natürlich nichts gegeben, denn in den Augen meiner Eltern waren alle Kinder verzogen oder verwöhnt, die mehr durften als Hendrik und ich. Also praktisch so gut wie jeder. Aber es hat einen wahren Kern: Laura hat immer bekommen, was sie wollte, sie musste nie kämpfen oder sich das, was sie sich wünschte, verdienen.

Was ist denn auf einmal mit mir los? Wieso gehe ich plötzlich mit Laura so streng ins Gericht? Das, was ich jetzt an ihr auszusetzen habe, hat mir doch immer an Laura gefallen. Es hat mich doch all die Jahre niemand gezwungen, mit Laura befreundet zu sein. Nein, ich wollte es, ich hab mich gern in ihrem Glanz gesonnt.

Ist es wegen dieser fiesen Nummer mit dem Foto von heute Nachmittag? Sicher, das war nicht okay, aber ich kann Lauras Gründe dafür nachvollziehen. Es war eine Retourkutsche, und zwar eine ziemlich erfolgreiche.

Nein, es ist wegen dem, was Jo über Laura und mich gesagt

hat … dass ich darüber nachdenken sollte, ob Lauras Freundschaft wirklich das Opfer wert ist.

Wie kann es sein, dass eine einzige Bemerkung von Jo meine Welt auf den Kopf stellt? Bin ich so leicht zu manipulieren?

Wie kann ich zulassen, dass Jo Laura schlechtmacht?

Aber das hat er doch gar nicht, das warst du selbst!

Richtig. Er hat lediglich eine Frage aufgeworfen. Eine durchaus berechtigte Frage allerdings.

Ach, wirklich? Oder suche ich nur nach einer Rechtfertigung für mein Fehlverhalten?

Tatsache ist: Ich bin eine miserable Freundin! Natürlich hat Laura ihre Fehler, keine von uns beiden ist perfekt. Aber ist nicht gerade das der Sinn von Freundschaft: dass man die andere so mag und so nimmt, wie sie nun mal ist, und sie nicht bei der erstbesten Gelegenheit verrät und an ihrem Charakter herumkritisiert? Bin ich nur eine Schönwetterfreundin, die bei der erstbesten Bewährungsprobe alles hinschmeißt?

Als es auf Mitternacht zugeht, rufe ich bei Jo an. Ich halte es einfach nicht mehr aus. Ich will mich nicht mit ihm treffen, das würde die Dinge nur verkomplizieren, aber ich möchte auch nicht, dass er allzu schlecht von mir denkt. Ich möchte ihm das mit dem Foto erklären und ihm versichern, dass ich wirklich keinen Freund habe. Dass ich ihn nicht angelogen habe, sondern dass es Laura war, die für den Jungen, in den sie verliebt ist, mit nicht ganz fairen Mitteln gekämpft hat.

Aber er nimmt nicht ab.

Auch nicht, als ich es am nächsten Morgen noch einmal versuche. Er geht nicht ran und ruft auch nicht zurück. Ich verzichte darauf, ihm auf die Mailbox zu sprechen.

LAURA

Gegen meinen Kissenberg gelehnt, starre ich aus dem Fenster auf den Pariser Nachthimmel, der nie ganz dunkel wird.

Ich bin eigentlich erschöpft, aber ich kann nicht schlafen. Zu viel ist heute passiert, und außerdem habe ich viel zu viel gegessen. Dass Papa es aber auch immer so übertreiben muss!

Ich bin einfach so unendlich wütend auf Anna! Heute hätte ich sie am liebsten umgebracht. Zumindest war mir einige Male wirklich sehr danach …

Im Louvre habe ich Anna und Jo die ganze Zeit beobachtet. Sie redeten auf Deutsch miteinander, das weiß ich von Yuma, und dabei vermieden sie auf so auffällige Weise jeden Blickkontakt, dass es schon etwas Skurriles hatte. Wie in einem billigen Agentenfilm. Sobald aber Lukas oder ich in die Nähe kamen, schalteten sie scheinheilig um auf Englisch.

Ich dachte, ich sehe nicht recht. *Was läuft da? – Macht deine beste Freundin gerade deinen Freund an?*

Jeder anderen hätte ich das zugetraut, aber doch nicht Anna! Anna, die genau weiß, wie es um mich steht, die weiß, wie sehr ich in Jo verliebt bin.

Natürlich habe ich Anna sofort und als einzigem Menschen von Jo erzählt. Sie ist schließlich meine beste Freundin. Mit wem, wenn nicht mit ihr, hätte ich sonst darüber reden sollen? Mit meiner Mutter? Ja, die hätte das bestimmt aufregend gefunden: Ihre Tochter hat sich verliebt, endlich! Wo sie doch insgeheim schon befürchtet hatte, dass mit mir etwas nicht stimmt – fast siebzehn Jahre alt und weit und breit kein Junge in Sicht. Als nächstes hätte sie Jo unbedingt kennenlernen wollen, und ich hätte mir jeden Tag ihre Kommentare und Ratschläge und diese kleinen, süffisanten Anspielungen anhören müssen, während Papa mich mit diesem wehmütigen Blick angesehen hätte, weil seine Prinzessin erwachsen geworden ist ... Nein, danke, das Theater wollte ich mir so lang wie möglich ersparen. Jo sollte mein kleines, süßes Geheimnis bleiben, zumindest, was meine Eltern anging.

Aber irgendjemandem *musste* ich es sagen, ich wäre sonst geplatzt. Es fällt nämlich schwer, für sich zu behalten, dass man verliebt ist. Man möchte es am liebsten in die Welt hinausschreien und allen erzählen, wie toll man sich auf einmal fühlt. Oder wenigstens seinen Freundinnen. Aber ich habe hier noch keine richtigen Freundinnen – zumindest keine, der ich so etwas anvertrauen wollte.

Deshalb blieb nur Anna.

Okay, möglicherweise habe ich Anna gegenüber etwas dick aufgetragen und den Eindruck vermittelt, Jo sei bereits mein fester Freund. Aber nur, weil ich mir hundertprozentig sicher war, dass er es innerhalb der nächsten Wochen werden würde. Ach was, Wochen! Tage – es war nur eine Frage von Tagen.

Doch dann ist Jos Großvater gestorben und er war über eine Woche gar nicht da. Und ausgerechnet als er dann zurückkam und ich meine Zeit und Energie darauf verwenden wollte, Jo zu erobern, musste Anna mich besuchen kommen. Saudummes Timing!

Für diese Gedanken habe ich mich geschämt, denn ich habe

mich ja gleichzeitig auch schrecklich gefreut, Anna wiederzusehen.

Der reinste Gefühls-Schleudergang war und ist das.

Ich dachte, das Beste wäre es, möglichst viel mit der Clique zu unternehmen und Jo dabei näherzukommen. Anna würde das vermutlich nichts ausmachen – glaubte ich –, und wenn doch, dann hätte sie eben Pech gehabt. Jedenfalls hoffte ich, ich würde so, was Jo angeht, am Ball bleiben und hätte alles unter Kontrolle.

So war der Plan.

Aber mit Plänen und Kontrolle ist das so eine Sache. Keine Ahnung, was da am Sonntag in den Katakomben gelaufen ist, aber seitdem benimmt Jo sich seltsam. Zuerst haut er einfach ab, sodass ich schon annahm, Anna hätte ihn irgendwie verschreckt.

Und heute nun spielt er im Louvre den ganz privaten Fremdenführer für Anna …

Natürlich hat Anna nicht offen mit ihm geflirtet, das würde sie dann doch nicht wagen. Aber da war etwas zwischen den beiden, ich bin ja weder blind noch blöd: Ihre Körperhaltung war auf einmal ganz anders, und dann dieses gegenseitige verkrampfte Sich-nicht-Ansehen am Tisch im Café des Denon-Flügels.

Und Jo? Dem schien das auch noch zu gefallen. Ja klar, Kerle sind so. Ich bin wirklich ein bisschen enttäuscht von ihm, ich dachte, er wäre anders.

Aber von Anna bin ich TOTAL enttäuscht!

Wie kann sie so etwas tun? Wie kommt es, dass sie sich so verändert hat?

So, wie sie sich verhalten hat, blieb mir gar nichts anderes übrig, als die Notbremse zu ziehen. Ja, ich weiß, das war nicht fair, dieses alberne Foto zu benutzen, aber sie hätte ja auch den Mund aufmachen und sagen können, dass sie keinen Freund hat und das Ganze nur ein Gag war. Stattdessen saß sie da wie eine ertappte Ladendiebin: knallrot im Gesicht und dazu dieser schuldbewusste Blick. Und spätestens da wusste ich ganz genau, dass ich mich nicht geirrt habe. Sie *hat* mit Jo geflirtet.

Als ich sah, wie Jo aus der Wäsche geguckt hat, hat mir das zu denken gegeben. Er war zunächst nur verunsichert, aber als ich dann das Foto ins Spiel brachte, hat er die Sache mit dem Freund wirklich geglaubt und wirkte total fertig.

Empfindet Jo etwa wirklich was für Anna? Ich kann es nicht fassen.

Jedenfalls war ich so wütend, dass ich Anna am liebsten vor allen anderen angeschrien und zur Rede gestellt hätte. Aber ich habe mich beherrscht und kein Wort über die ganze Sache verloren, auch später nicht, in der Métro, als wir allein waren.

Es ist ja nun auch alles geklärt. Anna hat eine Warnung bekommen und ihre Lektion hoffentlich gelernt, und wir können wieder zu unserer alten Freundschaft übergehen. Auch wenn ich nicht ganz sicher bin, welchen Bestand diese auf Dauer haben wird.

Gerade muss ich auch noch daran denken, wie bemerkenswert cool Anna eben auf die Neuigkeit, dass wir hier in Paris bleiben werden, reagiert hat. Vermutlich, weil sie noch immer sauer auf mich war wegen des Fotos. Insofern war der Zeitpunkt wohl doch der richtige. Ich habe mich in den letzten Tagen nicht getraut, es ihr zu sagen, weil ich befürchtete, dass sie dann sehr traurig sein und uns die ganze gemeinsame Zeit in

Paris verderben würde. Aber vielleicht kam die Nachricht für sie gar nicht so unerwartet.

Ich jedenfalls habe es von Anfang an geahnt. Wenn *maman* erst einmal französischen Boden unter den Füßen hat und wieder unter ihresgleichen lebt, dann bekommt man sie nicht mehr zurück in die schwäbische Provinz. So ganz glücklich war sie dort ja nie und auch mein Vater, der ursprünglich aus Köln stammt, scheint sich in Paris sehr wohlzufühlen.

Mich hingegen haben sie gar nicht gefragt. Weder, als wir umgezogen sind, noch jetzt. Sie haben beide Male so getan, als ob das wegen Papas Job unabänderlich wäre. Ich glaube das nicht wirklich, aber ich habe nichts dazu gesagt. Ich wollte letztes Jahr gern nach Paris, und wenn man mich jetzt fragen würde, wo ich am liebsten wäre, weiß ich nicht genau, wie ich mich entscheiden würde. Aber ich glaube, ich würde lieber hierbleiben.

JO

Zum Glück ist diese Woche keine Schule, denn ich glaube, ich würde heute zu ersten Mal in meinem Leben schwänzen, damit ich keiner Menschenseele begegnen muss. Es ist neun Uhr, meine Mutter ist gerade aus dem Haus gegangen und ich bin aufgestanden und hänge planlos in der Küche herum. Erst mal einen Kaffee!

Ich bin so was von enttäuscht von Anna! Nein, enttäuscht ist gar kein Ausdruck. Ich komme mir nach Strich und Faden verarscht vor!!!

Okay, sie hat also einen Freund. Warum konnte sie mir das nicht einfach sagen? Warum hat sie gelogen, als ich sie im Zug danach gefragt habe?

Stattdessen macht sie ein Mordsgedöns um ihre heilige Freundschaft mit Laura, erzählt mir was von albernen Schwüren – wie alt sind die eigentlich, fünf? In Wirklichkeit steckt hinter all dem ein Footballspieler. Ist das zu fassen? Wahrscheinlich ein Typ mit aufgeblasenen Muskeln und einem Erbsenhirn.

Ich krieg das nicht rein in meinen Schädel.

Irgendetwas ist da doch faul. Eigentlich passt das gar nicht zu der Anna, die ich kennengelernt habe. Aber was heißt das schon? Wie lange und wie gut kenne ich sie denn? Eine Zugfahrt und ein paar chaotische Begegnungen reichen sicher nicht aus, um einen Menschen kennenzulernen. Mädchen können sich anscheinend gut verstellen und meine Menschenkenntnis hat ja schon bei Laura versagt. Laura, die angeblich in mich verliebt ist.

Vielleicht hat Anna das auch nur erfunden. Obwohl ... ich habe Laura im Louvre beobachtet. Es kann schon sein, dass da etwas dran ist. Ist jetzt aber auch egal.

Ich bin verwirrt und ich habe die Nase gründlich voll. Warum müssen Mädchen so kompliziert sein?

Anna hat zweimal angerufen, gestern Nacht und gerade eben. Wollte sie mir noch mehr Lügen auftischen? Ich stelle das Handy aus, ich will von keiner der beiden was hören. Rückzug auf der ganzen Linie, ich muss allein sein.

Ich werde mich die nächsten Tage um meine Französisch-Hausarbeit kümmern. Jean-Paul Sartre und der Existenzialismus. Ein Ausspruch von ihm passt gerade besonders gut zu meiner Stimmung: *Die Hölle, das sind die anderen.*

Als ich meinen Kaffee schlürfe, kommt mir auf einmal Annas Frage in den Sinn: ob ich einen wirklich guten Freund habe.

Ich wünschte, ich hätte einen. Dann könnte ich den um Rat fragen. Aber tatsächlich weiß ich nicht, mit wem ich darüber reden könnte, ohne mir dumme Sprüche anhören zu müssen. William hat von Frauen noch weniger Ahnung als ich, Maxime hat ständig Mädchen um sich, ist aber ein arroganter Arsch und ich lege keinen Wert auf seine Meinung, Lukas ist ein kleiner Klugscheißer, der aber auch noch nie eine Freundin hatte. Pablo kann man sowieso nicht ernst nehmen, und außerdem ist er selbst bei Anna am Baggern.

In unserem Dorf bei Tübingen hatte ich einen richtigen Freund. Max. Ähnlich wie Laura und Anna sind wir Sandkastenfreunde. Wir haben immer noch Kontakt, aber über Persönliches reden wir eigentlich nie. Außerdem kennt er weder Anna noch Laura, was soll er also zu der ganzen Sache sagen?

Nein, ich bin ein Einzelgänger und ein Einzelkämpfer.

Ich wünschte, mein Großvater würde noch leben. Der hätte sicher etwas Kluges zu sagen gewusst. Oder zumindest etwas Tröstliches.

Soll ich meiner Mutter erzählen, was passiert ist? Immerhin war sie auch mal ein sechzehnjähriges Mädchen, vielleicht könnte sie sich einen Reim auf das Ganze machen. Aber sie kennt Anna und Laura ebenfalls nicht, woher soll sie also wissen, was in deren Köpfen vorgeht? Außerdem ist sie noch immer ziemlich fertig – wegen meines Opas und aus diversen anderen Gründen. Da muss ich ihr nicht auch noch mit meinem Scheiß kommen. Vielleicht koche ich heute Abend was für sie, das wird sie freuen.

Mein Vater gurkt schon wieder irgendwo in der Weltgeschichte rum, vermutlich mit seiner blonden Sekretärin, die aussieht wie Mum in jünger.

Fazit des noch jungen Tages: Frauen sind kompliziert und Männer können auch ziemliche Arschlöcher sein.

ANNA

Am Dienstag haben die meisten Pariser Museen geschlossen. Deswegen meinte Laura schon beim Frühstück, es gebe praktisch nur eine Möglichkeit, wie man diesen Tag verbringen könne …

Alles klar. Keine Einwände.

Wir treffen uns mit April und Clara in der City. Dieser *Mädchen-Tag*, wie Laura ihn nennt, erweist sich als eine gute Idee, auch wenn Laura möglicherweise einen Hintergedanken dabei hatte: Bestimmt will sie Jo von mir fernhalten. Fürchtet Laura etwa meine Konkurrenz? So etwas auch nur zu denken wäre mir noch vor wenigen Tagen vollkommen abwegig vorgekommen, aber nach den letzten Tagen scheint mir alles möglich.

Ich bin total beeindruckt von den Pariser Geschäften, ganz besonders natürlich vom *Lafayette*. Was für eine Pracht, unglaublich. Nicht umsonst, überlege ich, nennt man solche Häuser Konsumtempel. Hier bekommt das Geldausgeben fast eine religiöse Dimension, hier wird das Hochamt des Kapitalismus gefeiert. Auch wir vier bewegen uns staunend, andächtig und mit langsamen Schritten durch die Galerie, gerade so als befänden wir uns in einer Kathedrale. Ich ertappe mich bei der Überlegung, was wohl Jo zu meinen Beobachtungen sagen würde.

Vergiss ihn! Es ist vorbei.

Er hat sich nicht gemeldet.

Um mich ein wenig zu trösten, leiste ich mir ein heruntergesetztes Kleid, das mir plötzlich ins Auge springt. Es hat einen raffinierten Schnitt, der den Eindruck erweckt, als würde es bei jeder Bewegung um mich herumschwingen. Der Stoff ist seidig und fließend und das Muster besteht aus winzigen Karos in Blautönen mit einer winzigen Prise Pink dabei.

»Das ist wie für dich gemacht«, ruft Laura entzückt. »Es lässt deine Augen leuchten und es betont deine Taille.«

»Und es kaschiert den dicken Hintern«, murmele ich.

»Du hast keinen dicken Hintern, wer hat dir denn das erzählt?«, fragt April ungehalten.

»Der Spiegel.«

»Unsinn! Du hast eine wunderhübsche, weibliche Figur!« April kann sich über so etwas richtig aufregen, schon schallt ihre schrille Stimme wie ein Megafon durch den Laden: »Wir Frauen sollten wirklich aufhören, uns schlecht zu fühlen, nur weil wir nicht dem knabenhaften Schönheitsideal schwuler Modedesigner entsprechen.«

»Du sagst es«, antwortet Clara, deren Figur noch um einiges weiblicher ist als meine. Dennoch finde ich sie hübsch, weil sie mit sich im Reinen ist. Sie mag ihren Körper, das sieht man ihr an. Und April hat natürlich recht mit dem, was sie sagt, auch wenn sie selbst dem gängigen Schönheitsideal sehr nahekommt.

»Okay, wenn ihr meint.«

»Du siehst toll aus, Anna!«, versichert Laura, und ich sehe ihr an, dass sie es aufrichtig meint.

Ich drehe mich vor dem Spiegel und für ein paar Momente fühle ich mich glücklich.

Na also, Anna, geht doch!

Der Kleiderkauf hat zwar ein ziemliches Loch in mein Budget gerissen, aber ich bereue es nicht. Ich würde es höchstens bereuen, ohne irgendeine Klamotte aus Paris zurückzukehren.

Es gibt an diesem Nachmittag noch mehrere von diesen kleinen Glücksmomenten: als wir Eis löffelnd durch die Einkaufsstraßen spazieren und später, als wir zu viert in einem dieser unvergleichlich schönen Pariser Cafés sitzen und uns kichernd über den gut aussehenden Typen hinter der Bar unterhalten. Dabei lerne ich einige englische und französische Wörter, die mir im Unterricht noch nie begegnet sind. Heißt es nicht immer, dass Reisen bildet?

Trotz dem, was gestern passiert ist, fühle ich mich wohl und akzeptiert und habe wirklich Spaß mit Laura und ihren neuen Freundinnen.

Ich bitte einen Touristen, ein Foto von uns vieren zu machen, und schicke es an meine Mutter.

In einem Anfall aufwallender Gefühle schreibe ich bei meiner Mutter dazu: *Bonjour, Maman, wie du siehst, geht es mir blendend, wir vier machen heute einen Stadtbummel. Ich habe mir ein Kleid gekauft. Ihr solltet auch mal nach Paris fahren, es ist toll. Ich hab euch lieb, grüß Papa.*

Ich kann das Kleid noch am selben Abend ausführen, denn Frau Kessel schleppt uns mit zu einer Ausstellungseröffnung, bei der auch fünf von ihren Werken hängen. Die Vernissage ist nicht annähernd so schlimm, wie Laura es mir vorher in den schwärzesten Farben ausgemalt hat. Nachdem wir die Eröffnungsrede überstanden haben, trinken wir Champagner und lästern über die Pariser Kunstszene.

»Schau, Anna, Opa hat seiner Enkelin einen Nerz gekauft«,

meint Laura, als ein beleibter älterer Herr mit seiner blutjungen Eroberung am Arm vorbeipromeniert.

»Hat die da drüben ein Vogelnest auf dem Kopf?«, frage ich angesichts eines besonders bizarren Hutes.

»Jo oller, desto doller«, murmelt Laura, als eine Frau, die mindestens neunzig sein muss, in einem Charlestonkleid mit klimpernden Perlen am Saum durch den Saal rauscht. Die Parfumwolke, die sie hinterlässt, raubt uns schier den Atem.

Ich wiederum vergesse, meinen Mund zu schließen, weil im selben Moment ein grell geschminkter Mann mit einer rosa Perücke an uns vorbeistöckelt. Er trägt ein kurzes Kleid, das aus lauter schwarzen Federn besteht.

»*Krah-krah*«, macht Laura und flattert mit den Ellbogen und wir müssen beide losprusten.

»So eine Vernissage erspart einem glatt den Zoobesuch«, sage ich und werde rot, weil Lauras Mutter das gehört hat und uns mit dem Finger droht. Ihr weinrotes Etuikleid passt exakt zum Lippenstift. Sie sieht umwerfend aus und ist in bester Stimmung, denn sie hat schon ein Bild verkauft.

Paul Kessel ist nicht mitgekommen, er hat ein Meeting vorgeschoben, wie Laura mir verraten hat, denn er schätzt solche Veranstaltungen nicht sonderlich.

Als wir nach Hause fahren, sind Laura und ich leicht angeschickert und pausenlos am Rumkichern. Ich bin froh und erleichtert, dass zwischen uns wieder alles so ist wie vorher.

Den Mittwoch verbringen wir mit Lauras Mutter in Versailles. Ich bin völlig überwältigt von der Pracht. Der Spiegelsaal ist in Wirklichkeit noch viel eindrucksvoller als auf den Bildern. Ganz zu schweigen von den Gärten, die so groß sind, dass man sich darin verlaufen kann. Ich mache einen Haufen Fotos. Meiner Mutter würde das hier bestimmt gefallen, auch wenn sie Gärten lieber weniger durchgestylt mag.

»Mann, die haben sich's damals wirklich gegeben«, schnaubt Laura.

»So viel Luxus ist ein Verbrechen, wenn man bedenkt, wie schlecht es dem Volk damals ging«, bestätigt auch Frau Kessel.

»Danke, dass Sie sich so viel Zeit nehmen und mir das alles zeigen«, sage ich zu Lauras Mutter, als wir durch den Schlosspark schlendern. Laura ist ein Stück zurückgeblieben, weil sie irgendetwas fotografiert.

»Oh, das ist mir ein *plaisir*«, lächelt Frau Kessel. »Übrigens, Anna ...«

»Ja?«

»Ist etwas mit Laura?«

»Nein, warum? Was soll denn sein?«

»Sie ist seit ein paar Tagen anders als sonst. Ein wenig traurig.«

»Wirklich? Ist mir gar nicht aufgefallen.«

Stimmt nicht, es ist mir sehr wohl aufgefallen. Laura benimmt sich zwar wie sonst, oder bemüht sich jedenfalls, es zu tun, aber in manchen Momenten, wenn sie sich unbeobachtet glaubt, hat sie diesen grüblerisch-melancholischen Ausdruck im Gesicht, der sofort verschwindet, wenn man sie anspricht.

»*Ich* merke das, ich bin schließlich ihre Mutter. Kann es sein, dass sie Liebeskummer hat?«

»Zu mir hat sie nichts gesagt«, antworte ich, was ja auch der Wahrheit entspricht. Warum nur klingt das in meinen Ohren wie eine Lüge?

10

DER STREIT

LAURA

Zwei Tage sind seit unserem gemeinsamen Besuch im Louvre vergangen. Ich habe mich wieder einigermaßen beruhigt. Und nicht nur das. Inzwischen bin ich mir nicht mehr hundertprozentig sicher, dass da etwas war zwischen Anna und Jo. Nur noch zu achtzig Prozent, so in etwa. Denn es *kann* immerhin sein, dass sie sich einfach nur gut unterhalten haben. Dass Anna sich nichts dabei gedacht hat. Vielleicht wollte sie meinen Freund einfach nur besser kennenlernen. Ich habe sie schließlich oft genug gefragt, wie sie ihn findet, und vielleicht wollte sie nur mal etwas anderes sagen können als *nett*.

Wenn es so war, überlege ich, kann es ihr ja nicht allzu viel ausgemacht haben, dass ich den andern und besonders Jo von ihrem angeblichen »Freund« erzählt habe. Wenn an der Sache mit ihr und Jo aber was dran ist, dann habe ich ihr genau den richtigen Schuss vor den Bug verpasst.

Ich hab den Eindruck, dass dieser Dämpfer unserer Freundschaft nicht geschadet hat. Und das ist doch die Hauptsache, denn auf gar keinen Fall will ich nur auf einen Verdacht hin einen großen Krach mit Anna riskieren. Ich will überhaupt keinen Krach mit Anna. Sie ist und bleibt meine beste Freundin. Unsere Freundschaft darf keinesfalls wegen eines Jungen in die Brüche gehen!

Eigentlich ist Anna sogar mehr als nur eine Freundin. Sie war für mich immer wie eine Schwester. Und wie es unter

Schwestern halt so ist, ging sie mir ab und zu auch auf die Nerven. Dann sehnte ich mich nach einer anderen Freundin, einer, die etwas mehr hermacht, die aufregender ist, witziger, inspirierender, die nicht einfach nur an meiner Seite ist, weil es eben schon immer so war.

In der sechsten Klasse zog ich ein paar Wochen lang mit Katharina herum. Sie war selbstbewusst und draufgängerisch und anfangs hatten wir viel Spaß. Wir machten Sachen, die mit Anna nie gegangen wären: Schminksachen klauen im Drogeriemarkt, unserem Lieblingslehrer einen anonymen Liebesbrief schreiben, so was eben. Aber bei all dem war Anna stets in meinem Kopf, und nicht nur das: Da wir im Unterricht immer noch nebeneinandersaßen, konnte ich ihr nicht einmal aus dem Weg gehen. Ihr stummes Leiden verursachte mir ein schlechtes Gewissen, und das machte mich erst recht wütend, sodass ich ihre Gegenwart kaum noch ertragen konnte.

Kurz vor den Osterferien geriet ich mit Katharina wegen einer Kleinigkeit in Streit, und danach fing sie an, gegen mich zu intrigieren. Das hätte Anna nie gemacht!

Und Anna? Sie verlor kein Wort über die Sache. Genau wie jetzt auch. Sie war einfach wieder da für mich, wir hingen in den Ferien jeden Tag zusammen ab, als wäre nichts gewesen. Das konnte Anna schon immer gut: verzeihen, ohne dass sie nach einer Entschuldigung und/oder einer Aussprache verlangt hätte.

Vielleicht wäre es besser gewesen, wir hätten uns ab und zu gefetzt. Auch streiten will gelernt sein, und eine ehrliche Aussprache ist oft besser, als alles in sich reinzufressen und zu tun, als wäre nichts gewesen. Aber das haben wir immer vermieden – und wenn ich ehrlich bin, tun wir das jetzt auch wieder.

Trotzdem verspüre ich nach wie vor überhaupt keine Lust, das, was im Louvre *vielleicht* vorgefallen ist, mit Anna zu diskutieren.

»Du, Anna, kann es sein, dass du meinen Freund angemacht hast? – Nein? – Gut so, denn wenn es so wäre, dann würde ich das von dir nicht in Ordnung finden, Anna, das wollte ich dir nur sagen.«

Am Arsch!

Ich werde es so machen wie Anna all die Jahre: Schweigen und ihr den Ausrutscher – falls es einer war – verzeihen. Ich werde die nächsten drei Tage so tun, als ob nichts gewesen wäre. Am Sonntag fährt Anna nach Hause, danach ist wieder Schule, alles geht seinen geregelten Gang und ich werde Zeit haben, um die Scherben aufzukehren und der ins Stocken geratenen Beziehung zwischen Jo und mir wieder auf die Sprünge zu helfen.

Ich muss Anna nur in den nächsten Tagen von Jo fernhalten, denn wie heißt es so schön: Vorsicht ist die Mutter der Porzellankiste.

Das dürfte nicht allzu schwer sein, denn Jo ist abgetaucht: Seit Montagabend hat er sich bei niemandem gemeldet. Ob er noch um seinen Großvater trauert? Oder etwa doch um Anna?

Egal, ich lasse ihm einfach Zeit. Es hat eh keinen Sinn, etwas zu unternehmen, solange Anna noch hier ist.

Mein Gott, wie traurig, dass ich schon die Tage zähle, bis Anna wieder wegfährt. Wie hat es nur so weit kommen können?

Ich muss gähnen. Der Tag in Versailles, diese stundenlange Rumlatscherei, steckt mir noch in den Knochen. Aber bevor ich schlafe, muss ich noch rasch eine Mail beantworten:

Von: Hendrik Cornelius <hennecorn@uni-stuttgart.com>
An: Laura Kessel <laura.ka1509@gmail.com>

Hi, Laura, ich habe über die Warteliste doch noch einen Flug bekommen. Ich lande morgen, also Donnerstag, um 13 Uhr in Paris. Wollen wir uns gegen Abend treffen? Meine Handynummer habt ihr ja. Meldet euch.
Wie geht es Anna? Ich habe schon länger nichts mehr von ihr gehört, ist alles klar bei euch?
Bis bald, Hendrik

Die Mail kam nach dem Abendessen. Komisch, dass Hendrik nur mir geschrieben hat und nicht Anna. Aber ich merke, ich bin heilfroh, dass er kommt. Ich hoffe, dass er mich etwas von Anna entlastet, und gleichzeitig merke ich, dass ich ein bisschen aufgeregt bin, ihn wiederzusehen. Als ich jünger war, habe ich heimlich für Hendrik geschwärmt. Mal sehen, wie das jetzt so ist …

Von: Laura Kessel <laura.ka1509@gmail.com>
An: Hendrik Cornelius <hennecorn@uni-stuttgart.com>

Lieber Hendrik,
fein, dass das mit deinem Flug geklappt hat. Klar sehen wir uns morgen!!! Wie lange bleibst du? Es wird dir hier gefallen, Paris ist eine ganz andere Nummer als Stuttgart, glaub mir.
Mit dir als »Erwachsenem« (haha) kommen wir auch in die coolen Clubs rein. Vergiss also den Muttizettel nicht! Wir können uns dann revanchieren, indem wir dich beim Shopping beraten. ☺

Keine Sorge, Anna geht es gut, wir waren nur ziemlich beschäftigt. Hat Anna dir keine Fotos geschickt? Heute waren wir in Versailles, meine Füße sind platt vom vielen Rumlaufen.
Also dann, guat's Nächtle, wie man bei euch sagt ☺
Laura

Bevor ich das Licht lösche, schreibe ich noch eine WhatsApp an Jo.

Hey, lange nichts gehört, ist bei dir alles
okay? Gib doch mal ein Lebenszeichen.
Grüße, Laura

Denn trotz des Störfaktors Anna darf ich den Faden zu ihm nicht völlig abreißen lassen.

Am nächsten Morgen ist der Blick zum Handy das Erste, kaum dass ich die Augen geöffnet habe. Jo hat bis jetzt nicht geantwortet. Was ist los mit ihm? Andererseits ist es erst halb neun, vielleicht schläft er ja noch.

Ich stehe in Unterwäsche vor meinem Kleiderschrank und überlege. Kleid oder Hose? Brauche ich eine Jacke? Es ist ein strahlender Frühlingstag, aber auf dem Eiffelturm kann es ganz schön ziehen. Ich habe Anna zeitig geweckt und sie zur Eile angetrieben, denn je später wir dran sind, desto länger werden die Schlangen vor den Aufzügen sein.

Wir sind allein in der Wohnung, *maman* ist in ihrem Atelier. Es liegt nur zwei Blocks weiter, in einem alten Fabrikgebäude. Ein Atelier in Paris. Wenigstens ihre Träume haben sich erfüllt. Verständlich, dass sie hier nicht mehr wegwill.

»Ich glaub's einfach nicht!«

Ich drehe mich um. Anna steht in der Tür und starrt mit verkniffener Miene auf ihr Handy.

»Was ist?«, frage ich, obwohl ich da bereits so eine Ahnung habe. »Hat dir jemand auf Tinder obszöne Bilder geschickt?«

»Hä? Ich bin nicht auf Tinder. Du etwa?«

»War 'n Witz. Nein!«

»Mein Bruder hat geschrieben. Er kommt hierher.«

»Was, Hendrik?«, frage ich scheinheilig.

»Wie viele Brüder habe ich denn?«

»Hendrik kommt nach Paris?«

»Sag ich doch. Herrgott, was soll das denn jetzt?« Anna ist offensichtlich nicht begeistert darüber.

»Braucht man einen Grund, um im Wonnemonat Mai nach Paris zu kommen?«, entgegne ich betont munter. »Schau zum Fenster raus, dann weißt du es.«

»Er schreibt, dass er hier einen Kumpel besuchen will und einen Billigflug ergattert hat. Er kommt heute Mittag um 13 Uhr am Flughafen an.«

»Was, heute schon?«, gebe ich mich überrascht.

»Ja!«, ruft Anna und klingt ziemlich angepisst. »Ich kapier das nicht, was will der denn jetzt hier?« Sie lässt sich stöhnend auf mein Bett plumpsen.

Ich zucke mit den Schultern. »Steht doch da. Seinen Kumpel besuchen. Ist doch nicht schlimm. Besser, als wenn deine Eltern kämen«, füge ich grinsend hinzu.

»Das fehlt noch«, schnaubt Anna. »Aber muss er ausgerechnet dann nach Paris kommen, wenn ich da bin?« Sie ist wieder aufgesprungen und tigert in meinem Zimmer auf und ab.

»Hey, was regst du dich denn auf? Ich wäre froh, wenn ich einen großen Bruder hätte, der auf mich aufpasst.«

»Du meinst, er kommt, um auf mich aufzupassen?« Eine misstrauische Falte erscheint wie ein Ausrufezeichen zwischen Annas Augen.

»Quatsch! Mensch, Anna, das war ein Witz.«

»Noch einer«, bemerkt Anna finster. »Hast du einen Clown gefrühstückt?«

Ich muss jetzt wirklich lachen, weil sie sich gar so aufregt.

Anna steht am Fenster und starrt hinaus. »Verdammt, kann ich denn nicht ein einziges Mal was allein machen?«

»Komm schon, Anna, sei kein Sturkopf. Er denkt bestimmt, er macht dir eine Freude«, versuche ich die Wogen zu glätten. »Wir werden einen Haufen Spaß haben, Hendrik ist doch ganz in Ordnung. Hat er geschrieben, wo er wohnen wird?«

»Am Montmartre.«

»Cool. Dann schreib ihm, dass wir uns gegen vier Uhr vor Sacré-Cœur treffen. Wir können dort ein bisschen abhängen und dann was essen gehen und anschließend um die Häuser ziehen. Das wird sicher lustig. Vielleicht bringt er diesen Kumpel auch mit. Kennst du den, ist der okay?«

»Keine Ahnung, ich höre zum ersten Mal, dass er einen Kumpel hat, der in Paris wohnt.« Sie tippt irgendetwas in ihr Handy.

»Weiß du was?«, sage ich munter. »Dann brauchen wir uns jetzt gar nicht abzuhetzen. Verschieben wir das mit dem Eiffelturm doch auf morgen oder übermorgen, dann kann Hendrik mitkommen. Der will sicher auch da rauf, Jungs wollen das immer.«

»Siehst du! Schon geht's los. Schon müssen wir auf ihn Rücksicht nehmen.«

Ich mache eine beruhigende Geste, als würde ich ein scheuendes Pferd beruhigen. »Anna, wir müssen gar nichts. Wenn du jetzt zum Eiffelturm willst, dann machen wir das, ist gar kein Problem. Los, auf geht's.«

»Nein, schon okay«, murmelt Anna. »Dann kann ich ja erst mal in Ruhe duschen gehen, oder?«

»Klar, mach das. Und ich überlege derweil, was wir mit dem angebrochenen Tag anstellen können. Wir könnten endlich unsere Bootsfahrt machen, bei dem schönen Wetter …«

Aber Anna ist schon gegangen.

Jetzt verstehe ich, warum Hendrik nicht wollte, dass ich ihr von seinen Plänen erzähle, und warum er sie erst heute über seine Ankunft informiert. Bestimmt hätte sie sonst versucht, es ihm auszureden. Dass sie so heftig auf seinen Besuch reagiert, hätte ich wirklich nicht gedacht. Denkt sie wirklich, dass er sie kontrollieren will? Will er das etwa tatsächlich? Nein, Quatsch. Ich bin schuld, ich habe ihm zu viel von Paris vorgeschwärmt. Aber das sage ich Anna lieber nicht.

Weil jetzt noch Zeit ist, schlüpfe ich in meine Jogginghosen, rolle die Yogamatte aus und mache zehn Sonnengrüße und noch ein paar andere Übungen. Danach fühle ich mich wacher. Ich schaue zum Fenster hinaus und überlege, was wir unternehmen könnten. Was würde ich jetzt ohne Anna machen? Die anderen anchatten und fragen, was geht. Aber das will ich nicht. Nicht, dass Jo und Anna … Ich vertreibe diesen Gedanken.

Hat sie Hendrik eigentlich geantwortet? Ich sehe Annas Handy auf dem Bett liegen und schnappe es mir. Sie hat tatsächlich immer noch dasselbe Passwort. Ich öffne ihren Mailaccount und und lese Hendriks Nachricht und Annas Antwort. Ja, sie hat ihm geschrieben, dass wir uns um vier Uhr auf dem Montmartre treffen. Nur das. Kein *toll, dass du kommst,* kein *ich freu mich,* nicht mal *liebe Grüße.* Nur die blanken Fakten. Sie muss wirklich ziemlich stinkig sein.

Er hat auch entsprechend knapp geantwortet, nämlich nur mit *ok.*

Ich dagegen bin froh, dass Hendrik heute schon kommt. Vielleicht kann ich Anna morgen ihrem Bruder aufhalsen und mich mal wieder in Ruhe mit meinen Freunden treffen. Mit Jo vor allen Dingen.

Aus reiner Gewohnheit gehe ich zurück zur WhatsApp-Startseite. Was ist das denn? Ich sehe wohl nicht recht! An zweiter Stelle steht Jo – was bedeutet, dass sie vor Kurzem mit ihm gechattet hat. Woher hat sie überhaupt seine Nummer? … Das ist schon sehr eigenartig.

Ich weiß, dass man fremde Nachrichten nicht lesen soll, aber das hier ist eine Ausnahmesituation. Ich muss wissen, was da läuft. Also tippe ich Jos Namen an.

Ich wäre jetzt gern bei dir.
Ich würde gern deine Sternbild-Sommersprossen küssen.

Das wäre schön, ja.

Gute Nacht, Anna.
Ich werde von dir träumen.

Aber nichts Unanständiges!

Was verstehst du denn darunter?

Alles, wobei ich keine Kleidung trage.

Kann ich nicht garantieren ;-)

Okaaaay … also schlaf gut.

Was, bitte schön, ist das? Bin ich hier im falschen Film? Atemlos und mit wild klopfendem Herzen scrolle ich noch weiter zurück.

Anna, bist du noch wach?

Ja.

Noch sauer auf mich?

Nein ☺

Ich muss dauernd an dich denken.

Ich auch. Ziemlich oft jedenfalls.

Es war schön, dich zu küssen.

Ja, das fand ich auch.

Das verlangt nach Wiederholung.

Lass uns morgen drüber reden, okay?

Okay. Ich freu mich.

Ich glaube, ich habe mich in dich verliebt,
Anna.

Ich glaube, ich mich auch in dich.

Du bist was ganz Besonderes.

Du auch ☺

Weißt du, was verrückt ist?

Was?

Du erinnerst mich an die Mona Lisa.

Bin ich auch so pausbäckig?

Nein, aber dieses rätselhafte Lächeln
erinnert mich an dich.

Wir sollten sie uns zusammen ansehen.

Ja, das sollten wir.

Ich ringe nach Luft. Meine Augen starren auf den Bildschirm und mein Hirn versucht zu begreifen, was da steht.

Es war schön, dich zu küssen.

Wie bitte? Wann haben sie sich denn geküsst? Auf der Party etwa? Aber das hätte ich doch mitbekommen, und da hat er doch noch mit mir getanzt und hätte beinahe *mich* geküsst.

Der Chat fand in der Nacht von Sonntag auf Montag statt. Wann waren die beiden lang genug alleine, um sich so gut kennenzulernen, dass sie sich gleich küssen?

Die Katakomben!

Genau, ich erinnere mich: Danach, als sie in das Café kamen, war Jo recht komisch, und dann ist er ja auch ziemlich schnell abgehauen. Anna hab ich hingegen nichts angemerkt. Was für eine falsche Schlange!

Ich schnappe nach Luft.

Das darf doch nicht wahr sein! Kann man denn seine angeblich beste Freundin und seinen zukünftigen Freund nicht einmal für eine halbe Stunde alleine lassen? Denn viel länger dauert so eine Führung nicht. Haben die etwa zwischen *Totenschädeln* rumgemacht? Wie pervers ist das denn? Und wo waren die anderen? Wissen etwa schon alle Bescheid, was da läuft, nur ich nicht?

Mir wird abwechselnd heiß und kalt.

Das ist ein Albtraum.

Anna und Jo.

Nein, ich will diese beiden Namen nicht zusammen denken.

Ich sitze da und zittere am ganzen Leib.

Wie konnte das passieren? Was habe ich übersehen? Hätte ich es irgendwie verhindern können?

Vor einer knappen Woche war mein Leben noch völlig in Ordnung, nein, es war sogar sehr gut, ich war glücklich und verliebt, und jetzt stehe ich vor einem Scherbenhaufen. Und das alles …

Die Tür geht auf. »Sorry, ich hab mein Handy …«

Sie hat ihr neues Kleid angezogen, ihr Haar, noch feucht vom Waschen, kräuselt sich um ihr ungeschminktes Madonnengesicht. *Sternbild-Sommersprossen.* Was, zum Teufel, soll das?

Sie sieht so unschuldig aus und dabei ist sie das gemeinste, hinterhältigste und durchtriebenste Luder, das mir jemals begegnet ist! Und mir sind schon viele begegnet, besonders in den letzten Monaten.

Könnten doch Blicke töten, nur dieses eine Mal!

Ich möchte sie umbringen, ihr den Hals umdrehen, sie vom Balkon werfen …

Ich hasse sie. Ich habe noch nie jemanden so sehr gehasst wie Anna in diesem Moment.

ANNA

Als ich ins Zimmer komme, sitzt Laura auf ihrem Himmelbett und hält mein Telefon am ausgestreckten Arm von sich weg, als wäre es ein Tier, das sie jeden Moment anfallen könnte. Dann hebt sie den Kopf und sieht mich von unten herauf an, mit einem Blick, der die Hölle zum Gefrieren bringen würde.

Ich weiß sofort, was los ist, noch bevor Laura das Handy auf den Boden pfeffert und schreit: »Du Miststück, du miese, gemeine Bitch! Hast du denn gar keinen Funken Anstand mehr im Leib? Du kommst hierher, und dir fällt nichts Besseres ein, als bei der erstbesten Gelegenheit meinen Freund anzumachen?«

Mich überrollt eine heiße Welle. Jetzt ist alles aus. Das ist der Super-GAU. Ich möchte wegrennen, rückwärts zur Tür hinaus, aber ich stehe da wie angetackert und bringe kein Wort heraus. Was sollte ich auch sagen? Sie hat ja recht.

Laura ist aufgesprungen und jetzt kommt sie langsam auf mich zu. Sie hat die Arme in die Seiten gestützt, ihre Augen sind ganz schmal. »Du hast mich gefragt, warum ich das mit dem Foto im Museum gemacht habe. Ja, warum wohl? Weil ich nicht doof bin, weil ich gemerkt habe, dass da was im Gange war. Wie ihr euch im Louvre benommen habt! Schlimm genug, dass du meinem Freund mitten in der Nacht widerliche Sachen schreibst, aber ihn vor mir und allen meinen Freunden anzubaggern …«

Ihre Wiederholung der Worte *mein Freund* reizt mich zum Widerstand. Bildet sie sich ein, dass die ganze Welt ihr gehört? Meine Scham schlägt um in Wut und ich erwidere mit eisiger Stimme: »Er ist nicht dein Freund! Das hast du dir nur eingeredet oder hast es mir weismachen wollen. Jo findet dich bloß *nett*.«

Treffer versenkt. Ich sehe es ihr an, ihr Kinn zittert und ihre Stimme klingt brüchig wie ein mürber Keks, als sie sagt: »Das ist nicht wahr.«

»Er hat es mir sogar geschrieben, hast du das nicht gelesen?«

Ihrem Gesichtsausdruck nach wohl nicht. Ich nutze den Moment ihrer Fassungslosigkeit und sage: »Wenn du schon in meinem Handy rumschnüffelst, was ich übrigens total unterirdisch finde, dann lies doch wenigstens gleich alles! Hier! Soll ich es dir zeigen?« Ich hebe mein Handy vom Boden auf. Hoffentlich ist es nicht kaputt.

Lauras Gesicht hat rote Flecken bekommen. So etwas ist sie nicht gewohnt, und von mir schon gar nicht. Ihre Stimme schnappt über, als sie mich anschreit: »Gott, bist du mies! So was Hinterhältiges, das glaub ich einfach nicht! Ist das der Dank dafür, dass ich dich all die Jahre mitgezogen habe?«

»Wie bitte?« Jetzt schreie auch ich. »*Mitgezogen?* Dass ich nicht lache! Wer hat denn wen in Mathe und Physik dauernd abschreiben lassen?«

»Davon rede ich nicht«, zischt Laura. »Wie eine Klette hast du an mir geklebt. Ohne mich wärst du doch nur eine schrullige Außenseiterin, die von allen gemobbt wird. Denn das passiert normalerweise solchen Freaks wie dir! Ich habe deine Eifersucht ertragen und deine Leidensmiene, wenn ich mal was mit anderen gemacht habe. Hast du überhaupt eine Ahnung, wie erdrückend das für mich war?«

»Wenn es so erdrückend war, warum bist du dann immer wieder angekrochen gekommen?«, gifte ich zurück. Inzwischen bin ich selbst stinkwütend.

Doch Laura geht gar nicht darauf ein. Sie hat sich in Rage geredet und faucht: »Du bist wie eine Zecke, Anna, du saugst einen aus. Aber ich bin nicht länger dein Wirtstier. Nicht nach dem, was du dir geleistet hast. Kaum bist du hier, wirfst du dich meinem Freund an den Hals und schreibst ihm mitten in der Nacht schlüpfrige Chatnachrichten. Das ist so widerlich! Und wann habt ihr euch eigentlich geküsst?«

»Das geht dich einen Scheißdreck an!«, schreie ich, denn auch bei mir sind nun alle Dämme gebrochen.

»Das geht mich sehr wohl was an!«, brüllt Laura zurück.

Ich will mir das nicht länger anhören, ich will jetzt nur noch raus. Raus aus diesem Zimmer, raus aus dieser unerträglichen Situation, und zwar schnell, bevor Laura noch völlig ausrastet.

Ich drehe mich um und gehe mit raschen Schritten hinüber in mein Zimmer. Keine Sekunde zu früh. Hinter mir klirrt etwas, Scherben schlittern über das Parkett. Eine Milchkaffeeschale. War wohl für meinen Kopf bestimmt, hat aber nur die Wand getroffen. Im Werfen war Laura schon immer eine Niete.

Zum Glück steht der kleine Rucksack schon fertig gepackt für den ursprünglich geplanten Ausflug zum Eiffelturm auf der Kommode. Ich schnappe ihn mir, greife nach meinen Sneakers, steige barfuß über die Scherben und stürme den Flur entlang.

»Ja, hau ab! Gute Idee! Ich will dich nie wiedersehen, in

meinem ganzen Leben nicht«, schallt es mir hinterher, ehe die Wohnungstür hinter mir zuknallt.

Noch immer die Schuhe in der Hand, renne ich die Treppen hinunter. Die Concierge hebt missbilligend die Augenbrauen, als sie mich aus dem Haus stürzen sieht. Erst vor der Haustür setze ich mich auf die Stufen und ziehe mir die Schuhe an. Tränen laufen mir über die Wangen, ich schaffe es kaum, mir die Schnürsenkel zuzuschnüren.

Ich hätte den Chat löschen sollen.

Murphy's law. Ich hatte sogar mal ein T-Shirt, auf dem *shit happens* stand.

Zumindest hätte ich die PIN ändern sollen. 1452, das Geburtsdatum von Leonardo da Vinci, hab ich schon Ewigkeiten, und natürlich hat Laura sich daran erinnert.

Ich hätte so vieles nicht tun sollen.

»Ist alles in Ordnung, meine Kleine?«

Vor mir steht eine elegant gekleidete Dame – ungefähr zwischen sechzig und achtzig, ich kann alte Leute nicht gut schätzen – und sieht mich besorgt an.

Ich sage Ja und versuche, sie durch meinen Tränenschleier hindurch anzulächeln. Sie lächelt zurück und reicht mir ein Taschentuch. Es ist aus Stoff und hat einen bestickten Rand.

»Danke, geht schon«, sage ich abwehrend, denn das Tuch ist viel zu hübsch, um es zu benutzen.

»Nimm schon«, sagt sie und legt mir das Taschentuch auf mein Knie. Ich wische mir damit die Tränen weg. Ich müsste mir auch dringend die Nase putzen, aber ich kann doch nicht in das schöne Taschentuch rotzen.

»Liebeskummer?«

Ich nicke. Stimmt ja auch. Wenigstens zur Hälfte.

»Da musst du durch. Müssen wir alle mal. Meistens sogar mehrmals.« Sie zuckt mit den Achseln und geht weiter.

Ich muss trotz allem beinahe lachen. Das ist ja ein toller Trost. Aber hätte sie gesagt »das geht vorbei« oder »halb so schlimm«, wäre ich vermutlich nur sauer geworden.

»Madame, Ihr Taschentuch!« Ich stehe auf und renne ihr nach.

»Behalte es, ich habe viele davon.«

»Wirklich?«

»Wenn ich es doch sage.«

»Danke«, sage ich, und sie lächelt mir erneut aufmunternd zu, ehe sie auf ihren Pumps weitertrippelt.

Ich sollte zusehen, dass ich hier wegkomme. Womöglich steht Laura wie ein Racheengel auf dem Balkon und beobachtet mich. Am Ende wirft sie noch mit Blumentöpfen nach mir. Wenn Laura wütend ist, denkt sie nicht mehr groß nach, und so wütend wie eben habe ich sie überhaupt noch nie erlebt.

Ohne einen Blick nach oben zu riskieren, setze ich mich in Bewegung. Das Taschentuch behalte ich in der Hand, denn ich befürchte, dass ich es noch ein paarmal brauchen werde.

Eine Weile lang laufe ich ziellos durch die Straßen und versuche, meine Wut und meine Verzweiflung in den Griff zu bekommen. Besonders erfolgreich bin ich damit nicht.

Ich habe Jo verloren und nun auch noch Laura.

Denn nach all dem, was sie mir vorhin an den Kopf geknallt hat, ist es unmöglich, noch weiterhin ihre Freundin zu sein. Dass sie mich wegen der Sache mit Jo ein hinterhältiges Miststück genannt hat – geschenkt. Hätte ich an ihrer Stelle sicher auch getan. Es muss sie ziemlich geschockt haben, schwarz auf weiß zu lesen, dass Jo in mich verliebt ist. In *mich*, Anna Cornelius, die Unscheinbare, die ewige zweite Geige. Das muss ihrem Ego einen gewaltigen Dämpfer versetzt haben. Klar, dass sie reagiert wie eine Furie.

Richtig verletzt hat mich jedoch dieser Spruch mit der Zecke und dem Wirtstier und dazu ihr Vorwurf, ich hätte sie all die Jahre erdrückt. Das hat gesessen. Okay, sie war stinkwütend und im Zorn sagt man vieles, was man hinterher bereut. Obwohl ich nicht glaube, dass Laura irgendetwas davon bereut.

Immer wieder muss ich stehen bleiben und mir die Tränen wegwischen, weil ich sonst nichts sehe.

Was mache ich denn jetzt? Wie soll es weitergehen?

Soll ich früher als geplant nach Hause fahren? Heute noch? Dann muss ich die unangenehmen Fragen meiner Mutter beantworten, und am Ende wird sie doch nur sagen, sie habe ja immer schon gewusst, dass *diese Laura* nichts taugt. Den Triumph will ich ihr nicht gönnen.

Meine Eltern dürfen nichts von alledem hier erfahren. Ich bin alt genug, um diese Krise alleine in den Griff zu kriegen.

Nein, nicht ganz allein, fällt mir plötzlich ein. Hendrik ist doch im Anflug. Vielleicht kann er mir aus der Patsche helfen. Wozu sind große Brüder denn sonst gut?

So wenig begeistert ich bis eben von der Aussicht war, dass Hendrik kommt, jetzt kommt er mir gerade recht. Ich werde ihn fragen, ob ich bis Sonntag ebenfalls bei diesem Kumpel schlafen kann. Es handelt sich ja schließlich um einen Notfall. Wenn das nicht klappt, muss ich mir von ihm Geld leihen und mir ein billiges Hostel suchen oder, wenn was frei ist, in der Jugendherberge übernachten.

Diese Aussicht lässt mich ein kleines bisschen aufatmen.

Kaum geht es mir einen Tick besser, merke ich, dass ich Hunger habe. Da vorne gibt es ein Bistro, das Schild sieht zumindest danach aus. Hoffentlich hat es schon auf.

Es hat, und es ist sogar richtig viel Betrieb. Die arbeitende Bevölkerung deckt sich hier mit Coffee to go und mit Gebäck fürs zweite Frühstück ein, die Stehtische sind besetzt mit Männern in Handwerkeroveralls und Anzügen und Frauen im Businesslook, die hier ihren Kaffee trinken, sich unterhalten, ihre Handys checken oder einen Blick in eine der ausliegenden Zeitungen werfen. Ich komme mir deplatziert vor – ein Fremdkörper in der Alltagsroutine dieser Menschen. Ich bin wahrscheinlich die Einzige hier, die kein Ziel hat. Aber niemand schenkt mir Beachtung. Ich sollte wirklich etwas selbstbewusster sein und mir nicht ständig darüber Gedanken machen, ob ich vielleicht gerade irgendwem auffalle.

Als ich an der Reihe bin, bestelle ich einen einfachen Kaffee und dazu ein Schokoladen-Eclair. Ich könnte noch mehr davon essen, aber ab jetzt muss ich mit meinem Geld haushalten. Meine Mutter hat mir für den Notfall ihre Kreditkarte mitgegeben, aber ich möchte es unbedingt vermeiden, sie zu benutzen.

Die Bedienung löst gerade die Ketten von den Stühlen vor dem Laden und wischt die Tische ab. Ich setze mich nach draußen. Die Morgensonne ist noch ein wenig fahl, aber mit der Strickjacke um die Schultern geht es. Ich beobachte die Leute, die vorbeilaufen, und das Kommen und Gehen im Café. Ab und zu streift ein Hauch von Parfüm meine Nase. Die Pariser benutzen gern und viel Parfüm, nicht nur die Frauen, das habe ich schon gemerkt. Ich lehne mich zurück und lausche den Straßengeräuschen, dem Vogelgezwitscher und den Fetzen dieser immer noch fremden Sprache, von der ich immer nur die Hälfte verstehe, wenn überhaupt, und die doch so schön klingt. Ein Mann mit einem Pudel geht vorbei und lächelt mich an und ich lächle zurück. Das ist es, was anders ist als zu Hause: Die Menschen lächeln auf der Straße. Nicht alle natürlich, aber doch etliche. Ob mir so etwas wie eben, mit der alten Dame und ihrem Taschentuch, wohl auch in Deutschland passiert wäre? Kann ich mir nicht vorstellen.

Vielleicht, sinniere ich vor mich hin, wird Paris auch deshalb die Stadt der Liebe genannt, weil die Leute hier das Leben zu lieben scheinen und dies auch zeigen.

Ich stelle mir vor, wie es wäre, hier zu wohnen und zu arbeiten und jeden Morgen in so einem Café zu frühstücken. Aber ich sehe nicht mich im eleganten Bürolook am Tresen stehen, ich sehe Laura. Das hier ist ihre Stadt.

Nein, verdammt, es ist nicht *ihre* Stadt! Das wäre ja noch schöner. Ich werde heute Paris für mich erobern. Jetzt erst recht. Sicher glaubt Laura, ich sitze den ganzen Tag heulend auf einer Parkbank herum und komme am Abend reumütig wieder angekrochen. Aber das kann sie vergessen. Ich werde nur noch ein einziges Mal dorthin zurückgehen: um mein Gepäck zu holen und mich von Lauras Eltern zu verabschieden. Das war es dann. Damit ist das Kapitel Laura für mich erledigt, endgültig und für alle Zeiten.

Das Spitzentaschentuch kommt noch einmal zum Einsatz,

und dann fasse ich einen Entschluss: Ich werde Laura Kessel in Zukunft aus meinem Leben verbannen.

Und das hat gar nichts mit Jo zu tun.

Jo.

Ich sehe ihn vor mir, wie er im Abteil sitzt, in seinen Hosenträgern und dem karierten Sakko. Wie er sich nach vorn beugt und meine Sommersprossen anstarrt. Ich mag seine bernsteinfarbenen Augen, ich mag sein störrisches Haar, ich liebe es, wenn er lächelt. Und seine Hände. Ich mag seine Hände, sie sind breit, aber mit langen Fingern. Und natürlich begeistert mich sein Intellekt, da geht es mir wie Laura. Ich finde es bemerkenswert, dass er sich für so viele Dinge interessiert, und ich möchte noch viel mehr über ihn wissen, ich weiß noch viel zu wenig von ihm. Im Zug haben wir über alles Mögliche gesprochen, aber kaum über Persönliches – den gerade verstorbenen Großvater ausgenommen. Ich weiß sonst nichts über seine Familie, nicht mal, ob er noch Geschwister hat. Ich weiß nur, dass er im 15. Arrondissement wohnt, das ist das Arrondissement Vaugirard, und es ist ziemlich groß, ich habe es gegoogelt.

Soll ich ihn vielleicht anrufen?

Aber ich wage es nicht. Noch eine Abfuhr, noch jemanden, der mich womöglich beschimpft und mir Vorwürfe macht, das ertrage ich im Augenblick nicht. Vielleicht schreibe ich ihm, morgen.

Für heute reicht es, wenn ich Hendrik meinen Streit mit Laura gestehen muss. Dann wird er natürlich wissen wollen, was der Grund ist, und natürlich werde ich schlicht und einfach sagen, wie es ist: dass Laura wütend ist und mich rausgeworfen hat, weil sich ein Junge, in den sie verliebt ist, in mich verliebt hat. Aber wird er mir das glauben? Die Wahrheit klingt so unwahrscheinlich. Vielleicht hängt Laura auch schon am Telefon, klagt ihm ihr Leid, zieht über mich her und verdreht die Tatsachen oder erzählt blanke Lügen, so wie neulich im Louvre. So oder so werde ich schlecht dabei wegkommen.

Ein paar Stunden Gnadenfrist habe ich ja noch. Die sollte ich sinnvoll nutzen, anstatt mich hängen zu lassen und über Laura nachzudenken.

Ich beschließe, mich bei Hendrik zu melden, wenn er gelandet ist. Er ist mein großer Bruder, er wird mich nicht hängen lassen. Bis dahin schalte ich lieber vorsorglich mein Telefon aus. Ich will nicht mit Lauras Mutter reden, die mich sicher aufgeregt anrufen wird, sobald sie merkt, dass ich gegangen bin. Außerdem ist mein Akku fast leer und ich habe das Ladekabel nicht dabei.

Zack – ausgeschaltet. Ich bin dann mal weg.

II

WO IST ANNA?

LAURA

Es war klar, dass sie abhaut. Schon immer war es Annas erster Reflex, sich zu verpissen, wenn es brenzlig wird. Und ja, ich bin froh, ihre scheinheilige Visage nicht mehr sehen zu müssen.

So langsam fange ich an, einzelne Puzzlestücke zusammenzufügen. Ich erinnere mich, wie komisch sie am Montag reagiert hat, als meine Klavierstunde schließlich doch noch ausfiel. Da mache ich ahnungsloses Schaf noch Witze darüber, ob sie sich heimlich mit irgendwem treffen will, dabei hatte sie genau das geplant: ein Rendezvous mit Jo! Und dann im Louvre, dieses Getuschel der beiden ... Ich *wusste,* dass da was nicht stimmt, und doch wünschte ich mir gleichzeitig, mich zu irren. Aber jetzt passen alle diese Teile zusammen, ich sehe das fertige Bild und komme mir saublöd vor. Bestimmt haben die beiden sich köstlich darüber amüsiert, wie sie mich verarscht haben. Wie perfide, wie gemein, wie ... mir gehen die Begriffe aus.

Inzwischen kann ich wieder halbwegs klar denken und merke, dass ich zu alledem auch noch ein weiteres Problem habe. Ich weiß nicht genau, wann meine Mutter nach Hause kommt, aber eines ist sicher: Wenn sie mitkriegt, dass Anna abgehauen ist, weil wir uns gestritten haben, wird sie ein Riesentheater veranstalten, von wegen Anna sei schließlich unser Gast und wir seien für sie verantwortlich und wie konnte ich sie nur gehen lassen und so weiter. Ich kann praktisch schon hören, wie sie mich zusammenfaltet. Sie wird mir die ganze Schuld geben, wie immer. Die *heilige Anna* ist in ihren Augen stets das Unschuldslamm, das war schon früher so. Wenn wir was angestellt hatten, wurde grundsätzlich mir unterstellt, die Drahtzieherin zu sein und Anna angestiftet zu haben. Okay, häufig war es ja auch so … eigentlich immer. Aber dieses Mal ist es eindeutig Anna, die sich danebenbenommen hat. Aber so was von! Doch das wird meine Mutter nicht interessieren.

Besser, ich verschwinde, bevor sie nach Hause kommt. Sie nimmt an, wir seien zusammen auf dem Eiffelturm, das gibt mir ein paar Stunden Spielraum. Ich muss Anna finden, und zwar möglichst, bevor ihr Bruder hier aufkreuzt. Hendrik wird ebenfalls nicht begeistert sein, wenn er hört, was passiert ist.

Ich schlüpfe in das blaue Sommerkleid mit den kleinen schwarzen Blüten, das momentan mein Lieblingsteil ist. Dann fege ich rasch noch die Scherben im Flur auf und verlasse die Wohnung. Als ich vor der Eingangstür den Hausdrachen in seiner Drachenburg sitzen sehe, kommt mir eine Idee. Ich kritzle Madame Castell meine Handynummer auf ein Stück Papier und bitte sie, Anna in die Wohnung zu lassen, falls diese hier auftauchen sollte, und mich dann anzurufen. Ich weiß nämlich, dass die Concierge einen Generalschlüssel hat, sie hat mich schon reingelassen, als ich mich ausgesperrt habe.

Madame Castell nimmt den Auftrag so griesgrämig wie immer entgegen. Ich sollte ihr demnächst auch mal ein paar Blumen mitbringen, so wie Papa das macht. Ein Trinkgeld wäre ihr vielleicht lieber, aber Papa meint, das sähe gönnerhaft und großkotzig aus. Besser wäre es, sich das Wohlwollen des Hausdrachens mit gelegentlichen kleinen Aufmerksamkeiten zu sichern. Tatsächlich ist mein Vater der Einzige von uns dreien, den sie ab und zu anlächelt und dem sie ohne zu murren jeden Gefallen tut.

Ich bedanke mich artig und gehe hinaus. Draußen riecht der Maitag süßlich nach Lindenblüten und der Abgasfahne eines Motorrollers, der gerade vorbeiknattert. Es hätte so ein schöner Tag werden können, stattdessen ist es der schlimmste meines Lebens.

Was wird Anna jetzt tun? Ihren Bruder anrufen? Wäre möglich.

Es nützt alles nichts, ich muss es herausfinden, und das geht nur, indem ich Hendrik danach frage. Er hat mir inzwischen seine Nachricht an Anna weitergeleitet, also habe ich wenigstens seine aktuelle Handynummer.

Na los, Laura, bring es hinter dich!

Mailbox. Herrgott noch Mal!

Und jetzt? Abwarten, bis Hendrik sich meldet, ihm schreiben, dass er mich dringend anrufen soll?

Ich zögere. Warten ist nicht gerade meine Stärke, lieber würde ich etwas unternehmen. Nur was? Durch ganz Paris irren und hoffen, irgendwo auf Anna zu treffen, macht ja wohl wenig Sinn. Ich stelle mich in den Schatten eines Baums und überlege. Wo könnte sie sein? Anna macht gern für alles Pläne, sie überlässt die Dinge nur selten dem Zufall. Und geplant war ursprünglich, zum Eiffelturm zu gehen. Also ist die Wahrscheinlichkeit hoch, dass sie dies auch verwirklicht. Ich werde versuchen, sie dort zu finden. Einen anderen Anhaltspunkt habe ich ja nicht.

ANNA

Kaum habe ich das Telefon ausgeschaltet, fühle ich mich befreit. Ich bin allein in Paris, abgeschnitten von der digitalen Nabelschnur, unerreichbar. Ich kann tun und lassen, was ich will.

Nur, was will ich eigentlich?

Ich krame in meinem Rucksack nach dem Reiseführer und blättere ihn durch. Laura hat sich neulich darüber lustig gemacht, und ich habe die Augen verdreht und nur »meine Mutter halt« gesagt, und Laura: »Verstehe«.

Jetzt bin ich froh, dass ich den Schmöker dabeihabe. Es gibt in dieser Stadt so vieles, was ich von vornherein ausgeklammert habe, weil ich davon ausgehen konnte, dass Laura sich nicht dafür interessiert. Ich könnte das *Muséum national d'histoire naturelle* besuchen, das *Musée Pasteur* oder das Luft- und Raumfahrtmuseum. Oder ich gehe zur *Conciergerie*, das ist das ehemalige französische Staatsgefängnis, und sehe mir die Zelle von Marie-Antoinette an und eine Original-Guillotine. Alles überaus verlockend, oder etwa nicht? Mein Versuch, mich selbst zu motivieren, will nicht so recht klappen. In Wirklichkeit bin ich antriebslos und mit meinen Gedanken ganz woanders. Natürlich könnte ich immer noch zum Eiffelturm, aber auch dazu habe ich nicht wirklich Lust.

Wäre es denn schlimm, wenn ich mich einfach durch die Stadt treiben ließe? Man entdeckt doch oft die tollsten Dinge, wenn man aufs Geratewohl herumläuft, habe ich mir sagen lassen, praktiziert habe ich das noch nie. Auf Reisen mit meinen Eltern ist jeder Tag von vorn bis hinten durchgeplant, und ich habe das nie als Nachteil empfunden, im Gegenteil. Man weiß, worauf man sich einstellen muss und was einen erwartet. Das Leben hält auch so schon genug Überraschungen bereit.

Im Moment weiß ich nicht einmal, wo ich bin, ob ich mich noch in Saint-Germain befinde oder schon in einem anderen Stadtteil, aber es interessiert mich im Grunde nicht allzu sehr.

Ich zahle und laufe einfach los. Aus einer Bäckerei strömt ein verführerischer Duft, ich kann nicht widerstehen, kaufe ein noch warmes Baguette und esse die Hälfte davon im Gehen auf. Den Rest verstaue ich in meinem Rucksack. Ich lasse mich von Schaufenstern anlocken und verbringe eine Ewigkeit in einem Kaufhaus, wobei von vornherein klar ist, dass ich nichts kaufen werde. Als mir die Füße wehtun, ruhe ich mich auf einer Parkbank aus und sehe einer Meute spielender Hunde zu, ehe ich mich aufraffe und weitergehe. Ich erreiche den Canal St. Martin, bewundere eine alte Schleuse und studiere die Graffitis an den Seiten der Promenade. Wenn ich mir eine Wohnung in Paris aussuchen dürfte, würde ich eine nehmen, die an diesem Kanal liegt, so idyllisch sieht hier alles aus. Und die Straßenkunst überall in Paris ist einfach genial.

Schließlich finde ich mich am Ufer der Seine wieder. Das ist doch schon mal nicht schlecht, freue ich mich, bis mir einfällt, dass ich mir vor ein paar Tagen noch ausgemalt habe, mit Jo am Seineufer entlangzuschlendern. Und schon wieder brauche ich das Taschentuch der alten Dame. Es ist inzwischen schon ganz nass.

Und wenn ich doch Jo anrufe? Früher oder später muss – oder möchte – ich ihm einige Dinge erklären oder es wenigstens versuchen. Beim Gedanken an ihn verspüre ich einen diffusen Schmerz im Innern, der mich nach Luft ringen lässt. Aber selbst *wenn* er mir glaubt, dass ich keinen muskelbepackten Footballspieler zum Freund habe – wie soll das mit uns weitergehen? Wir hätten vielleicht noch ein paar Tage in Paris, in denen wir uns treffen könnten, aber dann? Wie kann ich mit ihm zusammen sein, wenn er hier wohnt und ich in Deutschland? Ich kann ja nicht jedes Wochenende nach Paris fahren, meine Eltern würden mir was husten und mir erst recht kein Geld dafür geben. Wir würden uns also kaum sehen. Laura hingegen würde Jo weiterhin jeden Tag in der Schule treffen, und sie würde alles daransetzen, um ihn wieder für sich zu gewinnen, und sei es nur, um mir eins auszuwischen.

Sei nicht so selbstgerecht, Anna, ermahnt mich meine innere Stimme. *Wieso gehst du automatisch davon aus, dass deine Gefühle für Jo tiefer und aufrichtiger sind als die von Laura?*

Es stimmt schon. Ich habe mir nie die Frage gestellt, wie ernst es Laura mit Jo ist. Dieses übertriebene Schmachten während unserer Skype-Gespräche habe ich im Grunde für eine Pose gehalten. Insgeheim habe ich unterstellt, dass Laura sich verliebt hat, weil *verliebt sein* eben auf dem Plan steht, wenn man sechzehn ist, ähnlich wie Pickel mit dreizehn.

Aber was, wenn Laura Jo genauso gern hat wie ich?

Was habe ich ihr bloß angetan, ausgerechnet ich, ihre angeblich beste Freundin?

Sollte ich – rein theoretisch – jemals mit Jo zusammenkommen, würde Laura mich dafür bis in alle Ewigkeit hassen. Es wäre definitiv das Ende unserer Freundschaft, ganz egal, ob ich ihr tatsächlich ihrer erste große Liebe abspenstig gemacht oder nur ihren Stolz verletzt habe. Das Ergebnis wäre dasselbe.

Aber ist diese Freundschaft nicht ohnehin vorbei? Das hab ich mir doch eben schon klargemacht. *Hast du denn gar kein Rückgrat, Anna Cornelius? Hast du schon vergessen, was Laura dir vorhin alles an den Kopf geworfen hat?*

Nein, ihre harten Worte sind mir immer noch gut im Gedächtnis. Aber sie war eben sehr verletzt und ich war auch nicht gerade diplomatisch. Im Übrigen hatte sie allen Grund, wütend auf mich zu sein.

Ich frage mich, was ich machen würde, wenn ich mich zwischen Jo und Laura entscheiden müsste.

Ich weiß es nicht.

Aber dazu wird es sowieso nicht kommen. So, wie die Dinge liegen, habe ich alle beide verloren, also brauche ich mir darüber auch nicht den Kopf zu zerbrechen.

Ich setze mich auf ein Mäuerchen und starre aufs Wasser. Mein Weltschmerz und meine Schuldgefühle steigern sich von Minute zu Minute. Ich wünschte, ich könnte an einem Herzschlag sterben, hier und jetzt, kurz und schmerzlos, von einer Sekunde auf die andere. Das wäre doch die beste Lösung für alle. Jo und Laura könnten ein bisschen um mich weinen und danach zusammen glücklich werden. Und ich würde nichts davon mitkriegen.

Mir kommen schon wieder die Tränen. Hört das denn heute gar nicht mehr auf? Taschentuch, wo ist dieses verdammte Taschentuch?

LAURA

Von den sieben Millionen Menschen, die jedes Jahr den Eiffelturm besuchen, hat sich mindestens die Hälfte den heutigen Tag dafür ausgesucht. Ist auch verständlich, die Sonne strahlt, die Luft ist wie Samt, der Himmel klar und blau, die Stadt wimmelt von Touristen … es ist die Hölle!

Seit einer geschlagenen Stunde drücke ich mich unter dem Eiffelturm herum und beobachte angestrengt das Gewusel um mich herum. Ich bin die Warteschlangen vor den Kassen abgelaufen, denn unter zwei Stunden wird da heute gar nichts gehen. Es gibt zwar Ohne-Warten-Tickets im Internet, aber an einem solchen Tag sind die hoffnungslos ausgebucht.

Keine Anna, nirgendwo. Auch wenn sie hier wäre, ist die Chance, sie zu übersehen, groß. Doch inzwischen glaube ich nicht mehr, dass sie hier ist. Selbst wenn sie es vorhatte, die Massen haben sie bestimmt abgeschreckt. Anna ist zwar nicht so klaustrophobisch veranlagt wie ich, aber Menschenmassen und Warteschlangen kann auch sie nicht ausstehen.

War ja auch nur ein Versuch. Blinder Aktionismus.

Ich sollte lieber der Realität ins Auge sehen: Sie ist mit Jo zusammen. Sie bummeln gerade durch irgendein Museum oder einen Park, und er hält ihr Vorträge und sie lauscht seinen klugen Worten, während sie ihn anhimmelt und die beiden Händchen halten …

Bei dieser Vorstellung könnte ich kotzen.

Was heißt *Vorstellung*? Es ist ziemlich wahrscheinlich. Jetzt, wo Anna so richtig wütend auf mich ist, wird es für sie kein Halten mehr geben. Jetzt wird sie keine Zeit mehr verlieren, um ihre Krallen nach ihm auszustrecken.

»Ach, Jo, Laura war so gemein zu mir, sie hat ganz schlimme Sachen gesagt und mich rausgeworfen, ich irre ganz allein durch Paris, Jo, rette mich …«

Wahrscheinlich hat Anna ihm zwischenzeitlich auch gepetzt, dass ich diesen Footballspielerfreund erfunden habe, um das Liebespaar des Jahres auseinanderzubringen.

»Laura ist so eine hinterlistige Intrigantin und Lügnerin …«

Dabei war das die schiere Notwehr. Was hätte ich denn machen sollen, etwa zusehen und nichts unternehmen?

Aber das wird Jo sicher ganz anders sehen.

Nein, Anna wird nun keine Rücksicht mehr auf mich nehmen, noch dazu, wo sie inzwischen weiß, dass ich ohnehin nicht mehr nach Deutschland zurückkehren werde.

Ich bin stehen geblieben und betrachte nachdenklich die Ausflugsboote auf der Seine, die heute gerammelt voll sind. Ich muss nachdenken. Was mache ich jetzt? Noch mal bei Jo anrufen? Damit er wieder nicht rangeht und die zwei sich womöglich über mich lustig machen? Nein, auf gar keinen Fall. Da ist mir die Ungewissheit immer noch lieber als die Demütigung. Es wird schon schlimm genug werden, wenn ich Jo in Zukunft jeden Tag in der Schule sehen muss.

Don't shit where you eat. Diese eiserne Regel kennt doch eigentlich jedes Kind und ich kannte sie auch. Dennoch habe ich mich darüber hinweggesetzt.

Weil ich verliebt war, und wenn man verliebt ist, macht man blöde Sachen. Ich merke, wie mir die Tränen übers Gesicht laufen, und weil ich nichts mehr sehen kann, setze ich mich mit angezogenen Knien auf eine Bank und heule hemmungslos vor mich hin, bestimmt eine halbe Stunde lang. Ist mir scheißegal, ob es jemand sieht. Man darf ja wohl noch öffentlich weinen, oder?

Ich weine um meine erste Liebe, die vorbei ist, ehe sie überhaupt begonnen hat. Wie erbärmlich ist das denn! Soll ich das vielleicht später einmal meinen Enkeln erzählen? Dass aus Jo und mir ein Paar geworden wäre, wenn meine beste Freundin Anna nicht aufgetaucht wäre und alles verdorben hätte?

Anna, die stille, brave, angepasste Anna, sie kam, sah und siegte. Ist das zu fassen?

Wieso habe ich das nicht kommen sehen? Sämtliche Mädchen an unserer Schule habe ich während der vergangenen Wochen daraufhin abgecheckt, ob sie mir als Konkurrentinnen um Jos Gunst gefährlich werden könnten. Nur nicht Anna.

Wie konnte ich so blind und naiv sein?

Weil ich davon ausgegangen bin, dass es unter besten Freundinnen gewisse Tabus gibt. Und weil ich Anna niemals ernsthaft als Konkurrenz betrachtet habe. Hinterher ist man immer schlauer.

Nein, es ist nicht nur meine verletzte Eitelkeit, es tut wirklich weh. Während der vergangenen paar Wochen schien alles heiter und verheißungsvoll, es lag etwas in der Luft, das Leben war schön und vielversprechend. Ich wusste, ich würde meinen ersten Frühling in Paris erleben und ich würde mich verlieben und all diese Dinge tun, von denen man in Büchern liest und die man in Hunderten von Filmen schon gesehen hat. Und plötzlich erweist sich das alles als eine riesige Seifenblase.

Jo liebt Anna.

Jo findet mich *nett*.

Mir ist, als hätte ich tief im Innern eine Wunde, die immer wieder neu aufbricht. Es fällt mir schwer, mich aufrecht auf der Bank zu halten, ich fühle mich ausgelaugt und todmüde. Am liebsten würde ich nach Hause gehen, mich unter der Bettdecke einigeln und schlafen, schlafen, schlafen. Wäre ich älter und ein Kerl, würde ich mich wahrscheinlich in die nächstbeste Kneipe setzen und mich betrinken.

Aber nicht einmal das ist mir vergönnt. Statt meinen Kummer zu zelebrieren, muss ich mich um meine Erzfeindin kümmern, denn sonst laufen in Kürze meine Eltern Amok und Annas Bruder ebenfalls.

Hendrik. Ich wähle erneut seine Nummer, aber da ist immer noch die Mailbox. Kann sein, dass er gerade im Flugzeug sitzt, fällt mir ein.

Ich zwinge mich zum Nachdenken. Anna hat ihm geschrieben, dass er um vier vor Sacré-Cœr sein soll, und er hat mit *ok* geantwortet. Anna wird ihn bestimmt nicht versetzen, das wird sie doch wohl nicht wagen. Oder? Sie wird ihn entweder anrufen, um den Plan zu ändern, oder sie wird um vier Uhr am Montmartre sein. Also besteht doch eigentlich gar kein Grund zur Aufregung.

Ich werde es so machen: Falls ich Hendrik in den nächsten Stunden nicht erreiche, werde ich eben auch um vier Uhr zum Treffpunkt kommen. Ich bin zwar nicht scharf darauf, Anna zu begegnen, aber dann weiß ich wenigstens, dass sie okay ist. Von da an kann sich dann Hendrik um sie kümmern. Es tut mir zwar leid für ihn, denn er hat bei seinem ersten Parisbesuch sicher was Besseres vor, als seine missratene Schwester zu beaufsichtigen, aber es geht nicht anders. Ich will sie nicht mehr in meiner Nähe haben. Sie kann ihre Klamotten bei uns abholen, und das war es dann mit uns beiden.

Wenn ich meinen Eltern erkläre, was sie mir angetan hat, werden sie das sicher einsehen. Sollte meine Mutter anderer Meinung sein, werde ich meine Sachen packen und zu April flüchten. Oder in ein Hotel. Keinesfalls werde ich noch eine Nacht mit dieser Schlange unter einem Dach verbringen.

Ich putze mir die Nase und versuche, mich zusammenzureißen. *Kopf hoch, Laura Kessel. Ein Junge hat dir das Herz gebrochen und deine beste Freundin hat sich als deine ärgste Feindin erwiesen, aber du darfst dein Selbstwertgefühl nicht von diesen beiden Cretins abhängig machen.*

Ich atme tief durch, stehe auf und gehe weiter. Zum Trauern ist später noch Zeit, jetzt muss ich handeln. Es ist nämlich schon zwei Uhr, und ich sollte vielleicht nicht aussehen wie etwas, das die Katze hochgewürgt hat, wenn ich Hendrik und Anna begegne. Das wäre wirklich das Allerletzte.

12

BEGEGNUNGEN

JO

»Josias?«

Ich unterbreche *Call of Duty* und klappe den Laptop zu, ehe meine Mutter sich über Sinn und Unsinn von Ballerspielen auslassen kann. Aber sie macht nicht den Eindruck, als würde sie sich für das interessieren, womit ich gerade die Zeit totschlage.

»Ja, *Mutter*?«

»Kann ich mit dir reden?«

Sie sieht mitgenommen aus. Dunkle Augenringe und abgenommen hat sie auch. Ich ahne, dass das nicht nur mit dem Tod meines Großvaters zu tun hat. Außerdem hat sie mich Josias genannt, ein Zeichen für einen wie auch immer gearteten Ernstfall. Ich habe da auch schon so eine Ahnung …

Um die Sache abzukürzen, frage ich: »Lasst ihr euch scheiden? Falls ja, meinen Segen habt ihr.«

Sie schluckt und macht den Mund auf und wieder zu, ohne einen Ton von sich zu geben, was ziemlich komisch aussieht.

»Jo, woher … ich … ich wusste ja nicht …«

Sie denkt, ich lebe so sehr in meiner eigenen Welt, dass ich nichts von dem mitkriege, was in dieser Familie los ist. Aber da täuscht sie sich. Ich sage nur meistens nichts, weil es eh nichts bringt, sie machen ja doch ihr eigenes Ding, jeder für sich.

»Wann zieht er aus?«, frage ich.

»Gar nicht.« Sie hat sich ans Fußende des Bettes gesetzt,

ich lehne am anderen Ende und bin jetzt doch ein bisschen überrascht. »*Wir* ziehen aus? Wohin? In die Banlieue?«

»Unsinn!«

»Sag schon. Es ist ja nur, damit ich mich rechtzeitig mit dem Gettoslang vertraut machen und vielleicht noch Boxunterricht nehmen kann.«

Ein nervöses Lächeln huscht über ihr Gesicht. »Was würdest du sagen, wenn wir nach Deutschland zurückgehen würden, du und ich? Im Moment werden überall Lehrerinnen gesucht, ich denke, ich könnte schnell wieder …«

»Wohin?«, unterbreche ich sie harsch. Denn wie ich meine Mutter kenne, hat sie bestimmt schon einen Plan oder sogar schon einen Job angenommen. Ich hasse es, wenn über meinen Kopf hinweg über mein Leben entschieden wird.

»Ich hatte mir gedacht, wir könnten am Ende des Schuljahres ins Haus deines Großvaters ziehen. Er hat uns Geld vermacht, ich könnte meine Geschwister auszahlen. Weißt du, ich … ich kann es mir einfach nicht vorstellen, das Haus an fremde Leute zu verkaufen. Es ist zwar nichts Großartiges und man müsste renovieren, aber es ist doch mein Elternhaus und das meiner Großeltern. Was sagst du dazu?«

»Geht klar.«

»Wie meinst du das?«

»Einverstanden«, sage ich, denn anscheinend ist sie heute ein bisschen schwer von Begriff.

»Einfach so? Ich meine … ich dachte, du lebst gern hier und du magst deine Schule.«

»Meines Wissens gibt es in Tübingen auch ein Gymnasium«, sage ich. »Ich war da sogar schon mal. Fünfte und sechste Klasse, du erinnerst dich?«

»Aber das ist lange her.«

»Vier Jahre.«

»Und deine Freunde hier?«

Ich verstehe ihre Fragerei nicht. Will sie, dass ich ihr ihren eigenen Vorschlag wieder ausrede?

»Definiere *Freunde*«, antworte ich.

»Na ja, Freunde eben. Leute, die mit einem zusammen sind und mit denen man durch dick und dünn geht.«

Durch dick und dünn. Sie muss früher zu viel *Fünf Freunde* gelesen haben.

»Ich habe hier keine Freunde«, antworte ich. »Zumindest keine, deren Verlust ich bedauern werde.«

Sie schaut mich groß an. »Aber das stimmt doch nicht.«

»Du musst es ja wissen.«

»Josias, du musst das nicht sagen, nur damit ich mich nicht schlecht fühle. Ich weiß, was für ein Einschnitt das für dich sein wird.«

»Mach dir deswegen keinen Kopf, Mama.«

»Was deinen Vater angeht: Du weißt, wir haben dich beide sehr lieb und …«

»Oh, bitte!«, gehe ich dazwischen. »Nicht diese Leier! Ich bin keine fünf mehr. Mir ist klar, dass mein Vater ein Besuchsrecht haben wird, und wenn es sein muss, besuche ich ihn und seine *Midlife-Crisis* in den Ferien, so wie gesittete Ex-Familien das eben handhaben. Aber nur, bis ich volljährig bin.«

Sie zuckt zusammen. »Du weißt von dieser …«

»Natürlich. Du hast schließlich keinen Trottel großgezogen. Alles cool. Kann ich jetzt weitermachen?«

Sie lächelt und ich seufze, denn es ist klar, dass es nicht ohne große Gesten abgehen wird. Schon steht sie auf und umarmt mich und verwuschelt mir mein Haar, was ich auf den Tod nicht leiden kann. Ich grinse trotzdem und sage: »*Mutter*, lass das!«

Sie wendet sich zum Gehen, ich klappe den Laptop wieder auf, aber dann dreht sie sich noch einmal um und fragt: »Warst du deswegen die letzten Tage so ... so ... wie soll ich sagen ... zurückgezogen?«

»Nein«, sage ich und erkenne im selben Moment, dass das ein Fehler war, jetzt gibt es kein Entrinnen. Ich versuche, es kurz zu machen. »Es gibt zwei Mädchen, Freundinnen, die beide in mich verliebt sind.«

Sie zieht die Augenbrauen hoch. »Sieh an! Mein Sohn, der Schwerenöter. Und jetzt kannst du dich nicht entscheiden?«

»Doch. Ich bevorzuge ganz klar eine von ihnen.«

»Wo ist dann das Problem?«

»Als wir uns kennenlernten, schien sie mir das perfekteste Geschöpf auf diesem Planeten zu sein. Aber seit Tagen benimmt sie sich eigenartig.«

»Warum?«

»Das weiß ich nicht.«

»Dann frag sie doch.«

»Es ist kompliziert.«

»Das ist es doch immer«, erwidert sie.

»Tatsächlich?«

»Weißt du, was manchmal hilft?«

»Was?«

»Reden.«

Hätte ich mir denken können. »Ich möchte jetzt aber nicht darüber reden.«

»Doch nicht mit mir! Ruf das Mädchen an, verabrede dich mit ihr, mach was!«

»Aber es kann sein, dass sie einen Freund hat …«

»Hat sie dir das gesagt?«

»Nein, ihre Freundin hat das gesagt.«

Sie sieht mich mitleidig an, dann seufzt sie und schüttelt den Kopf. »Ach, Jo!«

»Was willst du mir mit *ach, Jo* mitteilen?«, frage ich verwirrt.

»Weißt du, was dein Großvater immer gesagt hat?«

»Nein.«

»*In der Liebe und im Krieg ist alles erlaubt.*«

»Das ist mir neu«, erwidere ich. »Zu mir hat er nur immer gesagt: *Von den Reichen kann man das Sparen lernen.*«

»*… und von den Armen das Kochen!*«, ruft meine Mutter lachend.

»Stimmt, das kam auch noch immer hinterher.«

Sie lächelt wehmütig und in ihren Augen glitzert es verdächtig. »Ich vermisse ihn sehr.«

»Ich auch«, sage ich und muss schlucken.

Dann wischt sie sich mit dem Handgelenk über die Augen und sagt mit betonter Munterkeit: »Also los, Sohn, komm in die Hufe. Ruf dieses Mädchen an und verabrede dich mit ihr. Und geh mal duschen, hier riecht es wie in einem Raubtierkäfig.«

LAURA

Ich stehe vor dem Toilettenspiegel im *Subway* und restauriere meine Fassade, als mein Telefon klingelt.

Hendrik.

»Hi, Laura. Du hast mich angerufen.«

»Hi, Hendrik. Ja, habe ich«, sage ich gedehnt. »Wo bist du?«

»Auf dem Montmartre. Mann, da ist vielleicht was los …«

Er klingt begeistert, und dass was los ist, höre ich. Zusätzlich zum Stimmengewirr der Touristen scheint ein Krieg der Straßenmusiker ausgebrochen zu sein.

»Es ist erst drei, wir wollten uns um vier treffen«, sage ich vorsichtshalber.

»Keine Panik, das weiß ich. Ich wollte mich vorher nur ein bisschen umsehen.«

»Okay. Bleib in der Nähe, ich komm hin und ruf dich an, wenn ich da bin.«

»Laura? Ist alles in Ordnung?«

»Ja, ja. Pass auf, ich bin in einer halben Stunde da, spätestens.« Ehe er weitere Fragen stellen kann, lege ich auf. Besser, ich sage es ihm erst, wenn ich ihm gegenüberstehe.

Es ist gut, ihn zu treffen, bevor Anna auftaucht, so können wir in Ruhe ein Gespräch unter Erwachsenen führen. Der Begriff drängt sich auf, wenn man bedenkt, wie kindisch Anna sich in letzter Zeit benommen hat. Sobald sie auf der Bildfläche erscheint, kann ich mich verdünnisieren. Problem gelöst.

Ich sehe auf meiner Métro-App nach, wo die nächste Station ist, und beeile mich, dorthinzukommen.

Sacré-Cœur leuchtet geradezu magisch gegen den blauen Himmel an. Für mich ist sie die schönste Kirche der Stadt, wegen des hellen Travertins, der sie, besonders an einem Tag wie heute, weiß strahlen lässt, während andere Bauwerke mit der Zeit grau geworden sind. Und natürlich wegen ihrer exponierten Lage auf dem Hügel von Montmartre. Dazu kommt noch der gigantische Weitblick, den man von hier, dem höchsten Punkt der Stadt, hat. Paris liegt einem quasi zu Füßen und die Seine glitzert wie ein silbernes Band. Die Stufen und die Galerie vor der Kirche sind der beliebteste Treffpunkt in Paris und dementsprechend geht es zu wie auf einem Rummelplatz. Trotzdem finde ich Hendrik sofort. Wie ein Leuchtturm steht er auf der obersten Treppenstufe und ragt aus der Menge heraus. Als er mich heraufkommen sieht, winkt er mir zu.

Leicht atemlos stehe ich vor ihm. Bei 237 Stufen kommt man schon ein wenig aus der Puste, aber die Seilbahn war mir zu voll. Kein Holzfällerhemd heute, nur ein schwarzes T-Shirt mit dem Aufdruck eines Software-Herstellers, den bestimmt nur Nerds kennen. Aber wenigstens trägt er inzwischen Jeans, die gut sitzen. Er hat sich zum Vorteil verändert in den zwei Jahren, die ich ihn nicht gesehen habe, und das nicht nur klamottenmäßig. Sein Haar hat einen vernünftigen Schnitt bekommen, er scheint auch Sport zu machen, sein Oberkörper sieht jedenfalls danach aus. Verglichen mit früher wirkt er ziemlich erwachsen. Der Kumpel, den er hier besucht, scheint nicht mitgekommen zu sein, was mir ganz recht ist.

»Willkommen in Paris«, sage ich lächelnd, nachdem wir

uns nach Landessitte mit Küsschen begrüßt haben. »Hat alles geklappt? Flug, Unterkunft?«

»Alles bestens.«

Er hält mich an den Schultern fest und mustert mich von oben bis unten. »Toll siehst du aus. Paris bekommt dir anscheinend.«

»Danke sehr.« Auch wenn das gerade ein unpassender Moment für Eitelkeiten ist, so bin ich doch froh, dass ich heute früh das blaue Kleid angezogen und vorhin die Spuren meiner Heulerei weggeschminkt habe.

»Wo ist Anna?«

Ich versuche, meiner Stimme einen möglichst harmlosen Klang zu geben: »Ich denke, sie wird um vier hier aufkreuzen.«

Er zieht die Augenbrauen zusammen, genau wie Anna es immer macht. »Du denkst?«

»Ich kann sie nicht erreichen.« Es hat keinen Sinn, um den heißen Brei herumzureden. »Wir haben uns gestritten.«

»Ah ja. Und wo ist sie jetzt?«

»Ich habe keine Ahnung«, gestehe ich. »Sie ist heute Morgen weg und geht seitdem nicht ans Telefon. Zumindest nicht, wenn ich sie anrufe.«

»Ich habe sie auch nicht erreicht«, sagt Hendrik.

Ich mache mich auf Vorwürfe gefasst, aber er meint nur: »Wollen wir uns hinsetzen und du erzählst mir, was los ist?«

Wir erkämpfen uns ein freies Plätzchen auf einer der oberen Stufen. Er klemmt sich seinen Rucksack zwischen die Knie, lässt seinen Blick über Paris schweifen und sagt: »Schieß los.«

Ich versuche, so neutral wie möglich zu berichten, was vorgefallen ist, wobei ich Worte wie *Miststück, Schlampe, Bitch, Lügnerin* und dergleichen zwar denke, aber nicht laut ausspreche. Als ich ihm von dem Chat berichte, den ich zufällig gelesen habe, habe ich Mühe, nicht erneut loszuheulen. »Daraufhin habe ich sie zur Rede gestellt und wir hatten einen Riesenkrach. Ich hab ihr das Handy vor die Füße geworfen, sie hat es aufgehoben und ist rausgerannt. Kann sein, dass es kaputt ist, vielleicht erreicht man sie deshalb nicht.«

Hendrik sagt eine Weile lang nichts, dann schaut er mich an und formuliert glasklar und in aller Grausamkeit die Quintessenz meiner langen Rede: »Meine Schwester hat *dir* den Freund ausgespannt?«

Ich nicke resigniert.

»Nichts gegen Anna, sie hat sich in letzter Zeit ganz gut entwickelt, aber hat der Junge Kartoffeln auf den Augen?«

Wie gut es meiner geschundenen Seele tut, das zu hören.

»Tja«, seufze ich. »Wo die Liebe hinfällt.«

»Und was hat *er* dazu gesagt?«

»Der verkriecht sich seit drei Tagen und antwortet nicht auf Nachrichten. Ich denke, er hat das mit dem Footballspielerfreund geglaubt. Ich weiß, das war gemein von mir, aber ich war so sauer und … und irgendwie geschieht es ihr ja auch recht.«

Hendrik verzichtet auf ein Urteil in dieser Sache. Er ist schon einen Schritt weiter, denn er schaut mich grimmig an und fragt: »Er hat also nicht mal ordentlich mit dir Schluss gemacht, bevor er sich an meine Schwester rangemacht hat?«

Okay, möglicherweise habe ich mich vorhin doch nicht ganz klar ausgedrückt. Ich wedle abwehrend mit den Händen. »Nein, nein, ganz so war das nicht. Wir waren nicht richtig *zusammen*. Noch nicht.«

»Wie jetzt?«

»Er wäre mein Freund geworden. Ohne Anna. Da bin ich ganz sicher.« Ich sehe sehr wohl, dass er ein Grinsen unterdrückt. Was ist daran so komisch? Ich fahre dennoch fort: »Als wir uns zum letzten Mal allein in diesem Café getroffen haben, haben wir auf Teufel komm raus miteinander geflirtet. Das war so, hundertpro, ich täusche mich nicht. Aber dann ist sein Opa gestorben und er musste für ein paar Tage nach Deutschland, und als er zurückkam, war Anna schon da und er war ganz komisch, und sie auch.«

»Also ist die Initiative von dir ausgegangen?«

»Ja, schon. Jo ist eher zurückhaltend, wenn ich da nicht den ersten Schritt gemacht hätte ... Wir leben schließlich im Zeitalter der Emanzipation, Frauen sitzen nicht mehr mit dem Stickrahmen auf den Knien auf dem Sofa und warten, bis der Ritter auf dem weißen Pferd vorbeikommt. Was ist? Was gibt es da zu lachen?«

»Ich lache gar nicht«, sagt Hendrik – obwohl er es doch tut.

Ich kann daran nichts Komisches finden und sehe ihn finster an.

»Hast du in letzter Zeit mal in den Spiegel geschaut, Laura?«

»Wieso? Stimmt was nicht?« Verunsichert fahre ich mir mit den Händen übers Gesicht. Sind meine Lider noch geschwollen, habe ich Panda-Augen von der verschmierten Wimperntusche?

»Nein, es ist alles bestens«, versichert Hendrik. »Dieser Jo hat noch nicht allzu viel Erfahrung mit Mädchen, oder?«

»Ich denke nicht.«

»Mensch, Laura! Der Junge wusste wahrscheinlich gar nicht, wie ihm geschieht, als du ihm schöne Augen gemacht hast. Der konnte nichts anderes tun, als darauf einzugehen.«

Ich sehe ihn zweifelnd an.

»Andernfalls wäre er ganz schön auf den Kopf gefallen. Schon allein, weil es seinen sozialen Status in der Schule hebt, wenn er mit einem Mädchen wie dir gesehen wird.«

Ich protestiere: »Jo ist nicht so einer. Dem ist sein sozialer Status scheißegal.«

»Kann sein. Aber mal ehrlich, Laura. Wenn du einen Kerl anflirtest, würde *jeder* mitmachen.«

Hendrik sollte über eine Karriere als Therapeut nachdenken, finde ich, denn seine Worte sind der reinste Balsam für mein gedemütigtes Ego. »Meinst du?«

»Isso«, fügt er voller Überzeugung hinzu. »Aber es ist ein Unterschied, ob man auf einen Flirt einsteigt oder ob man sich wirklich verliebt. Ich bin sicher, er findet dich immer noch toll und hübsch, aber er ist eben nicht verliebt. Das lässt sich nicht erzwingen, selbst wenn man es versucht.«

Klingt irgendwie logisch. Ich nicke betrübt.

»Anna behauptet, er findet mich *nett*.«

»Autsch.«

Ich bin schon wieder kurz vorm Heulen.

Hendrik legt mir den Arm um die Schulter. »Hey, komm schon, Laura. Kopf hoch! Wer dich nicht will, ist selber schuld.«

Das war's dann mit meiner Selbstbeherrschung, schon stürzen mir die Tränen aus den Augen. »Sorry«, schniefe ich.

»Kein Problem.« Er reicht mir ein Tempo und ich tupfe mir die Tränen weg. Wahrscheinlich ist *jetzt* meine Wimperntusche verschmiert, aber das juckt mich nun auch nicht mehr.

»Geht's wieder? Sorry, ich bin ein Totalversager im Trösten.«

»Schon okay. Ich bin sicher, du tust dein Bestes.«

»Sei nicht so frech!«

Wir rempeln uns gegenseitig freundschaftlich an. Danach schweigen wir eine Weile. Es tut gut, in stillem Einvernehmen inmitten des Trubels dazusitzen und die Aussicht zu genießen. Zwei Stufen weiter knutscht ein Pärchen so intensiv herum, als wollten sie sich gegenseitig die Zähne reinigen. »Da sag noch einer, die Romantik wäre tot«, murmele ich verdrossen.

Hendrik ist meinem Blick gefolgt. Anscheinend hat das Pärchen ihn auf einen Gedanken gebracht, denn er fragt: »Und du hast keine Ahnung, wie und wann die beiden sich … wie soll ich sagen …«

»Nein.«

»Ich meine, Anna ist ja nicht der Typ, der mir nichts, dir nichts über einen Kerl herfällt«, überlegt Hendrik. »Schon gar nicht, wenn sie weiß, dass ihre Freundin hinter ihm her ist.«

»Woher willst du das wissen?«, entgegne ich, wobei mir das *hinter ihm her* ein bisschen aufstößt. Das hätte man auch charmanter ausdrücken können.

»Ich bitte dich, ich kenne meine Schwester.«

»Vielleicht war's ja Liebe auf den ersten Blick«, sage ich mit einer Spur Bitterkeit.

»Glaubst du an so was?«, fragt Hendrik.

»Natürlich! Du nicht?«

Er schüttelt den Kopf und lacht. Vermutlich über mich.

»Was?«

»Nichts. – Dieser Jo … So, wie du ihn schilderst, scheint er Anna recht ähnlich zu sein.«

»Schon möglich«, muss ich zähneknirschend einräumen. »Für jemanden wie Anna, die als Achtjährige den innigsten Wunsch hatte, Justus Jonas von den drei Fragezeichen zu heiraten, passt einer wie Jo natürlich hundertprozentig ins Beuteschema!«

Hendrik lacht schon wieder. »Tja, dann war die gegenseitige Anziehung wohl vorauszusehen ...«

»Ein bisschen mehr Pietät wäre angebracht«, ermahne ich ihn. »Immerhin durchleide ich den ersten Liebeskummer meines noch jungen Lebens.«

»Sorry«, sagt er und versucht, ein ernstes Gesicht zu machen, was erst recht albern aussieht.

»Brich dir keinen ab«, knurre ich.

Wir sehen uns an, und ich bringe es tatsächlich fertig, ein bisschen zu lächeln. Es fühlt sich fremd an, so als hätte mein Gesicht vergessen, wie das geht.

»Es ist wirklich absurd«, beginne ich. »Ich erinnere mich, dass Anna und ich uns einmal feierlich geschworen haben, dass wir es nie zulassen würden, dass ein Junge uns beide auseinanderbringt. Und genau das ist jetzt passiert. Als hätten wir mit unserem Schwur das Schicksal herausgefordert.« Ich merke selbst, was für einen Unsinn ich gerade absondere, und sage rasch: »Streich den letzten Satz aus dem Protokoll. Zu melodramatisch.«

»Meinst du, ihr schafft es, euch wieder zu versöhnen?«, fragt Hendrik.

»Ich weiß es nicht«, sage ich und das ist die Wahrheit. »Ich bin total enttäuscht von ihr, und deswegen habe ich heute Morgen auch ein paar ziemlich gemeine Sachen zu ihr gesagt.«

»Okay, aber inzwischen sind ein paar Stunden vergangen und die Gemüter sind wieder ein bisschen abgekühlt.«

»Apropos Zeit. Es ist gleich vier.«

Als sie um fünf nach vier noch nicht da ist, ist uns klar, dass sie nicht kommen wird. Anna ist eine Pünktlichkeitsfanatikerin, sie kommt immer und überall zu früh, aber niemals zu spät.

Hendrik hat inzwischen schon zweimal versucht, sie anzurufen. »Verdammt! Sie weiß doch, dass wir uns hier treffen. Und wenn ihr Handy kaputt ist, müsste sie doch erst recht hierherkommen. Es muss ihr doch klar sein, dass wir uns Sorgen machen.«

Es fällt mir schwer, die Worte auszusprechen, aber es führt kein Weg daran vorbei: »Vielleicht ist sie mit Jo zusammen.«

»Kannst du ihn anrufen?«

»Muss das sein?«

»Hast du einen besseren Vorschlag?«, erwidert er.

»Okay, ich versuche es.«

Es klingelt und klingelt, ich will schon … »Ja?«

»Jo! Hier ist Laura.«

»Hi, Laura.« Sein Tonfall ist so neutral wie die Schweiz. Ich stelle fest, dass ich seine Stimme immer noch mag.

»Ist Anna bei dir?«, presse ich hervor.

»Anna?«

»Bitte, du musst es sagen, auch wenn sie … auch wenn sie gesagt hat, dass du es nicht tun sollst. Ihr Bruder ist hier, wir machen uns Sorgen.«

»Sie ist nicht hier. Was ist denn los?« Jetzt klingt auch er verunsichert.

»Sie ist seit heute Morgen verschwunden.«

»Wie, verschwunden?«

»Na, weg. Nicht erreichbar. Hat sie sich bei dir gemeldet?«

»Nein. Wo seid ihr?«

»Sacré-Cœur.«

»Okay. Wartet auf mich, ich bin in zwanzig Minuten da.«

Aufgelegt.

»Er kommt her«, verkünde ich. »Auch das noch! Wozu soll das gut sein? Wir können im Moment doch nichts anderes tun, als zu warten.«

»Lass ihn doch«, meint Hendrik. »So lerne ich den Casanova wenigstens mal kennen.«

Ich bin alles andere als scharf auf eine Begegnung mit Jo, aber ich kann mich ja nun schlecht verdrücken. Ich setze mich wieder hin und hoffe im Stillen, dass Anna in der nächsten Viertelstunde doch noch auftaucht. Einerseits bin ich froh, dass Anna nicht bei Jo ist – andererseits bringt es uns der Lösung unseres Problems kein Stück näher. »Scheiße, wenn ihr was passiert ist – meine Eltern bringen mich um. Und deine auch.«

»Anna taucht schon wieder auf«, sagt Hendrik beruhigend. »Unkraut verdirbt nicht.«

»Das sagst du so.«

»Vielleicht ist sie längst bei euch zu Hause.«

»Nein. Dann hätte mich die Concierge angerufen.«

»Ihr habt eine Concierge?« Hendrik stößt einen kleinen Pfiff aus.

»Ich kann nichts dafür. Findest du das dekadent?«

»Absolut«, grinst er. »Ich hätte auch gern eine.«

»In Paris ist das nicht sooo besonders.«

»Dir gefällt es hier, ja?«

»Inzwischen schon. Am Anfang war es komisch. Es war gar nicht so leicht, Freunde zu finden. Ich meine, richtige Freunde, so wie ...« Beinahe hätte ich *Anna* gesagt. »Wir werden noch länger hierbleiben, wir kommen im Herbst nicht nach Deutschland zurück. Wahrscheinlich gar nicht mehr. Ich werde hier das Abi machen – und was danach kommt, steht in den Sternen.«

»Weiß Anna das schon?«

»Meine Mutter hat es rausposaunt. Anna hat aber ziemlich gleichgültig darauf reagiert. Vielleicht bin ich ihr doch nicht so wichtig, wie ich immer dachte.«

»Das ist sicher nicht wahr«, sagt Hendrik. »Du hast ja keine Ahnung, was Anna früher alles angestellt hat, nur um mit dir befreundet sein zu können.«

»Wie meinst du das?«, frage ich.

»Ich weiß nicht, ob sie dir das jemals erzählt hat, aber unsere Mutter wollte nicht, dass Anna so oft bei dir ist. Ich hab das nie verstanden.«

»Sie dachte bestimmt, wir hätten einen schlechten Einfluss auf sie«, werfe ich ein.

»Jedenfalls hat Anna alles Mögliche erfunden, wo sie angeblich am Nachmittag hinmuss. Hausaufgabenhilfe, Turnverein, Schulprojekte, die es gar nicht gab, der Schulchor ...«

»Anna –im Schulchor?«, pruste ich los. »Das ist ein Witz! Eure Mutter muss das doch gemerkt haben.«

»Ich bin nicht sicher.«

»Aber du hast es gewusst.«

Er nickt. »Ja, ich schon. Ab und zu hat sie mich sogar dazu gebracht, eine ihrer Lügen mitzutragen.«

»Im Ernst?«

»Ja, und aus geschwisterlicher Solidarität habe ich mich meistens dazu breitschlagen lassen. Sie hat es aber nur getan, um mit dir zusammen zu sein«, verteidigt Hendrik seine Schwester.

»Sind die Schwindeleien denn nie aufgeflogen?«

»Selten. Ich habe den Verdacht, unsere Mutter hat manchmal um des lieben Friedens willen einfach so getan, als würde sie ihr glauben. Später hat sie dann wohl eingesehen, dass es keinen Sinn hat, Anna zu verbieten, sich mit dir zu treffen.«

»Stimmt«, erinnere ich mich. »Irgendwann war ich offiziell bei Hofe zugelassen.«

»Ja, leider. Ab da war es vorbei mit der Ruhe im Haus. Gott, habt ihr Gören mich manchmal genervt!«

»Ph! Du uns auch. Wenn du immer Heavy Metal gehört hast, dass das ganze Haus wackelte.«

»Immer noch besser als Justin Bieber!«

»Na ja …«

»Oh doch.« Er streckt seine langen Beine aus und blinzelt in die Sonne. Dafür, dass seine Schwester verschwunden ist, ist er ziemlich gelassen.

Eins will ich noch wissen: »Hast du eine Ahnung, warum eure Mutter mich nicht mochte?«

»Ich denke, es lag nicht an dir, sondern es hat ihr nicht gefallen, wie sehr Anna an dir hing. Irgendwann einmal hat sie zu meinem Vater gesagt, dass das keine Freundschaft auf Augenhöhe sei, und sie würde es liebend gern sehen, wenn Anna mehr andere Freundinnen hätte, nicht nur dich.«

»Hm«, sage ich nachdenklich. Lag Annas Mutter richtig mit ihrer Einschätzung? War ich keine echte Freundin – habe ich Anna ausgenutzt, dominiert? Ja, vielleicht, ab und zu. Aber es gehören immer zwei dazu. Warum hat sie nie den Versuch unternommen, sich mit anderen Mädchen anzufreunden, so wie ich auch?

Mein Telefon klingelt. Anna? Aufgeregt hole ich es aus meiner Tasche. »Oh, Scheiße!«

»Was ist?«, fragt Hendrik.

»Meine Mutter. Bestimmt hat der Drachen nicht dichtgehalten.«

»Drachen?«

»Madame Castell, die Concierge.«

»Willst du nicht rangehen?«

Der Gedanke, mit meiner Mutter zu reden, ist wenig verlockend, aber sie wird keine Ruhe geben, ehe sie mich erreicht hat. Abschalten kann ich das Ding nicht, wegen Anna. Ich melde mich und spreche Französisch, wie immer, wenn wir unter uns sind. Außerdem muss Hendrik nicht alles mitkriegen.

»*Maman*? Was gibt's?«, frage ich betont arglos.

»Was ist da los? Wo ist Anna?«

»Gar nichts ist los. Anna wollte heute mal etwas allein unternehmen. Du weißt doch, sie interessiert sich für so schräge Sachen, mit denen ich nichts anfangen kann. Wir treffen uns später mit ihrem Bruder auf dem Montmartre.«

»Ihrem Bruder?«

»Stimmt, das weißt du ja noch gar nicht. Annas Bruder Hendrik ist auch in Paris, gerade vorhin angekommen.«

»Wo bist du, Laura?«

»Auf dem Weg dorthin. Ich will ihm ein bisschen was zeigen, und dann warten wir gemeinsam auf Anna.«

»Warum hast du Madame Castell beauftragt, Anna in die Wohnung zu lassen?«

»Mir ist eingefallen, dass Anna keinen Schlüssel hat, und ich dachte, vielleicht will sie sich vor dem Treffen mit ihrem Bruder noch umziehen.«

Ein, zwei Sekunden verstreichen. Hat sie es geschluckt?

»Laura, sag mir die Wahrheit. Was ist los?«

»Nichts ist los. Anna wollte mal allein sein, nichts weiter.«

»Aber ihr wolltet doch zum Eiffelturm.«

»Das hat sie sich anders überlegt. Sie will morgen mit ihrem Bruder da rauf.«

»Habt ihr euch gestritten?«

Sie ist wirklich nicht so leicht hinters Licht zu führen.

»Aber nein, wie kommst du denn darauf?«, entgegne ich entrüstet.

»Madame Castell sagt, Anna sei völlig aufgelöst aus dem Haus gerannt.«

»Die sieht Gespenster. Anna hatte es nur eilig und ihre Haare waren noch nass vom Duschen.«

»Warum geht sie nicht an ihr Telefon?«

»Woher soll ich das wissen? Akku leer?«, antworte ich aufsässig.

»Wann trefft ihr euch mit Annas Bruder?«

»Zwischen sechs und sieben.«

»Du rufst mich sofort an, wenn Anna zu euch gestoßen ist. Oder falls sie sich vorher meldet.«

»Ja, klar.«

»Versprich es mir!«

»Ich verspreche es. Bis dann, *maman*!«, zwitschere ich fröhlich und lege auf. »Puh!«

»Du bist wirklich gut im Ausreden-Erfinden«, sagt Hendrik, der anscheinend mehr Französisch versteht, als mir recht sein kann.

»Ich musste etwas Zeit schinden. Wenn sie wüsste, dass Anna überfällig ist, würde sie sofort durchdrehen und die Polizei alarmieren.«

»Anna taucht schon noch auf«, sagt Hendrik, doch inzwischen kann ich auch aus seiner Stimme eine gewisse Unruhe heraushören.

»Hoffentlich«, sage ich und schaue auf die Zeitanzeige des Displays. 16:29 Uhr. Verdammt, wo steckt sie? Will sie mir absichtlich einen Schrecken einjagen, macht sie jetzt einen auf Drama-Queen?

Um uns beide vom Thema Anna abzulenken, frage ich Hendrik: »Wie läuft es bei dir? Studium und so?«

»Gut. Es gefällt mir und ich habe nebenbei ein paar Jobs als Programmierer. Damit verdiene ich genug, um über die Runden zu kommen. Ich wohne mit drei Kumpels in einer WG.«

»Klappt das?«

»Logisch. Kerle unter sich sind unkompliziert.«

»Na, da kann ich ja gut verstehen, dass du ausgezogen bist.«

»Sooo schlimm wart ihr zwei dann auch wieder nicht.«

»Das meine ich doch auch gar nicht, Mensch!« Ich lande einen Boxhieb auf seiner Schulter.

»Aua!«

»Kriegst du wirklich gar kein Geld von zu Hause?«, frage ich neugierig.

»Nein.«

»Das ist heftig!«

»Ach, weißt du, wenn ich nichts kriege, muss ich mich auch für nichts bedanken. Es ist mir ganz recht so.«

»Verstehe«, sage ich. »Und was macht die Liebe?«

Er sieht mich amüsiert von der Seite an. »Du bist ganz schön neugierig.«

»Hör mal! Ich habe gerade mein Innerstes vor dir ausgebreitet wie einen Bauchladen, da wird wohl eine kleine Gegenfrage erlaubt sein.«

»Ich habe keine Zeit für solche … Sachen«, antwortet Hendrik leicht verlegen.

»Ist sicher klüger. Man erspart sich so manches«, seufze ich.

»Hi, Laura«, tönt es da hinter mir.

13

PANTHÉON

LAURA

Wo gerade noch das knutschende Pärchen gesessen hat, steht jetzt Jo. Sein Haar ist noch struppiger als sonst und über seiner Jeans hängt ein langes, zerknittertes Leinenhemd. Nein, eine Modeikone ist er wirklich nicht, andererseits zeugt sein Outfit von Selbstbewusstsein. Ich kann nichts dafür, dass meine Wangen rot werden und mein Puls Gas gibt, denn ich muss daran denken, was er inzwischen alles über mich und meine Gefühle für ihn weiß. Würde ich nackt vor ihm stehen, wäre mir das weitaus weniger peinlich.

Ich kann ihn kaum ansehen, als ich hervorquetsche: »Hallo, Jo. Das ist Hendrik, Annas Bruder.«

Hendrik ist aufgestanden, er überragt Jo, der auch nicht gerade klein ist, noch um ein gutes Stück. Die beiden begrüßen sich mit einem männlichen Händedruck, wobei einer den anderen aufmerksam mustert. Ich wüsste zu gern, ob das Bild, das Hendrik sich von Jo gemacht hat, einigermaßen der Realität entspricht. Vielleicht hält er Anna und mich für komplett verrückt, dass wir uns um einen Typen streiten, der in einem zerknautschten Nachthemd durch die Gegend rennt.

Jos Gesichtsausdruck ist, wie so oft, schwer zu deuten.

»Hat sie sich gemeldet?« Seine Stimme klingt, als wäre er gerannt.

»Nein«, antwortet Hendrik.

»Warum ist sie verschwunden?«, fragt Jo.

Ich habe keine Lust, nach Hendrik nun auch noch Jo alles haarklein zu erläutern. Ihm am allerwenigsten. Außerdem reicht mir eine Beichte am Tag völlig. Also weiche ich seinem Blick aus, halte den Mund und überlasse es Hendrik, zu antworten.

»Es gab Streit«, sagt der und fügt mit einem schiefen Lächeln und einem Achselzucken hinzu: »Frauen!«

Normalerweise hätte ich ihm gesagt, was ich von solchen Sprüchen halte, aber ich bin gerade nicht in der Verfassung dafür.

Jo sieht mich an. Seine Gedanken stehen wie eine Leuchtschrift auf seiner Stirn: *Ihr habt euch wegen mir gestritten und du warst bestimmt ekelhaft zu der armen, unschuldigen Anna.*

Ich möchte mich auf der Stelle in Luft auflösen oder wenigstens unsichtbar werden.

»Mir ist auf dem Weg hierher eingefallen, wo sie vielleicht sein könnte«, sagt Jo.

»Lass hören«, fordert ihn Hendrik auf.

Jo sieht immer noch mich an. »Wart ihr schon im Panthéon?«

Ich schüttle den Kopf.

»Da wollte sie unbedingt hin. Zumindest hat sie im Zug darüber gesprochen.«

»In welchem Zug?«, frage ich verwirrt.

»Im ICE von Stuttgart nach Paris. Hat sie dir das nicht erzählt?«

»Was soll sie mir erzählt haben?«

»Wir sind zusammen nach Paris gefahren.«

»Hä?«

»Wir haben uns im Zug kennengelernt. Ich bin vor einer

besoffenen Rentnertruppe geflohen, und weil in ihrem Abteil sonst niemand war, habe ich mich zu ihr reingesetzt.«

Ich starre ihn an, in meinem Kopf beginnt es zu rattern. Die letzten fehlenden Puzzleteile fügen sich in das Bild ein.

»Wir haben während der Fahrt über alles Mögliche gequatscht, und sie hat erwähnt, dass sie sich auf alle Fälle das Foucaultsche Pendel ansehen möchte. Das ist im Panthéon«, fügt Jo hinzu.

»Danke, das weiß sogar ich«, erwidere ich scharf und wende mich an Hendrik, obwohl ich eigentlich Jo meine: »Das Panthéon wurde nämlich nicht als Halterung für das Pendel errichtet, sondern es ist die Ruhmeshalle Frankreichs. In der Krypta befinden sich die Grabstätten sämtlicher berühmten Franzosen: Marie Curie und ihr Mann Pierre, Alexandre Dumas, Jean-Jacques Rousseau, Émile Zola, Voltaire …«

»Ja, ja, ist ja gut«, unterbricht Hendrik meinen etwas deplatzierten Vortrag.

Jo spricht weiter: »Anna hat mir erzählt, dass sie in Paris eine Freundin besucht, aber sie hat deinen Namen nicht erwähnt, sonst wären wir vielleicht früher darauf gekommen, dass sie deine … dass ihr …« Er unterbricht sein Gestotter.

Mir dagegen fällt es wie Schuppen von den Augen. Sie hat also auf der Party gesehen, dass ihre Reisebekanntschaft und Jo, beziehungsweise Einstein, wie ich ihn bis dahin genannt habe, ein und dieselbe Person sind. Aber sie hat es nicht für nötig gehalten, mich darüber aufzuklären, sondern so getan, als würde sie ihn eben erst kennenlernen. Und schon am nächsten Tag hat dieses Aas in den Katakomben mit ihm rumgeknutscht, womöglich noch vor den anderen, während ich ahnungslos im Café saß und mit April Pastis trank. Ist das zu fassen? Ich bin kurz davor, vor Wut zu platzen. Nur mit allergrößter Mühe schaffe ich es, nach außen hin einigermaßen cool zu bleiben.

Hendrik mischt sich ein: »Können wir diese Angelegenheit vielleicht ein andermal klären? Wie wär's, wenn wir jetzt zum Panthéon fahren würden? Ich habe es nämlich langsam satt, nur herumzusitzen und nichts zu tun.«

»Was ist, wenn sie in der Zwischenzeit hier auftaucht?«, erwidere ich.

»Dann hat sie Pech gehabt. Sie kann nicht erwarten, dass wir stundenlang auf sie warten. Selbst wenn ihr Handy nicht funktioniert, kann sie sich eines leihen und sich melden.« Hendrik wirkt inzwischen ein bisschen angefressen.

»Okay, beeilen wir uns«, sagt Jo. »Mit der Métro brauchen wir eine gute halbe Stunde.«

Na, großartig! Schon wieder laufe ich Anna durch halb Paris hinterher, und das nur aufgrund einer vagen Idee von Jo. Aber ich habe im Moment auch keinen besseren Einfall, also folge ich den beiden, die schon dabei sind, im Slalom zwischen dem auf den Stufen lagernden Volk die Treppe hinabzugehen.

Es ist Rushhour und die Métro ziemlich voll, was ich ausnahmsweise einmal als glücklichen Umstand empfinde. So kann ich mich absichtlich ein wenig von den beiden Jungs abdrängen lassen, weit genug, um einer Unterhaltung mit Jo aus dem Weg zu gehen. Es wäre mir am liebsten, wenn Jo und ich überhaupt nie mehr miteinander reden müssten, und schon gar nicht über Anna oder über unseren Flirt, den er garantiert abstreiten wird. Nein, die Rolle der verschmähten Verliebten liegt mir ganz und gar nicht. Hätte ich doch so einen Apparat wie die Agenten in *Men in Black*, mit dem man Leute *blitzdingst*. Die

Geblitzdingsten vergessen daraufhin alles, was im relevanten Zeitraum los war, und man kann wieder bei null anfangen.

Ab und zu schiele ich hinüber zu Jo und Hendrik. Die scheinen sich prächtig zu verstehen, jedenfalls führen sie eine angeregte Unterhaltung. Na, super, die Familienzusammenführung klappt also schon – was sicher ganz in Annas Sinn ist. Ich weiß selbst nicht, warum mich das gerade so nervt. Weil ich mich ausgeschlossen fühle? Dabei bin ich es doch, die Jo absichtlich auf Distanz hält. Was hätte ich davon, wenn Hendrik Jo scheiße finden würde? Das würde ihn mir auch nicht zurückbringen. Nach den Wortfetzen zu urteilen, die ich ab und zu aufschnappe, reden sie über irgendwelchen Nerdkram. War ja klar. Vielleicht hat Hendrik recht, vielleicht sind Jungs doch unkomplizierter im Umgang miteinander.

Die gemeinsame Zugfahrt von Jo und Anna wirft ein völlig neues Licht auf die ganze Sache. Sie hatten über drei Stunden Zeit, um sich zu unterhalten! Drei Stunden in der Intimität eines Abteils, das ist eine Menge, da lernt man jemanden schon ganz gut kennen. Es reicht auf jeden Fall, um sich in jemanden zu verlieben. Warum in aller Welt musste der Zufall die beiden ins selbe Abteil führen? Das darf doch einfach nicht wahr sein – warum muss das Schicksal so grausam sein, so zynisch?

Ich merke, wie mir schon wieder die Tränen hochsteigen, und wende mich rasch ab. *Zusammenreißen jetzt!*

Eine Sache ist mir immer noch ein Rätsel: Anna war auf der Reise hierher mit einem Jungen zusammen, den sie toll findet, in den sie sich womöglich sofort verknallt hat, die berühmte Liebe auf den ersten Blick. – Warum hat sie mir nicht sofort davon erzählt, noch vor der Party? Ich an ihrer Stelle hätte das getan, ich wäre geplatzt vor Mitteilungsdrang, und die Anna, die ich noch bis vor Kurzem zu kennen glaubte, ebenfalls. Es ist ja schließlich nicht so, dass für Anna derartige Begegnungen an der Tagesordnung wären. Was hat sie daran gehindert? Okay, an dem Abend war alles etwas hektisch und wir waren eigentlich kaum einmal länger als ein paar Minuten allein. Aber wenn sie wirklich gewollt hätte …

»Laura, kommst du?«

Hendriks Stimme reißt mich aus meinen Gedanken. »Wir sind am Jardin du Luxembourg und müssen aussteigen.«

Viel lieber würde ich jetzt durch den Park spazieren und die Jungs allein ins Panthéon schicken, aber jetzt bin ich schon mal hier, also trotte ich den beiden hinterher auf den Hügel der heiligen Genoveva, der Schutzheiligen von Paris. Denn ursprünglich war das Panthéon ein Kirchenbau.

Vor den Säulen des Portals, die mit Flaggen in den französischen Nationalfarben geschmückt sind, bleiben wir kurz stehen, betrachten den erhabenen, riesigen Kuppelbau mit der ihm gebührenden Ehrfurcht und lassen uns vom Hauch der Geschichte anwehen. Ich war schon einmal hier, mit Papa, aber mich überkommt dennoch erneut dieses feierliche Gefühl.

»Früher haben sie wirklich schöner gebaut«, bemerkt Hendrik mit der für ihn typischen Lakonie. »Und eine gewisse Ähnlichkeit mit dem Pantheon in Rom kann man auch nicht abstreiten.«

»Das war Absicht«, sage ich. »Ich finde, das Panthéon ist eines der schönsten Gebäude von Paris.«

»Ja, ist es«, sagt Jo, und ich bemerke, wie er mir einen verhaltenen Blick zuwirft.

Schlechtes Gewissen, was?

Mir wird klar, dass ich einen Weg finden muss, um wieder normal mit Jo reden zu können. Immerhin sehe ich ihn ab Montag wieder jeden Tag in der Schule. Also stelle ich mich dümmer, als ich bin, und frage ihn: »Und was ist nun so faszinierend an diesem Pendel?«

Der alte Trick funktioniert auch jetzt. Wenn Jungs bloß einem Mädchen die Welt erklären können, dann sind sie glücklich.

»Es ist der experimentelle Nachweis der Erdrotation.« Jo lebt sichtlich auf. »Léon Foucault, der Physiker, hat herausgefunden, dass sich die Schwingungsebene des Pendels – also der Boden, auf dem wir stehen – langsam dreht. Da die Schwerkraft nur senkrecht wirkt, muss es also die Erde sein, die sich dreht. Es gibt etliche Pendel auf der Welt, aber dieses hier war das erste. Es ist 67 Meter lang. Am Ende des Pendelkörpers hat Foucault damals eine Spitze angebracht, die Linien in ein Sandbett auf dem Fußboden malt. So konnte er auch gegenüber Laien die Erdrotation nachweisen.«

»Aha.«

Hendrik, der unser Gespräch mitbekommen hat, setzt noch einen drauf. »Die Kraft, die außer der Schwerkraft auf das Pendel einwirkt, nennt man Corioliskraft. Beobachtet man das Pendel nämlich über einen längeren Zeitraum, zeichnet es ein rosettenartiges Gebilde.«

Als hätte ich ein Fass angestochen, fährt Jo fort: »Interessant ist noch, dass sich die Schwingungsebene auf der Nordhalbkugel im Uhrzeigersinn dreht und auf der Südhalbkugel linksherum. An den Polen hättest du eine vollkommene Rosette, also eine ganze Umdrehung am Tag. Am Äquator dagegen dreht sich die Schwingungsebene gegenüber dem Boden gar nicht.«

Ich hebe abwehrend die Hände. »Danke, danke, das reicht mir schon. Ich muss nicht noch wissen, wie man das alles ausrechnet.«

»Schade«, grinst Jo. »Gerade wollte ich dir die Formel erklären.«

Ich bringe tatsächlich ein kleines Lächeln zustande und sage: »Das ist wirklich höchst interessant, aber jetzt sollten wir vielleicht mal reingehen.«

»Ich spendiere die Eintrittskarten«, sagt Hendrik, und als Jo der Form halber protestiert, meint Hendrik: »Ist ja schließlich meine kleine Schwester, die wir suchen. Du kannst mir später ein Bier ausgeben.«

Das Panthéon gehört ebenfalls zu den touristischen Highlights der Stadt, dennoch ist es hier einigermaßen ruhig. Vielleicht, weil es inzwischen schon auf halb sechs zugeht. Jedenfalls muss Hendrik nicht lange an der Kasse anstehen.

Aber ein bisschen dauert es doch, und währenddessen stehen Jo und ich allein da – genau die Situation, die ich die ganze Zeit über vermeiden wollte.

»Warst du auch schon unten, in der Krypta?«, frage ich und fahre, ohne seine Antwort abzuwarten, fort: »Ich finde sie klasse, sie ist nicht düster und muffig, wie die sonst immer sind, sondern hell und großzügig, und alles ist aus weißem Marmor. Ich finde es irre, dass sämtliche großen Geister eines Landes an einem Ort versammelt sind.«

»Laura …«

»Wo hat man das schon? Bei uns in Deutschland sind die Gräber berühmter Menschen weiß der Teufel wo verstreut, aber hier liegen alle beisammen, bis auf Napoleon und de

Gaulle, für die gab's eine Extrawurst. Hast du übrigens gewusst, dass es für die Umbettung eines Leichnams ins Panthéon ein eigenes Wort gibt?«

»Laura, ich …«

»Es heißt Panthéonisation. Die Nationalversammlung muss dem Präsidenten einen Vorschlag unterbreiten und der muss dann entscheiden, ob die Person nach ihrem Tod ins Panthéon darf, nur so funktioniert das. Deswegen kamen die meisten toten Celebrities erst viele Jahre nach ihrem Tod dorthin. Bis auf Victor Hugo, den haben sie gleich dort bestattet, und noch jemanden, den habe ich vergessen. Aber es gibt eine Statue von Voltaire …«

»Laura, es tut mir leid!«

»Nicht!«, rufe ich eine Spur zu laut und wedle mit den Händen vor seinem Gesicht herum. »Du musst mir nichts erklären und du musst dich nicht entschuldigen.«

»Ich will es aber.«

»Okay, Entschuldigung angenommen. Und ich entschuldige mich auch.«

»Wofür?«

»Weil ich im Louvre behauptet habe, der Kerl auf dem Handyfoto wäre Annas Freund. Das war gelogen.«

Jo nickt und lächelt. Er scheint nicht sonderlich überrascht zu sein, aber auch nicht sauer. »Danke, dass du es mir jetzt sagst.«

»Vergiss das alles, bitte. Sonst …«, füge ich drohend hinzu, »… wirst du geblitzdingst!«

Es dauert zwei Sekunden, bis bei ihm der Groschen fällt. »Oh! Alles klar. Okay, nur das nicht. Ich fühle mich praktisch jetzt schon geblitzdingst.«

»Das ist gut«, sage ich. »Dabei bleibt's auch.«

Wir tauschen ein zaghaftes Lächeln.

Ach, Jo!, seufze ich innerlich voller Wehmut.

»So, wir können rein.« Hendrik gibt uns die Eintrittskarten. »Ich wollte das Pendel sowieso immer mal sehen«, murmelt er, was mir wiederum verrät, dass auch er nicht wirklich daran glaubt, dass wir Anna hier finden.

Wir betreten die heiligen Hallen.

Anna hat mir mal erklärt, dass die Betrachtung des Sternenhimmels bei ihr nahezu religiöse Gefühle auslöse. Doch angesichts der Weite des Universums fühle sie sich nicht etwa klein und unbedeutend, wie oft behauptet wird, nein, sie gewinne einfach nur Abstand zu den gewöhnlichen Nichtigkeiten des Lebens. Ich habe sofort verstanden, was sie meint. Mir geht es nämlich so ähnlich, allerdings muss es bei mir nicht gleich das Universum sein, sondern mir reichen Gebäude. Prachtvolle Architekturen wie Sacré-Cœur, Notre-Dame oder der Petersdom in Rom jagen mir Schauer der Ehrfurcht über den Rücken, und ich verspüre eine tiefe Dankbarkeit, dass ich am Leben bin und all diese Pracht genießen darf. Das Panthéon gehört zweifellos auch zu diesen magischen Orten. Diese gewaltige, lichtdurchflutete Kuppel, dieser herrliche Marmorboden … Ich warte darauf, dass sich diese Ergriffenheit und innere Gelassenheit bei mir einstellen. Besonders Letztere könnte ich gerade wirklich gut gebrauchen.

Und dann sehe ich sie.

Sie steht direkt vor dem Absperrseil, das vor der mit Zahlen markierten Schwingungsebene des Pendels angebracht ist. Sie hat uns noch nicht bemerkt, ihre Augen sind auf das schwingende Pendel gerichtet. Wie ich sie einschätze, steht sie seit Stunden wie hypnotisiert davor.

Ich bin erleichtert. Die helllodernde Wut, die ich den ganzen Tag über empfunden habe, ist einem unterschwelligen Groll gewichen, vor allen Dingen aber der Traurigkeit. Denn inzwischen ist mir klar geworden, dass ich Jo längst an Anna verloren habe. Vermutlich schon in dem Moment, als er ihr Zugabteil betrat.

Und schon rege ich mich wieder auf. Abteil! Wieso saß sie überhaupt in einem Abteil? Wer, bitte schön, tut das heutzutage noch? Das alles wäre doch gar nicht passiert, wenn sie im Großraumwagen gesessen hätte, wie jeder normale Mensch. Typisch Anna! Anna wie Anna-chronismus.

Dann ist da noch die Frage, wie es jetzt mit Anna und mir weitergeht. Ob es überhaupt ein *Weiter* gibt, nach allem, was passiert ist.

Ich registriere, wie Hendrik erleichtert aufatmet und vor sich hin murmelt, dass sein Schwesterherz jetzt gleich was von ihm zu hören bekommen würde. Ich sehe, wie Jo verzückt lächelt und seine Hände an seiner Jeans abwischt. Dann, auf einen Wink von Hendrik, geht er mit raschen Schritten auf Anna zu.

»Lassen wir sie lieber einen Moment allein«, sagt Hendrik zu mir. »Du kannst eh nichts dagegen machen.«

Aber ich wäre Jo ohnehin nicht gefolgt. Über die Distanz hinweg beobachte ich, wie Jo vor Anna stehen bleibt und sie anspricht. Sie fährt herum, wirkt zuerst ein bisschen erschrocken, dann lächelt sie ihn an, als wäre er der Messias.

Das ist zu viel, ich will mir das nicht ansehen, aber ich kann den Blick dennoch nicht von den beiden abwenden. Jo macht die letzten Schritte auf sie zu. Wird er sie jetzt küssen? Nein, sie sagt etwas zu ihm.

Als Nächstes schaut Anna zu mir rüber. Ihr Gesichtsausdruck spiegelt die ganze Palette ihrer Gefühle: die Bitte, ihr zu verzeihen, die Bitte um Verständnis für ihre Gefühle, die Gewissensbisse und die Zerknirschung mir gegenüber und die Angst, mich zu verlieren.

Auch Jo scheint zu merken, dass da gerade etwas abläuft, er ist regungslos neben Anna stehen geblieben, nur seine Blicke pendeln zwischen Anna und mir hin und her.

Ich spüre Hendriks Hand auf meiner Schulter und höre, wie er leise sagt: »Ich kann mir denken, wie du dich fühlst. Aber wenn du jetzt deinen Stolz überwindest, bist du die Heldin des Tages.«

Natürlich weiß ich, dass er recht hat. Und ich weiß inzwischen auch, dass ich Anna nicht verlieren will. Über Jo werde ich hinwegkommen, daran führt sowieso kein Weg vorbei, aber Anna war immer ein Teil meines Lebens, einer, auf den ich trotz allem nicht verzichten will. Also sage ich schwer seufzend zu Hendrik: »Tja, wer würde nicht *Heldin des Tages* sein wollen?«

Außerdem bleibt mir gar nichts anderes übrig, als in der Niederlage wenigstens Haltung zu bewahren. Ich gebe mir also einen gewaltigen Ruck, dann ringe ich mir ein Lächeln ab und nicke Anna zu.

Sie lächelt zurück und ich sehe, dass sie sich im selben Moment eine Träne aus dem Augenwinkel wischt, und auch ich bin schon wieder nah am Heulen.

Contenance, Laura Kessel!

Anna hebt die Hand zu einem zaghaften Winken und ich

atme noch einmal tief durch und recke den Daumen. So! Damit ist mein Heldinnentum aber auch ausgeschöpft, mehr ist nicht drin.

Von dem Kuss der beiden bekomme ich nur noch den Anfang mit, denn ich drehe mich um zu Hendrik, der zu mir sagt: »Komm, du musst dir das nicht ansehen. Man muss es nicht übertreiben mit der Selbstquälerei.«

Ich schniefe und sage mit erstickter Stimme: »Gehen wir runter in die Krypta. Die Gesellschaft von berühmten Toten ist genau das, was ich jetzt brauche.«

ANNA

Als ich mir die Eintrittskarte für das Panthéon gekauft habe, hatte ich immer noch ernsthaft vor, pünktlich um vier Uhr zum Montmartre zu kommen, um meinen Bruder zu treffen. Aber dann verflog die Zeit nur so. Zuerst beobachtete ich das Pendel, dann brachte ich eine Ewigkeit in der Krypta zu, und dann beobachtete ich wieder das Pendel, und auf einmal war mir klar, dass ich weder Laura noch meinem Bruder unter die Augen treten wollte.

Dann ruf Hendrik wenigstens an, sagte ich mir, aber auch dazu konnte ich mich nicht aufraffen. Ich wollte einfach nur meine Ruhe. Keine Predigten von Hendrik, keine Anfeindungen von Laura.

So blieb ich eben hier und schaute gar nicht mehr auf die Uhr. Ich wusste natürlich, dass ich mich irgendwann der Situation stellen musste, dem Schlamassel, den ich angerichtet hatte. Spätestens dann, wenn sie das Panthéon für Besucher schließen würden. Doch bis dahin übte das langsam hin- und herschwingende Pendel eine beruhigende, fast schon einschläfernde Wirkung auf mich aus, und so ließ ich einfach die Zeit verstreichen, wohl wissend, dass meine Probleme dadurch nicht kleiner würden, ganz im Gegenteil: Alles würde nur noch schlimmer werden, sollte ich auch noch meinen Bruder verärgern. Aber nicht einmal dieser Gedanke reichte aus, um mich aus meiner Lethargie zu reißen.

Jetzt sehen wir uns an und ich kann es immer noch nicht fassen: Jo ist hier und wir haben uns geküsst. Und was das Beste ist: Laura hat mir sozusagen grünes Licht gegeben. Dass sie so über sich hinauswächst, das hätte ich ihr nie im Leben zugetraut. Noch dazu, wo sie mich heute Morgen noch am liebsten umgebracht hätte. Diese kleine Geste von vorhin rechne ich ihr für alle Zeiten ganz hoch an. Es muss sie eine ungeheure Überwindung gekostet haben, nach all dem, was ich ihr angetan habe. Ich schäme mich für mein vernichtendes Urteil, das ich heute nach unserem Streit über sie gefällt habe. Da habe ich mich wohl ganz schön in ihr getäuscht.

Gerade ist sie mit Hendrik nach unten in die Krypta verschwunden. Ich werde Hendrik später begrüßen und mich mit Laura aussprechen, falls sie das will. Im Moment aber ist Jo die wichtigste Person in meinem Leben.

»Wie habt ihr mich gefunden?«, will ich wissen.

»Intuition.«

Ja, so muss es wohl sein. Ich schiele zu ihm rüber. Er sieht zum Anbeißen aus, mit seinem viel zu langen Großvaterhemd und den wirren Haaren.

»Ich muss dir was sagen«, beginne ich. »Ich habe keinen Freund in Deutschland. Den hat Laura nur erfunden. Das wollte ich nur klarstellen. Aber sei ihr nicht böse deswegen. Sie hat … sie wollte wahrscheinlich …«

»Ich weiß«, unterbricht er mein Gestotter.

»Woher?«

»Intuition«, sagt er erneut und fügt ein bisschen von oben herab hinzu: »Ein Footballspieler, ich bitte dich!«

Ich dumme Gans! Wie konnte ich nur einen Moment glauben, dass er das für bare Münze nimmt?

»Okay, ich will ehrlich sein: Laura hat es mir gesagt, vorhin, bevor wir hier reingegangen sind«, gesteht Jo.

»Wow!« Mein Respekt für Laura steigert sich gerade exponentiell. »Du hast es also geglaubt?«, frage ich.

»Nur ganz kurz.«

Kurz, aha. So etwa drei Tage …

»Habt ihr euch ausgesprochen, du und Laura?«, frage ich.

»Wollte sie nicht. Ist auch nicht notwendig. Die Dinge sind, wie sie sind.«

»Die Dinge?«, wiederhole ich.

»Na ja … du und ich«, sagt Jo.

Du und ich. Gibt es noch schönere Worte?

Er legt seine Arme um mich und wir küssen uns erneut. Ganz allmählich erlaube ich mir, mich dem Glücksgefühl zu überlassen, das mich durchströmt. Ich bin so froh, dass er keine Fragen mehr stellt, sondern mich nur ansieht, mit diesem eigenartigen Lächeln.

»Ich muss dir auch was sagen.«

»Okay?« Ich merke, wie mir flau im Magen wird. Was kommt jetzt?

»Meine Eltern lassen sich scheiden.«

»Oh. Das … das tut mir leid.«

Er schüttelt den Kopf. »Muss es nicht. Es hat sich schon länger abgezeichnet und mein Vater ist ein Arsch. Aber darum geht's jetzt nicht. Wir ziehen wieder nach Deutschland. In Opas altes Haus, bei Tübingen.«

Ich kann nicht anders, als übers ganze Gesicht zu strahlen, und auch Jo lächelt breit. Ganz sicher denken wir genau dasselbe: Stuttgart–Tübingen, das ist ein Klacks.

Ich kann noch immer kaum glauben, dass das alles wirklich

gerade geschieht. Was, wenn ich gleich aufwache und feststelle, dass ich nur geträumt habe?

Aber Jo ist hier, und es ist traumhaft, aber es ist Realität.

»Was meinst du«, versuche ich Jo ein wenig zu provozieren, »war es Schicksal, dass wir uns im Zug getroffen haben?«

»Nein, es war Zufall«, antwortet er wie aus der Pistole geschossen und ich grinse klammheimlich in mich hinein, während er fortfährt: »Zufälle passieren. Man könnte die Wahrscheinlichkeit unseres Zusammentreffens berechnen, die ist bestimmt gar nicht so gering. Außerdem sind wir beide in einem Alter, in dem unsere Hormone darauf ausgerichtet sind, einen passenden Partner zu finden, das ist das Gesetz der Evolution. Der Rest ist eine Sache der Pheromone, der biochemischen Prozesse im Gehirn und des Reservierungssystems der Deutschen Bahn.«

»Du bist ein unwiderstehlicher Romantiker!«

»Okay, es war Schicksal.« Er breitet die Arme aus und schaut nach oben, in die Kuppel des Panthéons. »Höhere Mächte hatten die Hände im Spiel, ein Geschwader von Amors Pfeilen wurde auf uns abgeschossen.«

»Also, geht doch!«

Er lächelt mich an. »Es mag ein Zufall gewesen sein, dass wir denselben Zug genommen haben, aber dass ich in dein Abteil kam, war keiner. Ich mag eigentlich Abteile überhaupt nicht und ich wollte schon dran vorbeilaufen und da habe ich dich da sitzen sehen …«

»Und was hast du gedacht?«

»Niedlich.«

»Niedlich?«, wiederhole ich entrüstet. »Niedlich war ich vielleicht als Dreijährige!«

»Okay, ich dachte: Die ist süß, da frag ich mal, ob ich mich dazusetzen kann. Ich dachte erst, du wärst Französin.«

»Wieso?«

»Keine Ahnung.«

Ich nehme das als Kompliment und sage: »Und wundersamerweise haben es die Pheromone tatsächlich geschafft, sich gegen den Gestank der Mottenkugeln aus dem Jackett deines Großvaters durchzusetzen, sodass ich gedacht habe: *Oh, der Typ ist gar nicht mal so übel, obwohl er sehr seltsam angezogen ist und ein bisschen streng riecht.*«

»Da kannst du mal sehen«, grinst Jo. »Ein Hoch auf die Chemie.«

»Ich jedenfalls komme mir vor wie in einem total romantischen Film. Wir sind in Paris, es ist Frühling und wir haben uns verliebt.« Oh Gott, jetzt habe ich es ausgesprochen. Es ist eine Sache, so etwas zu schreiben, aber es ihm ins Gesicht zu sagen … Vielleicht geht ihm das alles zu schnell, vielleicht macht er jetzt einen Rückzieher.

Aber stattdessen küssen wir uns erneut und Jo flüstert: »Fühlt sich gut an, verliebt zu sein. Apropos Frühling: Komm, wir gehen eine Runde durch den Park.«

»Gute Idee. Ich bin jetzt auch wirklich schon lange genug hier drin.«

»Mädchen brauchen immer etwas länger, ehe sie das Prinzip des Pendels kapieren«, meint er und setzt dazu ein arrogantes Gesicht auf.

»Na, warte!«

Lachend ergreift er die Flucht und sehr zum Missfallen des Wachpersonals renne ich hinter ihm her, hinaus in den noch immer sonnigen Abend.

LAURA

Wir stehen vor der Statue Voltaires, dahinter befindet sich der Sarkophag mit seinen Gebeinen.

Hendrik löst sich vom Anblick der Statue und betrachtet stattdessen mich mit einem prüfenden Blick.

»Keine Sorge, ich bin okay«, sage ich.

»Wirklich?«

»*Da es sehr förderlich für die Gesundheit ist, habe ich beschlossen, glücklich zu sein.*«

»Das ist von Voltaire, nicht wahr?«

»Ja. Der hat leicht reden«, seufze ich. »Aber ich sehe es ein: Die zwei passen nun mal zusammen wie Arsch auf Eimer. Sie werden zusammen den Nobelpreis abstauben, und ihre Kinder werden lauter kleine Genies sein, die mit zwölf promovieren.«

»Eine Horrorvorstellung«, bemerkt Hendrik.

»Weißt du, das mit Jo und mir, das war vielleicht doch nur … vielleicht wollte ich mich einfach mal verlieben und er war gerade da.«

»Du musst es jetzt nicht kleinreden«, antwortet Hendrik. »Es ist keine Schande, in jemanden verliebt zu sein.«

»Das weiß ich«, sage ich.

»Was du gerade getan hast, finde ich wahnsinnig …« Er unterbricht sich.

»Wahnsinnig was? Dämlich?«

»Nein. Mir fällt gerade nur ein schrecklich altmodisches Wort dazu ein.«

»Raus damit.«

»Es war edelmütig.«

»Oh. Wow. Weiter so.«

»Doch, wirklich. Das hätte längst nicht jede getan, ich finde, du hast dich richtig ladylike benommen.«

»Tja, in Würde scheitern will gelernt sein«, versetze ich hoheitsvoll und seufze: »Da steht sie nun: edelmütig, tapfer und *ladylike*, aber einsam.«

»Ich denke nicht, dass du einsam bist. Du fühlst dich nur gerade so.«

»War 'n Witz«, sage ich. »Nebenbei bemerkt finde ich Verliebte ziemlich uncool. Die zwei eben ... voll peinlich, findest du nicht?«

»Voll peinlich«, bestätigt Hendrik.

Wir lassen Voltaire stehen und gehen weiter.

»Ich glaube, ich weiß jetzt, was ich studieren will«, platze ich heraus.

»Jetzt bin ich aber gespannt.«

»Architekturgeschichte.«

»Was macht man damit?«

»Ich habe keine Ahnung. Aber ich stelle es mir interessant vor, und ich könnte viel Zeit in Gebäuden wie diesem hier verbringen, überall auf der Welt. Ich steh nämlich auf so was, weißt du.«

»Auf Gräber?«

»Auf Gebäude. Alte, prächtige Gebäude. Kirchen, Schlösser, alte Brücken ...«

»Ah, ich verstehe.«

»War ja nur so eine Idee.«

»Finde ich gut«, meint Hendrik und fragt im selben Atemzug: »Was machst du heute Abend?«

»Keine Ahnung. Nach Hause gehen und auf Anna warten, so ungefähr.«

»Wir könnten um die Häuser ziehen und Anna später treffen. Müssen deine Eltern ja nicht unbedingt mitkriegen. Anna ist sicher einverstanden, ich kann sie anrufen und fragen, wenn du willst.«

»Okay«, sage ich zögernd. »Aber musst du dich nicht um deinen Kumpel kümmern?«

»Es gibt keinen Kumpel«, sagt Hendrik und wird tatsächlich ein bisschen rot.

»Was?«

»Ich hatte einfach Bock, herzukommen, um Anna und dich … da habe ich … ach, ich weiß auch nicht. Das Zimmer habe ich über Airbnb gebucht.«

Ich helfe ihm aus seiner Verlegenheit und sage: »Du wolltest also dringend deine Schwester sehen.«

Er windet sich. »Nein, nicht unbedingt meine Schwester.«

»Paris?«

»Ja, Paris«, sagt er erleichtert. Dann grinst er und ich lächle und spüre ein leichtes Flattern in meinem Magen.

»Okay«, sage ich und hake mich im Weitergehen bei ihm unter: »Einigen wir uns auf Paris.«

dtv

Waffeln zum Frühstück, Shitstorm am Abend

ISBN 978-3-423-**74026**-5
Auch als **eBook**

Romeo und Julia im Zeitalter von Youtube und Instagram.
Eine Lovestory zum grenzenlosen Mitfiebern!

www.dtv.de

Besuche unser

GESAMT-
VERZEICHNIS

www.dtv.de/gesamtverzeichnis

www.dtv.de dtv